구름 한 점 없는 맑음

구름한점없는
맑음

**초판 1쇄 인쇄_** 2017년 7월 17일 | **초판 1쇄 발행_** 2017년 7월 24일
**지은이_** 세명고 교육동아리 에듀에듀 | **엮은이_** 이동진 | **펴낸이_** 오광수 외 1인 | **펴낸곳_** 꿈과희망
**디자인 · 편집_** 김창숙, 윤영화 | **마케팅_** 김진용
**주소_** 서울시 용산구 백범로 90길 74, 103동 오피스텔 1005호(문배동 대우 이안)
**전화_** 02)2681-2832 | **팩스_** 02)943-0935 | **출판등록_** 제1-3077호
E-mail_ jinsungok@empal.com
ISBN_979-11-6186-005-3  43810

# 구름 한 점 없는 맑음

엉뚱발랄 여고생들의
좋은 교사되기 프로젝트

세명고 교육동아리 에듀에듀 **지음**
이동진 **엮음**

꿈과희망

## 추천사

●

    세명고 교육동아리 에듀에듀의 '구름 한 점 없는 맑음' 책 발간을 진심으로 축하드립니다. 에듀에듀는 우리 학교의 가장 대표적인 자율 동아리로 이동진 선생님과 함께 여러가지 교육활동을 열심히 하고 있습니다. 좋은 교사가 되기 위해 고민하고, 토론하고, 활동을 계획하고 실천하는 모습이 여간 기특한 게 아니었는데, 그동안의 결실을 이렇게 한 권의 책으로까지 만들어낸 우리 에듀에듀 학생들에게 감사함을 전합니다.

    교사가 꿈인 학생들 중에서 어떻게 자신의 진로를 탐색해야 할지 고민하는 학생이 있다면 이 책에 실려 있는 우리 학교 학생들의 활동들이 큰 도움이 될 것입니다. 아무쪼록 이 책을 통해 진짜 교육을 고민하고, 좋은 교사가 되기를 노력하는 학생들이 더 많아지길 바라며, 더불어 학교가 좀더 밝아지고 행복해졌으면 좋겠습니다.

세명고등학교장 권석현

## 들어가는 말

우연히 제 고등학교 생활기록부를 보게 되었습니다. 20년 전 저의 모습이 어떤 면은 숫자로, 어떤 면은 한 개의 문자로, 또 어떤 부분은 짧은 문장으로 묘사되어 깜박거리고 있었습니다. 그중에서도 1학년 때부터 3학년 때까지 차곡차곡 줄을 맞추어 똑같이 쌓여 있는 국어교사라는 장래희망에 오랫동안 눈이 머무릅니다. '난 왜 국어교사가 되고 싶었지?' 실제로 학교에서 국어를 가르치고 있는 지금도 그때 왜 그렇게 한결같이 국어교사가 되고 싶어 했는지 확실치가 않습니다. 우연히 적어낸 장래희망이 진짜 꿈이 되어 여기까지 온 것입니다.

학창 시절 저는 제 꿈에 대해서 한 번도 제대로 고민해 본 적이 없는 것 같습니다. 당연히 가르친다는 것이 무엇인지, 좋은 교사는 어떤 사람인지에 대해서도 생각해 본 적이 없지요. 확실하게 기억나는 것은 사범대에 가기 위해 밤늦게까지 학교에서 수능 공부를 정말 열심히 했다는 사실입니다. 제가 대학을 갈 때에는 수능 성적이 내신이

나 면접 같은 다른 평가요소를 압도해버렸습니다. 면접도 옆에 있는 사람을 소개해 보라는 형식적인 질문이 전부였으니까요.

그런 저에게 2014년 세 명의 아이들이 "선생님 저희가 교육 동아리를 만들려고 하는데 담당 교사가 되어 주시면 안 될까요?"라고 수줍게 물으며 찾아왔습니다. 교대나 사범대에 진학하고 싶은데 교육과 관련한 활동이 없어서 뭐라도 해야 할 것 같아서 동아리를 만들기로 했다고 합니다. 그런데 무엇을 어떻게 시작해야 할지 몰라서 만만한(?) 저를 찾아 온 것이라고 합니다. 생활기록부에 기록할 스펙거리를 만들기 위해서 온 건 분명해 보이는데, 이상하게 아이들의 모습에 입시만을 위한 이기심은 보이지 않았습니다. 그리고 저의 고등학교 생기부에 적혔던 3층짜리 국어교사라는 장래희망이 선명하게 떠올랐습니다. 저는 해본 적이 없지만, 고등학교 학창 시절 동안 더 좋은 선생님이 되기 위해 친구들과 함께 고민하고 애쓰는 아이들의 멋진 모습들도 마구 상상이 되었습니다. 그렇게 저까지 네 명이 조촐하게 모여서 교육 관련 다큐를 보고 서로 이야기를 나누던 모임이 이렇게 커졌습니다. 그 과정에서 '에듀에듀'라는 동아리 이름도 붙이게 되었고, 우리 동아리에 들어오려면 '나는 왜 교사가 되려고 하는가?'라는 주제로 PT발표를 해야만 하는 까다로운 면접 절차도 만들어졌습니다. 그리고 학교에서도 '에듀에듀'는 제대로 활동하는 동아리라는 인식이 생겼고, 자연스럽게 우리 아이들도 '에듀에듀 人'이라는 자부심을 갖게 되었습니다. 그리고 우리의 모습을 이렇게 예쁜 책으로 만들기까지 하였습니다.

지금까지 동아리 활동을 하면서 아이들의 배움이 얼마나 깊어졌는지는 저로서는 제대로 파악하기가 쉽지 않습니다. 모두가 개인적인 경험이고 성장입니다. 하지만 우리 아이들은 선생님도 아닌데 스승의 날 꽃을 받아서 감격스럽다는 급식소 어머님의 눈물을 지켜보았고, 학교가 아닌 다른 곳에서도 교육이 얼마나 아름다울 수 있는지에 대한 김중미 선생님의 열정적인 강연을 몰입해서 듣기도 하였습니다. 또 갑작스럽게 등장한 인공지능이 우리 교육에 어떤 영향을 미칠지에 대해서 열띤 토론도 해보았고, 방학 때마다 초등학생 아이들에게 선생님이라는 조금은 민망한 소리를 들으며 초딩수학과 씨름을 해야만 했습니다. 그리고 그때마다 느꼈던 감정의 변화, 떠오른 생각, 배운 점들을 꼼꼼하게 기록하였습니다. 그러면서 자기가 되고 싶은 선생님의 모습을 그려볼 수 있게 되었습니다.

이 책은 그러한 예비교사들의 분투기이자, 각자의 그림이 모인 콜라주입니다. 저는 묘한 질투심을 느끼며 아이들의 활동을 돕기도 하고, 참여도 하였습니다. 학창 시절 이런 소중한 경험을 해보는 아이들이 한없이, 한없이 부러웠습니다. 분명히 이 아이들은 멋진 선생님이 될 것입니다.

2016년 가을
세명고 교육동아리 에듀에듀 지도교사
이동진

## 차례

**1 CHAPTER**

**2 CHAPTER**

**3 CHAPTER**

**4 CHAPTER**

# 이 책을 만든 사람들

## 〈세명고 교육동아리 에듀에듀 명단〉

2학년 : 김도윤 민서연 박상아 박효진 신예슬 유송현
　　　　이혜민 정혜인 조유진
1학년 : 김아람 김윤지 이수민 전윤주

2학년 학생들

1학년 학생들

나의 목표,
초등학교 교사

20507 김도윤

## 〈 나는 "왜" 교사가 되고 싶을까? 〉

내가 초등학교 3학년 때 나는 힘든 개인적 일로 때이른 슬럼프(?) 겪고 있었음.

↓

내가 힘든 일이 있음을 알아보시고 먼저 말을 걸어 물어보셨음.

↓

처음에 망설였지만 선생님이 계속 걱정말라며 말씀해주셔서 이야기하게 됨.

↓

선생님은 나를 다독여주시며 힘든 일 있으면 꼭 이야기하라고 해주심

↓

얼마후 나를 신경써주시는 선생님을 보고 나도 저런 선생님이 되고 싶다고 생각함.

## 〈 나는 "어떤" 선생님이 되고 싶을까? 〉

1. 함께 끝말잇기할 수 있는 선생님.

2. 군것질거리를 나눠먹을 수 있는 선생님.

3. 집에서 있었던 재미있는 이야기를 할 수 있는 선생님.

4. 반에 소외된 아이가 있다고 이야기 할 수 있는 선생님

5. 힘든 일을 이야기 하며 눈물을 흘릴 수 있는 선생님

6. 모르는 게 있을 때 편하게 물어볼 수 있는 선생님

# 김도윤

　제가 선생님이 되고 싶다고 생각했던 때는 초등학교 3학년이었습니다. 그때 당시 저는 굉장히 힘든 시기였는데 선생님께서는 저의 그런 모습을 보시고는 학교 끝나고 함께 이야기를 하자고 불러내셨습니다. 망설이는 저를 보고 선생님께서는 안심시켜주셨습니다. 선생님의 말에 저는 마음을 열고 털어놨습니다. 선생님께서는 혼자 힘들어 하지 말고 힘든 일이 있을 때는 찾아오라고 말씀해 주시며 위로해 주셨습니다. 저는 덕분에 원래 저의 일상으로 돌아올 수 있었습니다. 그 영향에는 선생님의 역할이 크다는 생각을 하였고 나도 저런 선생님과 같은 선생님이 되겠다고 다짐했습니다. 그래서 저의 교사상에는 교사로서의 롤모델인 초등학교 3학년 때 담임 선생님이 깊숙이 자리 잡아 있습니다. 친근하고 따뜻하고 경청하여 주는 그런 선생님. 저는 따뜻함을 아이들에게 나눠줄 수 있는 선생님이 되고 싶습니다.

# 민서연

중학교 때 나는 처음으로 우리 교육의 어두운 면을 보게 되었다. 너무 충격을 받았고, 안타까웠고, 또 다른 아이들이 이런 일을 겪게 하고 싶지 않았다. 그래서 역사 과목을 좋아했던 나는 역사 선생님이 되기로 결심했다. 선생님이라는 직업은 끊임없이 새로운 아이들을 만나는 게 참 매력적이었다. 하지만 고등학교에 올라와 동아리 시간마다 토론을 하고 활동을 하면서, 우리나라 교육 자체에 변화가 필요하다는 것을 느꼈다. 내가 선생님이 된다면 만날 수 있을, 또 없을 모든 아이들이 행복한 교육을 받게 해주고 싶었다. 나는 학교를 '아이들이 오고 싶어 하는 곳'으로 바꿀 교육자가 될 것이다.

# ♥ 나는 예비초등교사 이다! ♥

박상아

## 왜 교사가 꿈인거야?

차 랑 하는
아빠라는 교사의 영향

자라나는 아이들에게
긍정적인 영향을
미치길 WANT

누군가에게
내가 잘할 수 있는걸
베푸는게 좋아!

## 어떤 교사가 되고싶어?

아이들의
소소한
이야기를
들을거야

형식적 이야기를 넘어서 시적인 이야기를 나눴으면 좋겠어요. 아이만이 갖고 있는 비밀
이야기나 고민, 또는 불안과 상처를 다 털어놓을 수 있는 선생님. 그리고 그런 아이를
보듬어 주고 치료해 줄 수 있는 선생님이 되고싶어요!

다양한
경험을
하게
해줄래

학년이 거듭될수록 한정적인 경험만을 추구하고 그렇게 해야하기 때문에 어린 시절에라도
많은, 다양한 경험을 하게 해주고 싶어요. 가만히 앉아서 선생님만 떠드는 수업대신 교실이
아이들의 목소리로 꽉찬 알찬 수업을, 그런 시간을 꾸리는 선생님이 되고싶어요!

교사가 되기 위한 노력을 멈추지 않고 ,
나의 꿈에 대해 자랑스럽게 생각하고 ,

매 순간마다 '나는 예비초등교사다' 라는 말을 마음에 새기겠습니다.

앞으로의
각오란?

# 박상아

저는 현재 교직에 계신 아버지의 영향을 많이 받아 자라면서 누군가를 가르치는 직업을 하고 싶다 느꼈습니다. 점점 교사상을 확립할 때쯤 어린아이들에게 긍정적인 영향을 미치는 선생님이 되고 싶다고 강하게 생각했고 아이들과 소소한 이야기까지 주고받을 수 있을 정도의 친근한 선생님이 되고 싶다는 생각을 했습니다. 어릴 때 많은 경험을 해야 한다며 저에게 많은 경험을 베풀어주신 아버지의 가르침을 이어받아 아이들에게도 공부 외에 다양한 감각들을 키우는 경험을 많이 시도하고 싶습니다. 교사가 되기 위한 노력을 멈추지 않고, 나의 꿈에 대해 자랑스럽게 생각하고, 매 순간마다 '나는 예비 초등교사다.' 라는 말을 마음에 새기겠습니다.

# 되고 싶은 선생님

## 2학년 박효진

아이들의 요청을 귀 기울여 들어주는 선생님.

말하지 못하는 걱정을 눈으로 읽어낼 수 있는 선생님.

편안하게 고민을 들어주고, 도움을 주는 선생님

아이들의 눈을 온전히 바라볼 수 있는 선생님.

아이들의 마음을 읽을 수 있는 선생님.

아이들의 소망을 지켜줄 수 있는 선생님

# 박효진

저는 중학교 때 담임 선생님과 국어 선생님의 영향으로 선생님이라는 꿈을 꾸게 되었습니다. 그분들을 보면서 저는 '이런 선생님이 되면 좋겠다.' 하고 생각했던 모습이 있습니다. 그중 몇 가지를 말하자면 아이들의 요구를 귀 기울여 들어줄 수 있고, 아이들이 편안하게 자신의 고민을 털어놓을 수 있는 선생님, 또 그 고민을 지혜롭게 해결해 줄 수 있는 선생님, 그리고 말하지 못하는 걱정을 눈으로 읽어낼 수 있는 선생님, 아이들의 눈을 온전히 바라봐 줄 수 있는 선생님, 아이들의 마음을 읽어내고, 소망과 꿈을 지켜줄 수 있는 선생님이 되었으면 좋겠다고 생각했습니다. 그리고 이제는 이것들을 생각에만 그치지 않고 실현하는 선생님이 되도록 노력할 것입니다.

# 내가 되고 싶은 선생님 〈신예슬〉

아이들을 차별하지 않고 모두 공평하게 사랑♥을 나누어주는 선생님

아이들의 미래에 본보기가 되어줄 수 있는 선생님

아이들에게 존경 받는 선생님

재미있고 유익한 수업을 하는 선생님

아이들에게 웃으면서 먼저 인사해주는 선생님

# 신예슬

저는 사실 초등학교 때까지만 해도 이상과 현실 사이에서 제 진로를 정확히 정하지 못하는 아이였습니다. 그러나 6학년 때 만났던 담임 선생님의 지도 하에 저는 저의 온전한 꿈을 찾아갈 수 있었고, 그 선생님 덕에 현재 선생님이라는 진로를 가지고, 이루려 노력하고 있습니다. 그래서 저는 제가 이루고 싶은 교사상을 이 담임 선생님을 롤모델로 잡았습니다. 일단 가장 중요한 것이 아이들의 진로를 찾아주는 것이라고 생각합니다. 초등학교 시절에 정확한 교육을 통해 제가 맡았던 아이가 나중에 사회에 나가서도 기죽지 않고 자신의 길을 똑바로 바라보고 나아가게 해주고 싶습니다. 물론 그러기 위해서는 모든 아이들에게 공평하고 큰 사랑을 나누어줄 것입니다. 그리고 제가 현재도 그렇고 중학교 초등학교 때 생각을 해보면 인사를 받아주시는 선생님이 참 감사하고 살가웠습니다. 그래서 저는 아이들이 이러한 감정을 저에게 느끼고 선생님에게 허물없이 가깝게 다가올 수 있도록 제가 먼저 웃으면서 다가가 인사해 주는 선생님이 되고 싶습니다. 저도 꼭 저의 담임 선생님이셨던 분같이 누군가의 롤모델이 될 수 있도록 노력하는 선생님이 될 것입니다.

## 왜 교사가 되고싶어?

- 가장 멋지신 선생님들과의 만남 ♥ ⇒ ~~선생님~~을 존경!
  ① 1학년 담임 선생님, 동아리 선생님 김진경 선생님
    ⇒ 학생들과 함께하신 선생님.
    놀 땐 함께 하시고, 누구보다 열정적인 가르침을 주심
  ② 2학년 담임 선생님 이하나 선생님
    ⇒ 학생 하나하나에게 무한한 애정과 관심을 주심

- 3학년 진로 상담 중, 담임 선생님께서 들려주신
  '교사' 라는 직업
  ① 남에게 내가 아는 것을 나누는 건 가장 멋진 일이야.
  ② 하루종일 서서 말하고 수업하다 보면 힘들지만
    학생들과 함께할 수 있는 직업은, 정말 재밌고
    에너지가 넘칠 수 밖에 없지.

- 졸업 때 담임 선생님께서 주신 편지

 ## 어떤 교사가 될 건데?

- 직업으로만 생각하지 않고, 학생들에게 좋은 가르침을
  주기라는 꿈을 가진 교사

- 어떤 학생이든 차별하지 않고 학생에게 최선을
  다하는 교사

- 편안함과 친근함을 주고 학생들과 함께하되,
  가르침에 대해서는 열정적으로 지식을 나누는 교사

- 딱딱하지 않은, 인간적인 교사

2학년    유송현

## 유송현

초등학교, 중학교 때 너무나도 멋진 선생님들과 좋은 추억을 쌓아서 나는 '학교'라는 공간을 좋아했고, '교사'라는 직업을 존경하게 되었다. 중학교 2학년 때 아이들을 좋아하고 전 과목을 좋아하는 나에게 '초등교사'라는 목표가 생겼다. 많은 선생님들께서 내 꿈을 응원해 주셨고 그 뒤로 내 장래희망은 '초등교사'가 되었다. 나는 내가 만났던 선생님들과 같은 학생들과 잘 소통하는 교사가 되고 싶다. 학생들과 함께 노는 친근함과 수업에서의 열정을 가진 교사가 되는 것이 내 꿈이다. 나는 모든 학생들과 친해지려 노력할 것이고, 학생을 차별하는 선생님은 절대 되지 않을 것이다. 앞으로 좋은 교사가 되어 내 꿈을 펼치고 싶다.

 이 뭐야?

# 초등교사

# 왜? 되고 싶니?

초등학교때 장애인이었던 친구를 때리고 혼내시던
선생님을 보고 내가 선생님이 되어 조금은 다르고
불편한 아이들을 모두 안을 수 있는 교사가 되고 싶었다.

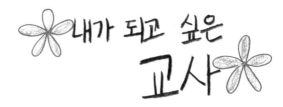 내가 되고 싶은
# 교사

## 1. 평등한 교사

어느 곳에서나 평등 과 자유는 가장 중요하다고 생각한다.

## 2. 친근한 교사

교사는 아이들과 학부모를 상대하기 때문에 다가가기 힘들면
안된다.

## 3. 즐거운 교사

교사가 즐겁고 긍정적이면 아이들 역시 그 성향을 따라갈
것이다.

21025 이혜민

## 이혜민

나는 초등학교 때 같은 반이었던 장애인 친구를 향해 차별을 하고 무언가 잘못했을 때 때리기를 먼저 하시던 선생님을 보고 '나는 선생님이 되어 우리와 조금 다르거나 어려운 아이들을 모두 이해하고 배려하는 선생님이 되어야겠다.'라고 생각했다. 모두를 차별하지 않고 평등하게 대하는 교사, 자유와 꿈을 찾아주는 교사, 마지막으로 부모가 되어 줄 수 있는 그런 교사가 되는 것이 나의 꿈이다.

# Why? 왜 선생님이 되고 싶어?

1 방학때마다 동생의 공부를 도와주고 가르쳐줌

2 친구들이 모르는 문제나 내용을 질문할 때마다 상세히 설명해줌

3 누군가를 가르쳐주고 함께 성장한다는 기쁨이 항상 만족스러움을 느낌

4 모든 아이들의 꿈을 실현시키는 데 올바른 교육이 필요하다고 생각함

# What? 어떤 선생님이 되고 싶어?

1 차별X 편견X
→ 모두에게 평등한 선생님

2 고민을 말해봐!
→ 친구처럼 다정하고 언제든지 찾아올 수 있는 편안한 선생님

3 각자의 개성을 살려봐!
→ 획일화된 주입식 교육 보다 학생 개개인의 개성을 돋보이게 만드는 교육을 실현해 줄 선생님

4 모든 과목을 쉽게 알려줄게!
⇒ 학생들이 어려워하는 부분을 잘 분석하여 최대한 알기 쉽고 정확히 이해할 수 있게 가르쳐주는 선생님 (수업연구나 교육 정책에 대해 관심을 갖는 것에 노력해 보지 않을 건지)

# How? 어떻게 하면 선생님이 될 수 있어?

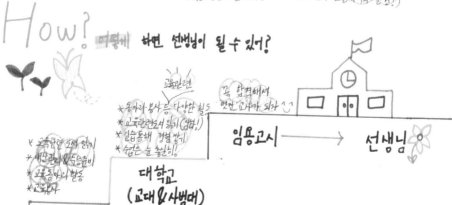

고등학교

* 교육관련 도서 읽기
* 멘탈관리&수능준비
* 교육동아리 활동
* 교육봉사

대학교
(교대&사범대)

* 동아리·봉사 등 다양한 활동
* 교육관련도서 읽기 (심화!)
* 실습통해 경험 쌓기
* 수업 늘 충실히!

꼭 합격해서 멋진 교사가 되자 ✧

임용고시 → 선생님 ✿

## 정혜인

　저는 방학 때마다 동생의 공부를 가르쳐주고, 평소 친구들이 모르는 문제나 내용을 질문할 때마다 상세히 설명을 해주며 선생님의 꿈에 한 걸음씩 다가가고 있습니다. 또한, 모든 아이들의 꿈을 실현시키는 데는 무엇보다 올바른 교육이 필요하다고 생각하여 교사가 되기로 마음먹었습니다. 제가 생각하는 선생님은 무엇보다도 차별과 선입견 없이 아이들을 대하고, 친구처럼 다정하며 획일화된 주입식 교육보다는 학생 개개인의 개성을 돋보이게 만드는 교육을 실현해 줄 교육자입니다. 또한, 학생들을 가르치는 것이 주된 업무인 만큼, 학생들이 어려워하는 부분을 잘 파악하여 최대한 알기 쉽고 정확히 이해할 수 있도록 가르치는 것이 중요하다고 여겨서 저는 수업연구와 교육정책에 대해 관심을 갖는 것에 절대 소홀하지 않고 항상 노력하는 모습을 보여야 한다고 생각합니다.

# 조유진

　저는 학생과 교사가 함께 발전할 수 있는 교사가 되고 싶습니다. 예전에 〈나는 선생님이 좋아요〉라는 책을 봤었는데 그 책에 처음 학교에 발령된 한 초등학교의 담임 선생님의 반에 '데쓰조'라는 파리를 키우고 파리에 대해 연구하는 아이가 나옵니다. 저는 그 아이를 보고 '특이하다'라는 생각 밖에 하지 않았지만 이 책에 나오는 선생님은 파리를 키우고 파리에 대해 연구하는 것이 그 아이의 재능이라고 생각하고 그 재능을 더 높일 수 있도록 도와주었습니다. 마지막에 그 아이는 훌륭하게 성장하고 또한 선생님도 함께 성장하였습니다. 저는 이 책을 보고 교사의 가르침과 노력이 한 아이에게 영향을 미쳐서 발전하는 것도 맞지만 교사도 자신이 가르치고 노력하는 것을 경험하는 과정에서 함께 발전하는 것을 알게 되었습니다. 평소에 교사는 학생에게 배움을 주는 사람이고 학생은 그저 배움을 받는 사람이라고 생각했지만 교사와 학생은 배움이라는 고리로 연결되어 도착지인 '발전'이라는 곳으로 함께 나아가는 것 같다고 생각했습니다. 저도 이 책에 나오는 선생님과 학생처럼 함께 배움으로써 함께 발전하는 교사가 되고 싶습니다.

# 김아람

항상 선생님은 한 명이고 학생들은 많다 보니 모두에게 관심을 섬세하게 못 가져 주는 것이 당연하고 이 아이가 무엇을 가장 좋아하고 무엇을 가장 잘하는지 알기 어렵다. 그래서 나는 아이들의 특기와 취미를 발견해 주고 꿈과 희망을 무시하지 않는 선생님이 되고 싶다. 되도록 모든 학생들에게 관심을 가지고 이 아이의 특기와 취미를 잘 파악해서 특기와 취미를 아이에 맞게 더욱 발전시켜주고 싶다. 그리고 요즘 시대에는 금수저니 흙수저니 말이 많다. 그래서 애초부터 '난 금수저도 아니니까 안 될 거야.' 라고 생각하고 부모님들은 무조건 아이에게 '공무원'을 하라고 강요하기 때문에 아이들의 꿈과 희망은 사라져 버린다. 하지만 나는 아이들의 꿈과 희망을 적극적으로 지지해 주고 싶다. 나는 중학교 때부터 정말 수업도 잘하고 아이들에게 관심도 주시는 선생님을 보면 항상 존경스럽고 나도 저런 선생님이 되고 싶다는 생각이 들었다. 아이들이 '나도 저런 선생님이 되고 싶다' 라는 생각이 들고 싶게 하는 선생님이 되는 게 내가 원하는 선생님의 마지막 목표이다. 아이들의 꿈과 희망을 펼칠 수 있게 어른들이 지지, 지원해 주는 세상을 만들고 싶다.

'인간으로 태어나 인간을 가르치다가
죽는 것만으로도 행복한 삶이다'

# 왜
## 교사가
## 꿈인데?

- 아빠의 교직 좌우명과 응원
- 엄마를 보며 꿈을 키움
- 제천에서 교사집안 4대를
  잇기 위한 결심
- 아이들의 발전 모습을 보고싶음

# 어떤
## 교사가
## 되고싶니?

- 먼저 다가가는 친근한 선생님
- 어려운 과목 (수학 등)을 이해하기
  쉽게 가르쳐주는 선생님
- 졸업후에도 제자들이 찾아오는
  보람 느끼는 선생님

# 앞으로의
# 각오

교육대학교에 진학하는 날까지
최선을 다할 것이며 !

동아리를 만들어 저에게 기회를
주신 선배님들께 감사드리며
열심히 활동하는 후배가 되겠습니다.

# 김윤지

저는 어렸을 때부터 꿈이 많았고, 그중에 하나가 바로 교사라는 직업이었습니다. 초등학교 2학년 무렵 초등학교 교사이신 엄마를 같은 학교에서 보고 자라며 초등학교 교사에 대한 꿈을 키웠고, 중학교에 진학해서는 '인간으로 태어나 인간을 가르치다가 죽는 것만으로도 행복한 삶이다.' 라는 아빠의 좌우명과 응원으로 교사의 꿈을 다졌습니다. 교사가 되고 싶은 궁극적인 이유는 가르치는 아이들이 발전하는 모습을 보며 보람과 뿌듯함을 느끼고 싶고, 또한 증조할아버지부터 할아버지, 부모님을 이어 교사 집안을 이어간다면 그것 또한 정말 보람찬 일이라고 생각했기 때문입니다. 제가 교사가 된다면 되고 싶은 선생님의 모습이 몇 가지가 있습니다. 먼저 웃으며 다가가는 친근하고 친절한 선생님이 되는 것입니다. 먼저 인사를 건넬 줄 아는, 또 인사를 받았을 때 반갑게 받아줄 수 있는 그런 교사가 되는 것이 저의 첫 번째 목표입니다. 또 제가 수학을 많이 어려워하기 때문에 이해가 잘 되지 않는 부분을 누구보다 더 잘 알 것이라고 생각합니다. 그래서 제가 찾아낸, 좀 더 쉽게 문제를 푸는 방법을 아이들에게 가르쳐 수학이나 그 외에도 힘들어하는 부분들을 잘 이해하도록 도와주는 것이 두 번째 목표입니다. 세 번째는 졸업 후에도 제자들이 스스럼없이 찾아와 그 어떤 일보다 보람을 느낄 수 있는 그런 선생님이 되는 것이 마지막 목표입니다. 그래서 저는 교육대학교에 진학하는 날까지 최선을 다할 것이며 부족한 부분이 있다면 채워갈 수 있도록 노력할 것입니다.

• 왜 교사가 될 거니? 🌿

아이들 😊 을
좋아해서 👻 ❤

가르치는 게
좋아서 ✏

**이수민**

→ 내가 알고 있는 걸
알려주는 게 좋아서 😎

→ 봉사하는 게 좋아서 🌙

→ 뿌듯함, 보람 느끼는 게 1순위! ♡

중 학 교  교 <sup></sup>수학 사 고 등 학 교

1927 이수민

• 어떤 교사가 될 거니? 🌿

**≪ 인사 교사 ≫**
• 인사 O → 인사 X ?
  인사 X → 인사 O !
• 먼저 인사해주는 교사

**≪ 진로 교사 ≫**
• 직업에 대한 편견, 선입견
  모두 break!
• 직업 선택의 자유와 폭을
  더 넓혀주자

~~편견~~  ~~선입견~~

**≪ 상담 교사 ≫**
• 12시에도, 아침 7시에도 OK!
• 언제든, 어디서든, 어떤 일이든 OK!
• 항상 친절하게 상담해주고
  아이들이 만족할 때까지
  또 해주고, 더 해주는 교사

**≪ 호기심 교사 ≫**
• 세 상 모 든 일에
  관심을 가져주는 기특한 교사
  → 아이들 이야기, 각종 학교 소식,
    대외 체험학습 on 캠프 등
  다양한 소식을 물어다주는 교사

⊕
**칭찬** 교사

• '칭찬'은 고래도 춤추게 하고
  사람도 춤추게 한다 ♪ ~
• 공부에, 사업에 지친 아이들을
  보듬어 줄 MY TIP!

• 왜 에듀에듀 들어가고 싶니? 🌿

<u>교육</u>이 내 꿈. ——→ 초등학교 4학년 ~ing, 앞으로도 계속 ~ing!

<u>배우고</u> 싶어서. ——→ 선배님들, 선생님들께 더 많은 <u>정보</u>!

<u>친해지고</u> 싶어요! ——→ 같은 계열 선배님들, 친구들, 후배들과 ♡

# 이수민

저는 아이들과 함께하는 것도, 뭔가를 알려주는 것도, 가르치는 것도 좋아하는 사람입니다. 그래서 자연스럽게 교사를 꿈꾸게 되었습니다. 제가 되고 싶은 교사는 크게 다섯 가지입니다. 첫째, 학생들에게 밝은 미소를 전하는 인사 교사입니다. 둘째, 학생들의 편견을 깨고 넓은 시야를 만들어주는 진로 교사입니다. 셋째, 언제 어디서든 상담해 주는 상담 교사입니다. 넷째, 아이들 일이라면 누구보다 큰 관심을 가지는 호기심 교사입니다. 마지막, 아이들을 춤추게 할 가장 중요한 포인트인 칭찬 교사입니다. 저는 꼭 교사가 되어서 이런 다섯 가지 목표를 실천할 수 있는 사람이 될 것입니다.

# 내가 되고싶은 교사

- 전윤주 -

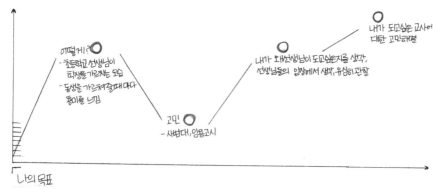

어떻게?
- 초등학교 선생님이 학생을 가르치는 모습
- 동생을 가르쳐줄때마다 흥미를 느낌

고민
- 사범대, 임용고시

내가 어떤선생님이 되고싶은지를 생각,
선생님들의 입장에서 생각, 유심히관찰

내가 되고싶은 교사에
대한 고민해결

## 나의 목표

- 3학년 담임선생님 같은 교사
  → 적응이 힘들었던 아이들에게 도움의 손길을 내밀어주신 선생님
  → 형식적인 선생님이 아닌, 친근하고 엄마같은 선생님
  → 진로를 고민하고 있는 아이들에게 세세한것까지 신경써주시고, 해결책을 제시해주신 선생님.

## 내가 원하는 교사의 모습

- 수업에서는 가르치는 아이들에게 존경받고, 놀때는 행복을 주는 선생님
  → 선생님이 됐다해서 끝나지 않고 더 많은 교육방법에 대해 연구할것.
  → 한정적인 범위에서 교과를 가르쳐 주는 것만이 아닌, 좀더 넓은 범위에서 가르쳐 줄것.
  → 교과와 관련된 이야기 뿐만 아니라 진로선택에 좋은 영향을 줄수있는 이야기를 해줄것.

- 계속 이야기 하고싶은 선생님
  → 상담할때 혹시나 자신이 말한 비밀을 다른 아이들에게 말하지 않을까, 일이 더 커지면 어쩌나 하는 걱정을 하지 않게 할것.
  → 급하게 앞서가기보다는 먼저 믿음을 주고 천천히 대해줄것.

- 꾸중이 아니라 충고를 해주는 선생님
  → 공부를 포기한 학생들에게도 잔소리를 하는것이아닌 진로와 관심사를 찾아줄것.

학교에서 - 의무감X, 즐거운수업. 듣고싶은수업, 그누구에게도, 심지어 부모님께도 말하지못하는
고민을 선생님에게 털어놓도록 할것입니다.

# 전윤주

　제가 되고 싶은 교사의 모습은 수업에서는 늘 존경받고 놀 때는 행복을 주는 선생님입니다. 그러기 위해서 저는 선생님이 된 것에서 끝내지 않고 더 많이 공부할 것이고, 아이들이 더 많은 것을 볼 수 있도록 해줄 것입니다. 또 교과 공부뿐만 아니라 진로 진학에도 도움이 되는 이야기를 해줄 것입니다. 그리고 계속 얘기하고 싶은 선생님이 될 것입니다. 마지막으로 꾸중이 아니라 충고를 해주는 선생님이 될 것입니다. 공부를 포기한 학생이 있더라도 그 학생의 의견을 존중해 주고 진로와 관심사를 찾는 일을 도울 것입니다. 또 의무감 때문에 듣는 지루한 수업이 아니라 계속 듣고 싶은 수업을 할 것입니다.

Chapter 1

# 도란도란
# 생각 넓히기

우리 동아리에서 처음으로 시작했던 활동입니다. 교육을 주제로 한 영상을 보고 함께 이야기를 나누어 보았습니다. 특별한 형식을 정하지 않은 말하기였기 때문에 솔직한 이야기를 더 자연스럽게 할 수 있었습니다. 서로의 생각을 듣고 내 생각이 넓고 깊어지는 것을 경험할 수 있었습니다.

# 학교의 기적 1부

신예슬 이 영상을 보고 어떤 점이 인상 깊었니?

이혜민 나는 앞에 나온 그 수능 모의고사 볼 때 아직 3학년은 아니지만 많이 공감이 되었고, 그 모의고사 시험지에 부모님의 편지가 실린 부분을 보면서 눈물이 났어. 아, 나 진짜 울었어. 그리고 교양자라는 말, 그 교감 교장 양보자라는 말이 있는지 처음 알았어. 또 아이들에게 불리고 싶은 이름이 나왔는데, 거기서 선생님들이 하신 말씀이 수업을 열심히 재밌게 하는 선생님, 따뜻한 선생님 아니면 이름하고 쌤을 이렇게 불러주는 게 나왔는데, 나는 교사가 되었을 때 아이들이 나를 누나나 엄마라고 불러줬으면 좋겠어.

신예슬 마지막에 중년교사에 대해서 나왔는데, 너는 중년교사에 대해 어떤 생각을 가지고 있니?

이혜민 그 마지막에 중년교사에 대한 학생들의 인식에 대해 나왔는데 나는 이 영상과는 다르게 오히려 중년교사나 할아버지 선생님한테 정을 더 많이 느꼈던 것 같아.

조유진 나는 이 영상을 보고 아이들이 좋아하는 교사 중에 칭찬을 잘해주고 애정과 관심을 주는 선생님이 순위에 있었는데, 내가 요즘 보는 책 중에 '지혜로운 교사는 어떻게 말하는가' 거기서 칭찬 중에 설명형 칭찬을 아이들에게 하면 안 되는 이야기가 있었어.

신예슬 설명형 칭찬이 뭔데?

조유진 그러니까 칭찬을 하는데 인정형 칭찬은 좀 자세히 그러니까 네가 잘했으면 어떻게 잘했는지 그림을 잘 그렸으면 너는 꽃그림을 잘 그리는구나. 이런 식으로 자세히 말하는 거에서 아이들은 자신감을 가진대. 그런 것처럼 칭찬을 해줄 때도 좀 더 자세하고 구체적으로 칭찬하는 게 좋다고 해. 그래서 나도 더 많이 노력해야겠다고 생각했고. 그리고 교사도 직업을 얻었지만 계속 꾸준히 공부를 해야 한다는 것을 느껴서 정말 우울하다고 생각했어.

신예슬 그러면 네가 생각하는 중년교사란 어때?

조유진 솔직히 나는 거리감이 있다고 생각해.

신예슬 거리감이 있어? 우리학교 선생님들도?

조유진 응, 맞지.

이혜민 근데 ☆☆☆ 선생님은 막 장난도 치시잖아.

조유진 아, 그건 선생님만의 입장이고 받아들이는 입장에서는 좀 그럴 때도 있지.

신예슬 아, 너는 그게 별로였어?

조유진 조금? 그래서 나는 완전한 거리감이 있다고 생각해.

이혜민 완전하게?

조유진 세대차이가 있잖아.


전윤주 모의고사 나올 때 저도 지금 학생이니까 부모님의 기대랑 좋은 대학 가고 싶은 것도 있고 그리고 또 평생 후회하지 않을 고3을 만들기 위해서 공부한다는 것에 대해서 많이 공감이 되었어요. 또 선생님이 좋아하는 베스트 5가 나왔을 때 진짜 저도 좋아하는 선생님이기도 하면서 제가 되고 싶은 선생님이기도 하니까 공감되는 것 같았고, 그리고 저는 지금까지 젊은 교사일 때만 생각해서 중년교사일 때는 생각 안 했거든요. 저는 선생님이랑 아이들이랑 같이 하는 시간이 많은 것을 좋아해서 그런 교사가 되고 싶었는데, 또 중년교사가 되면 애들이랑 같이 하는 시간도 없어진다고 하고, 그리고 아이들도 수업방식이 바뀌어 가니까 중년교사가 예전에 했던 수업방식에 대해서는 싫어하는 것이 나타나는 게 좀 그랬어요. 그리고 또 저는 담임을 맡고 싶단 말이에요. 근데 나중에 '나도 담임이 안 되면 어떡하나' 이런 생각에 서운함을 느꼈어요.

신예슬 그럼 윤주도 중년교사 선생님에 대해서 거리감을 좀 느껴?

전윤주 젊은 선생님들보다는 좀 느끼는 것 같아요.

신예슬 우리 학교 선생님들이랑도 그래?

전윤주 선생님들이랑 안 친해져서 아직 잘 모르겠는데, 중학교에 있었을 때는 확실히 젊은 선생님한테는 고민도 좀 많이 털어놓고 공감대가 많으니까 말을 많이 했는데, 중년선생님들한테는 말을 잘 못했어요.

신예슬 중년선생님들에게 말을 잘 못한 게 공감대가 잘 서지 않아서야?

전윤주 네. 막 훈계 많이 하시고 그래서요.

신예슬 그럼 만약에 중년선생님이 여기 베스트5에 나온 선생님처럼 재밌어도 거리감이 있을 것 같아?

전윤주 제가 중학교 때 그런 선생님이 있었는데 그래도 젊은 선생님보다는 확실히 덜 찾아가게 되는 것 같아요.


정혜인 고3학생들 고충이 나올 때 주변에 대한 기대가 크다고 했잖아.

근데 나는 부모님이 공부 가지고 뭐라 하신 적이 없단 말이야. 그렇지만 나는 자신에 대한 기대랑 내가 하고 싶은 마음이 얼마만큼이 안 되면 항상 그게 무섭고 두려웠단 말이야. 그런데 저기서 고3학생들이 울면서 스트레스나 주위의 시선 이런 걸로 실패에 대한 두려움을 말했을 때 나는 지금도 충분히 겪고 있고 그런 거에 대한 생각을 많이 하는데 내가 고3이 되면 '나도 원형탈모가 생기면 어떡하나 저기 나오는 사람처럼' 하고 공감이 많이 되었어. 그리고 아이들이 좋아하는 선생님 나왔을 때, 일단 나는 차별하지 않는 선생님이 가장 나의 교사상이 아닐까 생각했어. 물론 수업을 잘하는 것도 중요하지만 선생님이면 모든 아이들에게 똑같이 관심을 가져주는 그런 선생님이 되고 싶고, 그리고 중년교사의 고백이 나왔을 때 진짜 한 번도 생각해 보지 못한 면이 많이 나왔단 말이야. 그니까 나도 막상 선생님이 된다했을 때 좀 중학교 때처럼 젊은 선생님들 모습만 생각했었는데, 중년교사가 되고 아이들과 거리감이 느껴지고 세대 차이로 인한 외로움을 느끼고 선생님들의 진솔한 고충을 들었을 때 '아 진짜 내가 먼 미래에 중년교사가 되었을 때 나도 충분히 느낄 수 있겠구나' 하고 벌써부터 두려움이 좀 들었고, 선생님들 말씀 중에 교사의 존재 이유는 아이들이라는 게 정말 공감이 많이 됐고, 애들을 별로 안 좋아하는데 그런 면에서 되게 반성을 했어. 교사가 되려면 아이들을 먼저 생각해 줘야겠구나. 이런 생각을 많이 했어.

신예슬 그러면 중년교사에 대해서 어떻게 생각해?

정혜인 중년교사에 대한 생각은 중학교 때 선생님들이 생각이 많이 나는데 일단 부장 선생님들이나 그런 분들이 항상 잘 챙겨주시고 좋은 말씀도 많이 해주셨는데 좀 부담스러웠던 면도 있겠지만 살아온 세월이 기니까 나한테 해주고 싶은 말씀도 많으시니까 그렇게 챙겨주신다고 생각을 해. 나는 거리감이라기보다는 엄마 같고 따뜻하다는 생각을 많이 했어. 물론 젊은 선생님들하고 농담이나 웃음 코드는 솔직히 잘 맞지만 그런 면에서 조언 같은 것은 중년선생님들에게 더 많이 얻었다고 생각을 해.

이수민 저는 사실 교육 다큐 보는 것을 좋아하는 편이라서 이 다큐는 전에 봤던 다큐거든요. 지금 두 번째 보는 건데 처음 볼 때는 그냥 보는 것 좋아하니까 별 생각 없이 봤었는데 다시 꼼꼼하게 보니까 학교에 그저 편하기만 한 사람이 없다는 생각을 먼저 한 것 같아요. 일단 고3이 힘들다는 말은 항상 들어와서 다 알고 애들도 다 알고 있겠지만 모의고사에서 편지 보자마자 우는 것을 보니까 '아 진짜 힘들겠구나.' 라는 생각이 많이 들었어요. 저는 사실 아이들이 좋아서 선생님을 하고 싶은 거예요. 아이들이 너무 좋고 가르치는 것을 하는 게 제 적성이라는 생각에 교사가 되고 싶은데 나중에 저도 중년교사가 된 후에 선생님들이랑만 시간을 가지고 아이들이랑 소통도 못하고 잘 만나지도 못하면 되게 슬프기도 하고 아쉬울 것 같기도 하고 허무할 것 같기도 하다, 그런 생각을 했어요. 그리고 중년교사가 담임교사가 안 되고 그러니까 소속감도 안 들고 혼자 동 떨어진 느낌? 이런 것도 많이 들겠다, 이런 생각이 들었어요. 그리고 학생들이 좋아하는 선생님 나왔을 때는, 제가 지원서 낼 때도 말했듯이 칭찬을 막 하고 애정과 관심을 가져주는 선생님이 제가 제일 좋아하는 선생님이거든요. 제가 중학교 때 제일 친했던 선생님이 중국어 선생님이셨는데, 딱 1년밖에 안 가르쳐 주셨는데, 제가 너무 좋아해서 쉬는 시간마다 찾아가고 뭔 일 있으면 다 말하고, 또 저도 그런 선생님이 되고 싶다는 생각을 많이 했어요.

신예슬 음 그 중국어 선생님을 좋아했던 이유가 따로 있었어? 수업 방식이 좋았다거나 아까 말했던 것처럼 칭찬을 잘 해주셨다든가?

이수민 일단 나이도 어리셨고 그리고 코드도 저랑 잘 맞았던 것도 있었고, 되게 친절하셨어요. 항상 상냥하시고 언제든지 인사하면 웃으면서 살갑게 인사해 주시고 수업 준비도 되게 열심히 하셔서 수업 자료 같은 것도 들어오실 때 많이씩 가져오시고. 확실히 학생들이 봐도 선생님이 노력하신 게 눈에 보일 때가 있잖아요. 그래서 더 좋았던 것 같아요. 그리고 편했어요.

신예슬 그럼 수민이가 생각하는 중년교사는 어때? 막 불편하고 그래?

이수민 솔직히 딱 처음 봤을 때 나이 어리시고 젊으신 선생님보다는 다가가기 힘든 건 좀 있는 것 같아요. 뭔가 나이가 좀 많고 우리 엄마 아빠 나이쯤 돼 보이면 대하기 힘들고 그리고 인사를 받아주실까 이런 생각도 들고, 그래서 다가가기 힘든데 또 막상 다가가면 오히려 더 아들처럼 딸처럼 대해 주시고 잘 챙겨주시고 저희한테 조금이라도 더 알려주시려고 하고 이런 게 중년교사라 생각해서 한번 다가가면 오히려 젊은 교사보다 배울 게 많고 얻을 게 많지 않을까 싶어요.

신예슬 그런 선생님을 만나본 적 있어?

이수민 중학교 때 선생님들이 그랬어요. 사실 저희는 선생님이 되게 좋으신 편이었어요. 다른 학교 다니는 친구들한테 얘기를 듣다 보면 저희 학교 선생님들 되게 좋으시고 준비도 되게 열심히 하시고 사실 저희 학교는 평균 연령이 좀 어리셔요. 다른 학교들에 비해서 제가 봤을 때는 그래요. 그래서 중년교사가 그렇게 많지 않아요. 근데 중년교사 부장선생님들과 같이 수업해 보면 오히려 재밌고 더 잘 챙겨 주시려고 하는 선생님도 분명히 계셨고, 저희 학교 교무부장 선생님이 되게 좋으셨어요. 절 항상 잘 챙겨 주시고 저랑 나이가 딱 똑같은 딸이 있었어요. 그래서 그 선생님이 항상 저 보면 저 부르면서 안부도 한 번 물어봐 주시고 그런 건 좋았던 것 같아요.

김○○  저는 모의고사 관련 내용을 봤을 때, 진짜 저희 언니가 지금 고3이에요. 그래서 언니도 막 상담하고 엄마 이야기도 들어 보면 언니보다 공부 잘하는 언니들도 갈 대학이 없다고 이런 말 하거든요. 저도 지금 많이 부족한데 저렇게 맨날 모의고사보고 공부하고 그래서 좀 막막했어요. 일단은 되고 싶은 것도 있고 하니까 2년 반만 죽었다 생각하고 진짜 열심히 해야겠다는 생각이 들었어요. 그리고 가장 좋아하는 선생님 나왔을 때 칭찬이랑 격려해 주시는 선생님이 4위로 뽑혔는데, 저는 제 생각이 1위란 말이에요. 제가 많이 좋아하는 선생님이 이런 선생님이여가지고, 제가 좀 많이 소극적이어서 발표도 잘 못하는데 그 선생님은 틀렸는데도 "오, 그것도 맞는데." 이러면서 애들 잘 이끌어 주시고 하셔서 진짜 그 선생님 보고 '와 진짜 존경스럽다' 이렇게 느꼈었단 말이에요. 그래서 좋았어요. 그리고 중년교사의 고백 나왔을 때는 진짜 그 남자 선생님인가 그 선생님이 막 아이들이 고민 있을 때 자신 말고 젊은 선생님들 찾는 거 했을 때 제가 좀 찔렸는데, 저 ○○여중 있었을 때 젊은 선생님들 좋아했거든요. 막 재밌고 이렇잖아요. 근데 이거 보고 좀 이런 선생님들한테도 좀 많이 찾아가고 좀 많이 살갑게 해야겠다는 생각이 많이 들었어요.

그리고 저 선생님들도 서서 공부하시고 그러잖아요. 그래서 그거 보고 역시 선생님은 아무나 하는 게 아니구나. 이 생각 들었어요. 그리고 어떤 그 여자 선생님이 선생님 '고맙습니다.' 이 말 들으면 진짜 뿌듯하다고 했는데, 저도 진짜 선생님 되었을 때 이 말 한 마디 들으려고 정말 열심히 해야겠다는 생각 많이 들었어요.

신예슬 그럼 아람이가 지금까지 만나봤거나 했던 중년교사는 어때?

김아람 아 저는 좀 무서워요. 좀 뭔가 분위기 있고 그래서.

신예슬 나는 일단은 여기서 아이들이 좋아하는 선생님 베스트5가 나왔잖아. 5위에 재밌는 쌤이 나왔는데, 아이들이 여기서 말한 게 재밌는 쌤이 수업시간 중간 중간에 재밌는 경험담을 얘기해서 재밌다 이런 이야기가 많았는데, 나도 뭐 선생님이 된다면 많은 경험담을 가지고 재밌게 말하는 선생님이 되고 싶어. 근데 또 경험담으로만 웃기는 쌤이 아니라 수업 전체가 좀 짜임새가 있고 그래서 재밌다 그런 이야기를 듣고 싶어. 그리고 중년교사의 고백에서 나왔던 이야기가 있는데, 다섯 명의 선생님이 나왔잖아. 근데 공통적으로 했던 이야기가 수업시간에는 서로 막 웃고 친하고 재밌게 다가갔는데, 나중에는 수업 끝나고 고민이나 심층적인 이야기를 할 때 찾는 것은 후배 교사라고 이러니까 나도 학생 입장에서 좀 공감이 되고 솔직히 나도 그렇고 너네도 그렇지만 깊은 고민이 있을 때는 뭐 이○○ 선생님, 강○○ 선생님 이런 젊으신 선생님 찾아가지 연배가 좀 있으신 선생님은 안 찾아가잖아. 그래서 나는 나중에 이런 상황이 올 나이가 되면 노력을 해서라도 아이들이 꾸준히 친숙하게 찾아올 수 있는 선생님이 되고 싶고, 또 여기서 윤민정 선생님이 그 이야기를 하셨어. 기대고 상담 받을 선배 교사가 있다는 것은 정말 감사한 일이라고. 그래서 나는 중년교사가 돼서도 학생들에게는 언제나 친숙하고 거리낌 없는 선생님이 되고 싶고 대신 선생님들에게는 아까 말한 것처럼 상담을 받을 수 있는 선배 교사가 되고 싶어. 그러고 보니까 중년교사에 대한 생각이 좋은 편이 아니었잖아. 근데 우리 중학교 때 좋았거든. 우리 예를 들어서 최ㅁㅁ 선생님이라고 중년교사가 있었거든. 근데 이 쌤 처음에는 무섭다 무섭다 그랬는데 다른 젊은 선생님들에 비해서 오히려 장난도 많이 쳐주시고 그랬어. 그리고 애들이 막 놀러가고 그랬어.

# 학교의 기적 2부

**민서연** '교장실이 열리면 학교가 행복해진다' 는 우리 학교가 많이 생각 났는데, 우리 주변에도 권위적인 분들이 계시잖아. 법과 정치 사회 과목에서 민주 정치를 하기 위한 문제점이 우리나라의 권위주의라고 했거든. 그런데 죽백초등학교랑 금구초중학교에서 는 일단 교장실이라는 팻말 자체가 없고 교장선생님들이 학생 들, 다른 선생님들과도 친하잖아. 보통 학교 교장선생님들은 그 러지 않은데. 하여튼 이렇게 수직적인 것이 사라지고, 수평적으 로 되면 학교가 행복한 공간이 될 수 있는 것 같아. 아이들이 학 교 가기를 즐거워하고 여기서 나온 방법이 교장실을 없애는 거 였는데 권위적, 수직적인 모습을 없애려고 하면 굳이 교장실을 없애지 않아도 학교가 행복한 모습이 나올 거 같아. '학교 안 투명인간이 없다' 는, 우리 학교는 영양사 선생님이랑 친하니 까. 우리 학교 애들은 인사도 다 잘하는 거 같고 행정실도 우리 학교에서 금단의 구역이라기보다는……

**유송현** 잠깐 여기서 행정실 안 가본 사람?

**박상아** 못 가는 곳은 아닌데, 굳이 내가 갈 필요는 없지.

**김도윤** 왜 가는데?

**박상아** 선생님 일손 도우러.

**박효진** 등록금 그런 거 떼러? 돈 때문에 가.

**민서연** 하여튼, 그래서 우리 학교는 학생들이랑 선생님들이랑 가까운 편인 것 같아. 학부모 공개수업의 날이란? 이거에서는 공개수업 날이 선생님 수업 방식을 보는 것보다, 학생들 활동하고 공부하는 모습을 보는 날이라는 것이 좀 인상 깊었어. 선생님들이 평가받는 날이 아니라는 것에서.

**박상아** 그것까지 하면 선생님들을 두 번 평가하는 거지. 얼마나 힘들겠어. 교원평가도 있고.

**유송현** 그런데 교원능력평가를 학부모들도 하잖아. 그러면 학부모들은 공개수업을 보고 평가하는 것 아니야? 그러면 그날은 선생님들을 평가하는 날 아니야?

**박효진** 근데 교원평가가 실질적으로 부질없잖아. 신경 안 쓰잖아.

**박상아** 의미 없으니까 뭐.

**유송현** 그런데 교원평가를 하는 학부모 입장에서는 잠깐 수업만 보고 평가를 하는 거잖아.

**민서연** 그런데 단지 그것만 보고서 선생님을 평가할 수 없잖아. 수업 기술이 나쁘다고 그 선생님이 나쁜 게 아니니까. 다시, 그리고 '선생님이 기다릴게'에서는 교실을 딱 열었는데 아이들이 두 명 밖에 없다는 것은, 진짜 선생님께서 너무 힘들 것 같았어. 내가 이러려고 선생님이 된 것이 아닐 텐데.

**박상아** 회의감 같은 것 드시겠지.

**민서연** 선생님이 너무 힘드시고, 나 같으면 못 버틸 것 같았고, 죄송한 마음을 가질 정도만 야단친다는 것이 선생님의 마음이라는 구절이 제일 인상 깊었어.

**김도윤** 나도 그래.

김윤지 '교장실이 열리면 학교가 열린다' 여기서는 저희 학교랑 굉장히
극과 극이잖아요. 이렇게 저희 학교가 닮아갔으면 좋겠다는 생
각을 했어요. 아침 자습 대신 운동장에서 자유 시간을 사용하는
것이 많이 인상 깊었어요. 요즘 서울에 있는 초등학교들도 거의
중고등학생처럼 공부를 하는데, 이 학교는 독특한 활동을 하니
까 신기했고, 교장실을 카페로 리모델링하신 것은 정말 놀랐어
요. 어떻게 저런 생각을 하실까. 그런 생각을 했고 소통이 매우
잘되는 학교 같았어요. 두 번째 '학교 안에 투명인간은 없다'
거기에서 저희 학교는 다 인사 잘하잖아요. 그런데 중학교 때는
선생님들 말고 화장실 청소하시는 분이나, 장비 고쳐주시는 분
들 보고 인사 안 하는 친구들도 있어서 그 생각이 났어요. 제일
중요한 학교 안에서 역할이 아무래도 교사라고 생각을 했었는
데, 교사뿐만 아니라 학교 안에서 일하시는 모든 분들이 있어야
만 우리가 학교를 잘 다닐 수 있다는 생각을 하게 되었어요. 공
개수업에서 보아야 할 것을 보지 못하고 있다고 했는데, 그게
아이들 얼굴이었잖아요. 그래서 아 이렇게, 매일 뒤에서만 보다
가 옆에 같이 참관하셔서 아이들과 함께 수업을 듣는 것 자체가
새로운 발상이지 않나 이런 생각을 했어요. '선생님이 기다릴
게'에서 가장 인상 깊었던 말이 '아이들이 놓아버렸던 손을 선
생님은 다시 잡아 일으켜 준다는 것' 거기서 많이 감동받았어
요. 인문계는 아닌 것 같은데 제가 만약 그런 학교에 있다면 정
말 힘들 것 같아요. 포기할 것 같고. 그런데 그 학교 선생님들께
서 학생 한 명씩 관심을 가져주시는 것 보고 진짜 '선생님도 아
무나 하는 게 아니구나.' 하고 한 번 더 마음가짐을 새롭게 하

는 계기가 되었고요. 잘못한 것을 알지만 그래도 우리가 담아야 된다고 하신 거에서 제가 만약 그런 학생이었다면, 십 년 뒤쯤에는 정말 그 선생님들께 감사하지 않을까요? 제가 올바르지 않은 길을 가고 있는데 선생님께서 바른 길로 인도해 주셨다면 인생이 많이 바뀔 수도 있으니까. 그것이 가장 인상 깊었어요.

유송현 나는 '교장실이 열리면 학교가 행복해진다'에서 교장실이 없는 것은 '그럴 수도 있겠구나.' 이런 생각이 들었어. 선생님께서 아이들과 더 많이 친해지고 싶고, 다른 과목 선생님들과 친해지고 싶어서 교장실을 없앤 것은 획기적이었지만 나한테 크게 와 닿는 주제는 아니었어. 난 죽백초등학교에서 가장 크게 와 닿은 것은 해맞이 활동. 나는 자습 시간에 공부를 시킨다고 해서 되는 시간도 아니고, 멍 때리고 오늘 뭐하나 오늘 시간표 뭐들었지 이러다가 시간이 다 가는데 그때 햇볕 쬐고 운동장에서 친구들이랑 뛰고 걷고 그러면 그 시간을 낭비하지 않고 보람되게 쓸 수 있는 좋은 시간이라고 생각했어. 금구초중학교에서 카페가 있었잖아. 다른 선생님도 아니고 교장선생님께서 다른 선생님들께 커피를 타 주시는 모습이 제일 인상적이었던 것 같아. 보통 아이들은 교장선생님을 많이 무서워하니까. 마지막에 그 선생님께서 '아이들, 학교, 여러분이 있으면 다 된다.'라고 하셨잖아. 그 말에서 진짜 교사라는 직업은 그 세 가지가 가장 중요하니까 그 것에 대해서 노력을 많이 해야겠다는 생각을 했어. 그리고 '학교 안 투명인간은 없다'에서, 난 이게 제일 좋았는데 청소하시는 분들을 우리는 보고 인사하는 애들도 있고, 그냥 지나치는 애들도 있는데 이 학교에서는 여사님이라고 부르는 이름 같은 것도 정해져 있고 그래서 애들이 훨씬 더 쉽게 인식이 되는 것 같아. 여사님이라는 그분들이 우리를 위해 주신다. 이런 인식. 조리사님들께도 선생님이라고 칭하는 것도 되게 좋은 생각 같았어. 우리도 그렇게 하면 아이들 인식이 바뀌지 않을까 그런 생각도 했어. 학부모 참관 수업은 일단 우리 엄마아빠도 그런 것처럼 안 오시잖아. 그런데 여기에서는 돌아다니시면서 내 애가 어떤 활동을 하는지 자세히 보고 친구랑 얘기하는 것도 보고 함께 말도 하시면서 그래서 참여하시는 분들도 늘고 학교에서도 좋은 수업 분위기를 만들 수 있어서 좋았던 것 같아. 그리고 '선생님이 기다릴게'는 제일 힘든 실업계 고등학교에서는 흔히 볼 수 있는 장면이라 생각해. 친구들 말 들어보면 점심시간에 등교하고 그러니까. 그래도 나는 그런 곳에서 교사 생활을 하면 훨씬 보람도 있고 스스로 발전할 수 있는 교사가 될 수 있을 거라고 생각해. 나는 그런 학교에서 일하고 싶은 생각도 있어. 나 스스로 성장할 수 있는 교사가 될 것 같아서.

**박상아** 일단 처음에 '교장실이 열리면 학교가 행복해진다.'에서는 먼저 금구초중학교부터 말하면, 교장선생님께서 바리스타이시기도 했잖아. 교장선생님이라는 단어랑 바리스타랑 되게 안 어울린다고 생각했는데 아이들한테는 친근감이 들 것 같아서, 선생님들이 학생들에게 다가가는 데에는 좋은 방법인 것 같았어. 그리고 교무회의 할 때, 교장선생님의 자세가 선생님의 의견을 듣는 보기 드문 자세여서 저기는 선생님들도 되게 평등하게 대우를 받는구나. 이런 생각이 들었어. 선생님들도 배려받고 있다고 하셨고. 그리고 교장선생님께서 하신 말 중에 자기가 하는 일에 사람이 찾아온다는 게 그것만큼 행복한 게 없다고 하셨는데, 실제로 사람이 혼자 있으면 무감각해지고 감정이 무뎌지는 것처럼 행복한 게 이것만큼 좋은 게 없는 것 같아. 사람들이 찾아온다는 것은 내가 이 사회에 적응을 하고 있다는 거고 사람들이랑 이야기를 하고 있다는 게 나랑 같이 있는 사람이 있다는 것이니까. 이 말이 좋았어.

민서연 그런데 외부 인사가 찾아오셨을 때 교장실이 카페면 정말 충격적일 것 같아.

유송현 더 좋은 분위기지 않을까?

박상아 그런데 여기 나온 학교는 초등학교, 중학교잖아. 고등학교에서는 교장실이 없다는 게 가능할까라는 생각이 들었어. 입시 관련된 입학 사정관들도 오고 일적으로 처리해야 할 외부 손님이 많이 오는데 고등학교에서 이렇게 자유로운 분위기는 좀 힘들지 않을까.

유송현 맞아. 우리나라에서 고등학교는 불가능한 이야기인 것 같아.

박상아 그리고 '학교 안 투명인간'에서, 나는 인터뷰하는 미션을 들었을 때, 인터뷰 하실 선생님들을 몇 분 생각 안 했어. 모든 선생님이라고 했을 때 교과 선생님, 보건 선생님, 영양사 선생님 그런 선생님들만 떠올랐는데 여기서 운영소장님이랑 행정실장님, 행정실 시설 주무관, 청소 아주머니 등 내가 생각했던 범위와 달라서 신선했어. 이걸 보고 학교에 있는 사람들은 모두 선생님이라는 생각을 하게 되었어. 그리고 '학부모 공개수업'에서는 '공개'라는 말 자체가 교사, 학부모랑 학생 모두 다 긴장되고 떨리고 무언가 준비를 해야 되는 날 같잖아. 그래서 그런 면에서 좀 공감을 받았어. 초등학교 때보다 고등학교 때 학부모님들이 더 관심을 가져야 하는데 우리는 고등학교 때는 진짜 반에서 오시는 분이 한두 분(?) 밖에 없으시니까 문제라고 생각했어. 그리고 오셔도 아이들 뒤통수만 보시고 선생님 수업 방식만 보시고 그래서 나는 학부모 공개수업이 무의미하다는 생각도 들었어. 그리고 배움을 이어나가는 것을 알아보는 그런 뜻이 있다고 하는데 이건 진짜 잘 모르겠어. 이게 우리가 진행되고 있는 학부모 공개수업의 날에 맞는지 모르겠어. 마지막으로 '선생님이 기다릴게'에서는 출석현황이 너무 좋지 않았고, 아 진짜 슬펐던 게 교훈이 지각했다고 결석하지 말자였어. 지각이 너무 일상인 거야. 그리고 결석을 많이 한 아이는 학부모 지도를 하는데 나는 그게 학부모 입장에서도 큰 부담이 될 거라고 생각해. 아이랑 학부모랑 선생님이랑 관계가 어색해질 거라고 생각했어. 그리고 학생부 옆에 특별관리반이 있는 것도 신기했어. 징계를 받는다고 했는데 징계 받는다는 것 치고는 느슨한 분위기였던 것 같아. 이 정도만 말할게.

김도윤 일단, '교장실이 열리면 학교가 행복해진다'에서 죽백초등학교에서 해맞이 시간에 운동장에서 노는 모습이 너무 좋았어. 아니 우리 솔직히 등교해서 자습시간에 다 졸지 않아? 다 자잖아. 그 시간에 차라리 밖에 나가서 운동하는 게 우리 건강에 더 좋고 효율적이라고 생각했어. 금구초중학교에서 교장실에서 회의할 때 좌식이었잖아. 진짜 신선한 충격이었어. 그리고 '학교 안 투명인간은 없다'에서 미션 하고나서 애들이 학교에 이렇게 많은 사람들이 있구나, 이렇게 깨닫고 동영상 만드는 미션까지 받고 나서 동영상 애들한테 보여주는 거. 그게 인상적이었어. 그리고 '학부모 공개수업의 날이란?' 여기에서 한계가 애들 뒤통수만 보고

가는 거잖아. 우리가 앉아 있으면 다른 게 생각나는 게 아니라 나는 선생님들이 평소랑 다르구나. 이런 모습들이 많이 보여서 이건 정말 앞서 말했듯이 수동적이고 편안한 분위기에서 하는 것이 우리한테 도움이 되고 학부모님들한테도 우리 모습을 실제로 보여주는 거니까 더 좋아하실 것 같아. '선생님이 기다릴게'에서는 23명 중에 11명이 나온 것을 보고 이게 실업계는 다 이런가, 이런 생각을 하면서 선생님들이 정말 착하다는 생각을 했어. 나 같으면 진짜 못 견딜 것 같아.

어떤 남자애가 그러잖아. 자기는 몸에 배어서 늦게 온 것이라고. 그리고 선생님들 말에서 정성을 주면 성의를 주고 배신하지 않을 거다 이러셨는데 나한테는 인상적이었어. 보통 애들이 많이 지각하거나 하면 포기할 만도 하신데 노력하시는 모습을 보고 선생님들이 애들한테 정을 많이 주고 정성을 다하고 있구나, 이런 모습이 느껴져서 되게 좋았던 것 같아.

**박효진** 교장실이 없는 학교에서 교장선생님이 애들 이름을 한 명씩 다 외우고 있었잖아. 그게 되게 특이했던 것 같아. 그리고 학부모들 상담 인터뷰했었잖아. 그걸 보면 애들 원래 학교가기 싫어했는데 여기로 전학 오고 나서 학교 가는 것을 좋아한다는 말 듣고 선생님의 역할이 되게 중요하다는 것을 느꼈어. 그리고 교장실이 카페인 곳은 선생님들이 회의를 할 때 교장선생님과 선생님의 차이가 별로 없었잖아. 여기는 자신의 의견을 자유롭게 말할 수 있는 분위기라서 되게 좋았어. 점심시간에 보니까 교장실 문이 아예 열려 있더라고. 아이들과 선생님들이 마음대로 들어가서 커피마시고, 놀고 나오는 모습을 보고 선생님들도 출근하는 것이 즐거울 것 같다는 생각을 했어. 그리고 '투명인간은 없다' 여기에서는 영양사 아주머님이 이야기하셨는데 외부에서 학교 학생들을 봤을 때 아는 척 하고 싶었다고 하셨잖아. 그 소리 듣고 교과 담당 선생님이나 담임 선생님들만 나를 아는 것이 아니라 영양사 선생님이나 지도해 주시는 분들 학교에 있는 많은 분들이 나를 알아봐 주신다는 것에 감사했어. 그리고 졸업하고 나서 졸업앨범 보면 한 번도 못 봤던 선생님들 있잖아.

행정실 분도 그렇고. 그럴 때 내가 너무 무관심했던 것 아닌가. 이런 반성도 하게 되었어. '학부모 공개수업'에서는 우리 엄마 아빠는 학부모 공개수업을 한 번도 안 왔었어. 그런데 선생님들이 공개수업 한다고 그러면 갑자기 조짜서 수업하고 연습하고 그러시는 모습은 좀 별로라고 느꼈어. 부모님들이 원하시는 건 아이들이 평소에 어떻게 수업하는지 알고 싶으신 건데. '선생님이 기다릴게'에서는 선생님들이 아이들에게 정말 진심으로 대하

고 최선을 다하시고 있구나, 라는 걸 느꼈어. 보통 아이들이 정학 같은 거 먹고 그러면 봉사시키고 그러는데 여기는 공부를 시키잖아. 그게 좀 특이한 것 같았어. 애들이 풀 뽑고 이런다고 성찰이 되는 건 아니잖아.

선생님들이 노력하면 애들이 바뀔 수 있겠구나 이런 것도 느꼈어. 학교라는 울타리가 아이들을 포기하지 않는 것이라는 선생님 말씀을 듣고 학교가 아이들을 책임지려고 노력하고 있구나, 라는 생각도 했어.

# 수고했어, 오늘도 #1

## 교육봉사를 갔던 날,,

오늘은 교육봉사 첫날이었다. 장애인들을 돕는 봉사활동은 많이 해봤지만 직접 초등학생을 가르쳐 보는 것은 처음이라 설레기도 하고 한편으로는 내가 도움이 안되면 어쩌지, 말을 안듣으면 어쩌지 하고 걱정이 되었다. 그런 마음을 안고 용두초에 가서 누가 나의 짝이 될까? 하는 설레는 마음으로 교실에 들어갔다. 선생님께서는 명단을 보여주시며 누구와 하고 싶은지 정하라고 하셨다. 나는 그중에 은결이라는 이름이 눈에 들어왔고 아주 예쁜 여자아이일 것이라고 짐작이 되었고 은결이와 함께 하고 싶다고 하여서 같이 하기로 하였다. 예상외로 은결이는 아주 작고 귀여운 남자 아이였다. 은결이는 학력이 부족한 것은 아니지만 사람들과를 좋아하지 않아 점수가 나오지 않고 부모님이 바쁘셔서 온 것이라고 했다. 처음으로 은결이와 함께 문제집을 풀고 제일 어려운 부분이 뭐냐고 물어봤는데 딱히 어려운 부분이 없다고 해서 처음부터 같이 문제를 풀고 어려운 문제를 질문하고 다루는 방식으로 공부를 하기로 하였다. 은결이는 문제도 진짜 잘 풀었고 보충수업을 해야한다는게 믿기지 않을 정도로 기초가 탄탄했다. 하지만 조금 지나치 않게 하기 싫어하고 계산을 하라고 하면 "앙산하고 있어"라는 말로 나를 당황하게 하기도 했다. 그래서 나는 공부가 먼저가 아니라 은결이의 태도를 옳바르게 이끌어 주어야 할 것 같아서 일상적인 대화로 시작해 이야기를 해보았다. 은결이는 아침에 혼자 일어나서 씻고 밥을 먹고 학교에 왔다고 하였고 공부가 왜 싫은지 물어봤더니 그냥 하기도 싫고 귀찮아서 시험을 볼때 1~5번 순으로 번갈아가며 찍는다고 했다. 나는 이말을 듣고 은결이가 가진 능력을 반도 발휘하지 못하는 것 같아서 정말 안타까웠다. 그래서 은결이에게 나도 공부를 싫어한다고 이야기를 하며 앞으로 공부를 왜 해야하는지 은결이의 장래희망을 물으며 설명해 주었다. 프로게이머가 되고 싶다는 은결이에게 게임을 잘하는 것도 중요한 일이지만 게임 속 사람들과의 소통 또는 훌륭한 프로게이머가 되면 영어도 꼭 필요하니 지금부터 조금씩 공부해야 한다고 설명해주니 은결이도 쉽게 이해하는것 같았다. 은결이마 하기 싫어하고 힘들어 할때마다 이런 이야기를 다시 해주면 은결이도 열심히 하려고 노력했다. 마음이 맞지 않은 상황에서는 내가 답답해서 조금 화를 내기도 했지만 은결이의 성정을 이해하니 한편으로는 이안해졌다.

짧은 시간이었고 은결이에게 학습적인 도움은 크게 주지는 못했지만 내가 해준 이야기를 듣고 조금이라도 생각이 바뀌어 더 열심히 하는 학생이 되었으면 좋겠다.

21025 이혜민

2016년 8월 8일 날씨 맑음 2학년 박효진

봉사활동 첫 날이라 떨리는 마음을 갖고 초등학교로 향했다.
내성적이라서 아이들과 친해질 못할까봐 걱정돼서 심란했지만 아이들과 빨리 친해져야 겠다는 결심을 하고 교실에 들어가기 전에 마음을 다잡았다.
교실에 들어가서 아이들을 바라봤을 때 거냥이 마치 다른 지역에서 전학와서 잘 부탁한다고 인사해야 할 것 같았다. 그렇게 떨리는 마음으로 일주일 동안 함께 하게 될 아이를 배정 받았는데 이름이 구슬이라는 머리빛이 새빨간 천진난만한 강병한 아이였다.
교실에 딱 들어갔을 때부터 눈에 확 띄어서 저 아이가 되면 좋겠다는 생각을 했던 터라 배정받은 아이가 그 아이인 걸 알았을 때 신기함을 느꼈다. 서로 처음보는 사이이니 어색한 마음을 지으면서 구슬이 옆에 앉아서
어떻게 해야할지 나름대로 심각하게 고민하다가 구슬이 풀고 있던 문제집을 채점해주고 틀린 문제들 다시 풀어보라고 했다. 그리고 모르는 것이 있으면 물어보라고 하면서 구슬이 문제 푸는 것을 지켜보았다. 그러다 문득 내 초등학교 시절이 떠올랐는데 그 때의 나는 수학를 못해서 헤매다가
포기해버리고 놀다가 나이에 힘들어 했었다. 그런 그때의 나와 구슬이가 비슷해 보여서 더 마음이 쓰였고 최대한 알기 쉽게 알려줘야 겠다는 생각이 들어서 구슬이가 잘 이해하지 못하는 수학 문제들을 같이 풀어보면서 이해시키기 위해 노력했고 구슬이도 처음에는 잘 따라지 못해 어려워하다가 점점 잘 따라와주었다. 그리고 계속 반복해서 설명해주다보니 나도 어연스으로 설명을 어떻게 할지 방법을 찾을 수 있게 되었다. 아직 첫 날이다 보니까 말로 몇마디 나눠보지 못하고 문제를 풀며 시간을 보냈지만 앞으로 차차 서로에게 정해나가며 친해지길 바라는 마음으로 봉사를 마쳤다.

Chapter 2

# Book적 Book적
# 교육도서

교육을 다루고 있는 책을 읽고, 서평이나 독후감
쓰기를 해보았습니다.
'책읽기의 마무리는 쓰기'라는 말을 직접 실감할
수 있는 시간이었습니다.

# '학교란 무엇인가' 를 읽고

김도윤

'학교란 무엇인가' 라는 책은 학교란 무엇인가라는 답이 간단하다 생각했던 나에게 많은 정의를 떠올리는 노력을 해보는 데에 도움을 주었다. 학교와 교육 그리고 그 주체인 학생은 복잡한 존재였다.

나는 '학교란 무엇인가' 를 학교란 무엇인가 시즌 1 다큐멘터리를 통해 처음 접했다. 그중에서 10부작 중 6부의 칭찬의 역효과는 아직 나에게 큰 영향으로 남아 있고 책을 읽으며 가  장 인상 깊었던 부분이었기에 칭찬의 역효과를 중심으로 나의 생각을 이야기 해 보고자 한다. 다큐멘터리의 도입부 에서 '칭찬은 돌고래도 춤추게 한다.' 라 는 우리가 흔히 들어오던 속담이 나온 다. 박수소리가 없다면 과연 돌고래가  춤을 출까? 그게 아이들에게까지 적용 될까?

우리는 칭찬에 익숙해져 있다. 나 또 한 그러하다. 지금은 내가 고등학생이 니까 내 스스로 하는 것이니 칭찬은 기대하지 않지만 그래도 해주면 나 도 모르게 입 꼬리가 올라간다. 그런데 돌이켜보면 부모님이 나를 칭찬해 주면 감사하지만 뭔가 모를 부담감이 나를 미세하게 눌렀다. 이렇게 칭찬받고 나서 기대에 미치지 못했을 때 부모님과 주변 사람들의 눈빛을 상상하면 그러한 감정이 나를 압박하는 건 당연한 건지도 모르겠다. 이게 바로 내가 직접 겪고 있던 칭찬의 역효과였지만 알지 못했던 사실이었다.

칭찬의 역효과를 알아보는 실험 중에서도 나는 각기 다른 칭찬을 들은 빨간방과 파란방의 아이들이 같은 문제를 풀고 나서 선택하는 문제의 난이도가 달랐다는 실험이 가장 독창적이면서 충격적이었다. 문제는 점점 수준을 심화시키며 학업 능력을 향상시켰다. 그런데 '너 천재다!', '정말 잘 푼다!' 등의 결과 중심 칭찬을 들은 아이들은 비슷한 문제를 골랐다. 칭찬은 도리어 도전정신을 가로막았다. 또한 잘했다는 칭찬을 들은 아이들은 문제풀이 방법 대신 친구들의 점수를 선택함으로써 자신의 능력을 타인과 비교하는 것에 관심이 더 많았다. 참으로 안타까웠다. 반면에 '네가 많이 노력했구나!' 와 같은 과정 중심의 칭찬을 들은 아이들은 더 심화된 문제와 문제풀이를 선택하였다. 자신의 노력에 대한 칭찬은 아이들이 더 높은 목표를 바라볼 수 있도록 용기를 북돋았던 것이다. 칭찬을 통해서 아이들의 학업 능력에도 영향을 주는 것은 충분히 가능한 것처럼 보였지만 어떠한 칭찬이 아이들의 귀에 들어가냐에 따라 달라질 수 있음을 증명하는 실험이었다.

책을 보다 문득 들어온 단어는 '칭찬스티커' 였다. 도대체 칭찬스티커는 이로운 걸까 해로운 걸까? 나 홀로 고뇌에 잠겨 생각하다가도 내 생각이 정리가 되지 않을 정도로 이중적인 면이 확실한 것이 바로 칭찬스티커인 것 같다. 우리 학교에서의 상 벌점 제도와 비슷한 관점인 것 같다. 하지만 이건 노력주의가 아닌 결과주의, 즉 과정보다는 결과에 충실한 제도란 생각에 대해서는 비판적인 시각으로 바라보게 된다. 하지만 어떤 관점에서 보면 배움에 대한 즐거움과 보상이라는 두 마리 토끼를 모두 잡는 것은 칭찬스티커 또는 상점의 장점이기도 하다. 하지만 칭찬이 사라졌을 때 의욕도 함께 사라지는 것보단 칭찬을 하지 않고 오래토록 의지를 유지하는 게 오히려 좋을 수도 있을 거라는 생각이 든다. 칭찬스티커(상벌점제)는 각각의 선생님 또는 부모님의 교육관에 따라 선택하는 거지만 내가 선생님이라면 칭찬스티커를 시행하지 않을 것 같다. 대신 칭찬스티커를 대체할 무언가가 있지 않을까. 그게 바로 아이들에 대한 사랑이고 관심이라고 생각한다. 아마 그게 나의 결론인 것 같다. 이는 내가 계속해서 생각해 보고 고민해 봐야 할 과제인 것 같다.

책에서도 언급되었듯이 책의 목적은 올바른 칭찬법을 소개해 주기 위해서가 아닌 칭찬의 한계를 알고 자녀와의 관계를 형성하는데 집중해야 한다는 것이다. 나는 초등학교 선생님이 꿈이기에 학생과의 관계를 돈독히 하는데 심혈을 기울이며 노력해야 한다. 아이들의 능력은 무한한데 칭찬으로 능력이라는 공이 서서히 무너져간 아이들의 자존심을 일으켜 주기 위해선 무엇보다 내가 그리고 우리가 노력할 것은 아이들을 사랑하는 것이라는 걸 알았다.

# 학교란 무엇인가

EBS 학교란 무엇인가 제작팀 | 중앙북스

　1년 2개월간의 국내외 취재를 통해 교육현장에서의 치열한 부딪힘과 깊은 고민을 포착해 대한민국 교육에 신선한 반향을 불러일으켰다. 국내 최초로 교사 혁신 프로그램을 도입하여 의미 있는 감동을 선사하였으며, 학부모, 교사, 학생들의 참여로 이루어진 방대한 실험과 대규모 설문조사를 통해 객관적 데이터를 확보하여 학교교육 및 가정교육에서 꼭 알아야 할 10가지 중요한 주제들을 찾아냈다.

http://book.naver.com/bookdb/book_detail.nhn?bid=6723887/
네이버/알라딘

# '아이들에게 세상을 배웠네'를 읽고

김아람

    독서노트 앞쪽의 추천도서를 보면서 알게 되었다. 책 소개에는 '교사로서 사는 삶이 어떤지 알려준다. 중·고등학교 선생님이 어떻게 사는가 알고 싶다면 한 번쯤 권장하고 싶은 책이다. 이 책을 보면 '교직이 자기 적성에 맞는지 살필 수 있다.'라고 쓰여 있다.

    솔직히 나도 내가 교직에 잘 맞을지 안 맞을지 궁금하기도 해서 읽게 되었다. 여기에는 수십 년 간 교직생활을 해온 명혜정 선생님과 명혜정 선생님의 동료인 최샘, 문샘, 황샘과 아이들과의 일상이야기가 나와 있다. 나는 이 책을 읽고 느낀 점들이 굉장히 많다.

    먼저 이 학교 아이들도 학교에 있기 싫어하고 온갖 소설을 써서 어떻게 해서든지 학교를 빠지려 한다고 했다. 그럴 때마다 명샘은 아이들을 이해하고 기다려 주기로 했다. 그랬더니 아이들은 결석을 하고 난 다음날에는 아침 일찍 등교를 다시 한다고 한다. 그러나 내가 봐왔던 아이들은 그렇게 한 번 빠지면 선생님이 눈감아주나 생각해서 한 번이 두 번이 되고 두 번이 세 번이 되면서 계속 빠지려고 했다. 그러나 아이들을 기다려주고 다시 학교에 나올 수 있게 한 명혜정 선생님이 정말 대단하다고 느껴졌다. 그리고 명샘네 반에도 질투가 많은 한 아이가 있었다고 한다. 그 아이 눈에는 쌤이 생활태도가 나쁜 아이에게는 밥을 사주는데 자신같이 선생님 말도 잘 듣고 열심히 공부한 아이에게는 밥을 사주지 않아 평등하지 않다는 문제 제기를 여러 번 했다고 한다.

사실 나도 이 아이와 조금 비슷한 생각을 했다. 생활태도가 좋지 않은 애들은 항상 말썽만 피우고 규칙도 잘 안 지키는데 중학교 때 선생님이 그런 애들한테는 오히려 다 이해해 주고 늦었는데도 혼내지도 않고 감싸 주었기 때문이다. 나도 그런 선생님의 행동을 그때에는 이해할 수 없었다.

하지만 이 책에서 명혜정 선생님이 이렇게 말씀하셨다.

"부족한 자식에게 떡 하나 더 내미는 것이 부모 마음인데 세상살이가 잘난 사람에게만 대접을 한다면 못난 사람들은 그늘에서 울고만 있어야 하지 않을까? 사람이란 능력에 상관없이 대접받고 살아야 할 천부적인 인격체 아닌가?"

나는 이 말을 읽고 정말 그동안의 나의 행동에 대해서 후회하고 반성하게 되었다. 저 한 문장이 정말 나에게 와 닿았기 때문이다. 내가 나중에 커서 진짜 선생님이 되어서도 이 말을 가슴속에 담아 아이들을 차별하지 않고 평등하게 아이들을 대하고 싶다.

그리고 명샘은 자신이 가장 힘들어 하던 문제 아이들의 담배지도를 담배맨을 만들면서부터 깔끔하게 해결이 된다고 하셨다. 담배맨으로 지정된 아이들은 담배를 피우는 아이들을 문자로 바로바로 알려준다. 그러면 선생님들이 그 아이들을 잡으러 간다고 했다. 나는 이 부분을 읽고 학교폭력이 일어나지 않을까라는 생각이 들었다. 담배 피는 애들이 누군가가 자신들이 담배 피는 걸 신고한다는 걸 알면 누가 신고했는지 찾아내려고 하기 때문이다. 그래도 이 책에는 그런 내용까지 나오지 않은 걸 보니 아직까지는 그런 일이 없었나 보다.

책을 읽다보니 이 책에는 정말 명혜정 선생님의 명언이 많았다. 나는 항상 나 자신이 타인을 읽어내는 사람이 아니라 타인이 읽어 주길 바라는 사람이었다. 그러나 '타인을 읽어 내는 감수성이 없다면 타인을 사랑할 수 없을 지도 모른다' 라는 문장을 읽고 그동안 몰랐던 것을 깨닫게 되었다. 그래서 이 책을 읽고 먼저 세운 계획 중 하나가 '남의 말을 잘 듣는 습관들이기' 가 되었다.

그리고 이 책을 읽다보면 여기 나오는 아이들은 대부분 선생님의 노력으로 행동과 생각이 많이 바뀌고 고쳐졌다. 진짜 그런 걸 보고 선생님의 노력과 정성이 대단하다고 느껴졌다. 지난번 동아리에서 보았던 교육 다큐에서도 학생들이 학교를 빠져나와 담배를 피우는 학교가 나왔는데 거기 선생님들은 아이들이 담배 피는 걸 막기 위해 풀숲에서 잠복을 하면서까지 아이들의 금연 지도를 열심히 하셨다.

그래서 아이들은 그렇게 고생하시는 선생님들을 보면서 담배를 피우지 않으려고 노력한다고 한다. 나는 항상 정말로 이런 선생님들을 보면 어떠한 선생님의 노력과 정성과 관심으로 아이들을 바꿀 수 있다고 믿는다. 과연 이러한 노력과 정성과 관심을 쏟아도 바뀌지 않는 아이들이 있을까? 나는 그런 아이들까지도 이해하고 기다려 주는 선생님이 되고 싶다.

나는 이 책이 교사가 되려고 하는 친구들이 꼭 한번 읽어 봐야 할 도서로 추천하고 싶다. 왜냐하면 정말 명혜정 선생님 자신의 교직생활에서의 소소한 일상 이야기가 그대로 나오기 때문이다. 다른 교육 도서들은 조금 딱딱하고 지루한 면이 있는데 이 책은 정말로 우리의 학교생활과 너무나 비슷해서 공감이 가고 아이들을 좀 더 이해할 수 있는 계기가 될 것이다.

# 아이들에게 세상을 배웠네

명혜정 | 살림터

아이들이 자기정체성을 찾아갈 수 있도록 도와준 명혜정 교사의 경험을 바탕으로 한 교육 에세이다. 농어촌 아이들이 자신만의 빛깔을 잃지 않고 살아갈 수 있도록 독서 동아리 운동, 독서 캠프 등을 해온 저자는 이 책에서 학생들과 벌어졌던 에피소드를 따뜻한 시선으로 들려준다.

http://book.naver.com/bookdb/book_detail.nhn?bid=6927652/
네이버/인터넷 교보문고

# '창가의 토토'를 읽고

김윤지

　어느 더운 어느 여름날, 심심해 하던 나에게 엄마는 책 한 권을 추천해 주셨다. 내가 읽으면 정말 재미있게 볼 책이라고 하시며 책꽂이에서 책 한 권을 꺼내 주셨는데, 책 제목이 너무 귀여워 눈길이 갔다. 하지만 조금 유치할 것 같기도 해 목차를 살펴봤는데 교육 관련 도서인 것을 알고 호기심이 생겨 읽게 된 것인데, 그 책이 바로 '창가의 토토' 였다.

　이 책의 주인공 토토는 호기심이 많고 밝고 사랑스러운 아이다. 하지만 수업시간에 다른 학생들의 수업을 방해했다는 이유로 전에 다니던 초등학교에서 퇴학을 당하게 된다. 물론 고의로 한 행동이 아니고 왕성한 호기심에서 나온 행동이었지만 그 정도가 너무 심해 학교에서 퇴학이라는 방법을 선택한 것이다. 토토는 다른 학교를 찾아야 했는데 여러 학교 중 결국 '도모에 학원' 에 입학하게 된다. 학교에 간 첫 날, 도모에 학원의 교장 고바야시 선생님이 장장 4시간에 걸친 토토의 이야기를 공감하며 들어준 것에 감동한 토토는 앞으로의 학교생활을 기대한다. '도모에 학원' 은 다른 학교와 다른 점이 정말 많았는데 이것이 토토를 변화시키는 계기가 된 것이 아닌가 싶다.

　다른 학교와의 차이점 중 가장 특이한 점은 이 학교의 수업방식이었다. 대개의 학교는 시간표대로 수업을 하는데 도모에 학원은 하루 동안 공부할 시간표의 전 과목 문제를 칠판에 가득 써놓고 자신이 좋아하는 것부터 시작하는 것이었다. 이 수업방식은 학년이 올라갈수록 학생 한 명 한 명이 관심을 갖고 있는 분야나 관심의 정도, 사고방식, 그리고 개성 같은 것을 점점 확실하게 드러내주기 때문에 선생님이 학생 개개인을 파악하기에 더 없이 좋은 방법이었다. 학생들 역시 자기가 좋아하는 과목부터 해도 된다는 즐거움이 있고, 설사 싫어하는 과목이라도 수업이 끝날 때까지만 해내면 됐기 때문에 그리 힘들게 여기지 않았다. 이것이 그야말로 참된 공부가 아닌가 하는 생각이 들었다.

또 학교에는 수영장이 있는데 이 수영장은 아이들이 수영복을 입지 않고도 수영할 수 있게 되어 있다. '남자아이와 여자아이가 서로 신체의 다른 점을 이상한 눈으로 훔쳐보는 것은 좋지 않다' 는 것과 '자신의 몸을 억지로 다른 사람에게 숨기려 하는 것은 자연스럽지 못하다' 고 생각했기 때문이었다. 또한 은연중에 '어떤 몸이든 저마다 아름다운 것' 이라고 아이들에게 가르쳐 주고 싶었던 것이었기 때문이다. 도모에 학원에는 신체적인 결점을 가진 아이들도 몇 명 있었기 때문에 벌거벗고 같이 놀다보면 수치심도 없어지고 나아가 열등감도 완화되지 않을까하고 생각했는지도 모른다. 결국 교장선생님의 바람대로 점차 부끄럽다는 생각은 사라지고 없었다.

도모에 학원의 아이들은 한 번도 학교에서 예절교육을 받은 적은 없지만 하루하루의 생활 속에서 자기보다 어린 사람이나 약한 사람을 밀치거나 난폭하게 행동하는 것은 자신에게 부끄러운 일이며, 또 어질러져 있는 곳을 보면 자기가 알아서 청소를 하는 등 남에게 피해를 주는 행동은 되도록 삼가는 습관이 어느 틈에 몸에 배어 있었던 것이다. 불과 몇 달 전까지만 해도 수업시간에 산만하게 행동해 친구들에게 피해를 주던 토토가 일상생활에서 자연스럽게 남을 배려하는 마음이 생겨 이젠 더 이상 소란스럽게 생활하지 않는다는 것이 신선한 충격이었다. 힘들겠지만 충분히 가능한 일이라는 생각도 들었다.

주입식 교육에 익숙해져 있는 지금, 이런 교육방식을 바로 실행하기에는 무리가 있지만 차츰 적용해 나간다면 언젠가는 조금 더 나은 교육을 받을 수 있지 않을까라는 생각이 문득 들었다.

도모에 학원의 교장선생님 '고바야시'는 따뜻하고 참된 교육자의 표본을 보여주었다. 아이들의 말 한마디에 귀 기울여주고 이해하고 믿어주는 이런 선생님이야말로 이 시대 아이들이 원하는 교사상이 아닌가싶다. 또 선생님들은 아이들이 좋지 않은 행동을 했을 때 무작정 혼내고 벌을 주기보다는 자신이 무엇을 잘못했고 이로 인해 누가 피해를 봤는지 알려주며 아이들이 스스로 잘못을 깨우칠 수 있게 하기 위해 노력해야 할 것 같다고 생각했다.

무엇보다도 '역지사지'의 마음을 심어주는 것이 가장 중요한 것 같다. 항상 다른 사람의 입장에서 먼저 생각하고 행동한다면 웬만한 갈등은 해결될 것이다.

꼭 교육 쪽에 관심이 없는 사람이라도 이 책을 읽게 된다면 그 순간 토토와 하나가 되어 책 속으로 빨려 들어가는 느낌을 받을 것 같다. 천진난만하고 호기심 많은 토토가 왜 어른들은 이해할 수 없는 행동을 했는지, 도모에 학원의 어떤 점이 토토를 변화시켰는지 금방 이해할 수 있게 될 것이다.


이 책에서의 가장 핵심인물 '고바야시' 교장선생님은 일반적인 선생님들과 같으면서도 많이 달랐다. 도입부에서 나타났듯이 다른 학교에서 퇴학당해 오는 학생에게 편견을 가질 법도 한데, 같은 또래 아이들과 똑같이 대해 주고 처음 보는 아이임에도 불구하고 이야기를 경청해 준 것이 정말 가슴에 와 닿았다. 이런 교장선생님의 모습은 책을 읽는 도중 많이 등장하는데 이것을 가장 잘 나타내주는 사건이 바로 장애가 있는 학생이 등장할 때였다. 한 선생님이 학생의 장애를 비하하는 발언을 하는 것을 들은 교장선생님은 그 선생님에게 충고를 한다. 언뜻 들으면 아무렇지 않을 수 있는 이야기였지만 이런 사소한 것 하나까지 학생의 입장에서 바라보며 공감해 준 것이 나에게는 큰 감동으로 와 닿았다.

항상 말을 할 때에는 내 기준이 아닌 듣는 사람의 입장에서 생각하고 한 번 더 생각하고 말하는, 그런 자세를 가져야겠다는 생각을 했다.

이 책은 여러모로 나에게 많은 교훈을 주고 반성의 기회를 마련해 준 고마운 친구이다. 몇 년 후, 내가 교사가 되었을 때 내 교육방침에 자신이 없어질 때, 나침반으로 삼을 만한 책을 찾은 것이 좋았다. 심신이 지쳤을 때 읽으면 피로를 풀어줄 것 같은, 그런 사랑스러운 책이다.

# 창가의 토토

**구로야나기 테츠코 | 프로메테우스출판사**

주인공 토토가 인생에 있어 가장 값진 초등학교 시절을 추억하며, 자연과 친구와 더불어 사는 삶의 아름다움을 가르쳐 준 당시의 스승과 아이들의 인격과 개성을 존중한 수업 방식의 탁월함을 풀어나가는 책이다.

http://book.naver.com/bookdb/book_detail.nhn?bid=1506652/
네이버/인터넷 교보문고

# '침묵으로 가르치기'를 읽고

민서연

우리가 듣는 수업을 연극에 비유하자면, 교사는 작가이자 감독이자 배우다. 우선 대본을 쓴다. 그 다음엔 무대를 꾸미고, 연극에 방해가 되는 물건들을 치운다. 완성된 대본을 들고 무대에 오르면 연극이 시작되는 것이다. 학생들은 관객일 뿐이다. 연극이 진행되는 내내 오로지 보고 듣기만 하는 학생들은 과연 이 연극이 끝난 뒤 무엇을 할 수 있을까? 우리가 일반적으로 참여하는 수업은 이런 방식이다. 교사는 책에 나오는 어떠한 지식을 '말'로 가르친다. 학생들은 앉아서 보고 듣기만 할 뿐이다. '침묵으로 가르치기'에서, 학생들은 관객이 아니라 배우가 된다. 교사는 대본을 쓰고 무대를 꾸미지만 정작 그 무대에 등장하지 않는다. 그렇다고 학생들이 누군가를 가르치는 것은 아니다. 관객은 없다.

이 책은 저자인 핀켈 교수가 에버그린 주립대학에서 30년 동안 행해온 교수법을 설명하고 있다. 그는 '말로 가르치기'가 효과가 없을 뿐만 아니라 잘못된 방법이라고 말한다. 교육은 단순히 정보를 전달해 주는 게 아니다. 학교는 학생들이 세상을 보는 안목을 기를 수 있게 해주고 또 그에 대한 이해의 폭을 넓힐 수 있게 해줘야 한다. 그렇게 함으로써 학생은 학교 밖에서도 온전한 삶을 이룰 수 있다. 만약 학생이 알려준 정보만 소화한다면 다른 방식으로 생각하거나 이해할 수 없으며 그럴 필요도 없다.

학생이 찾아와 장래 혹은 친구 관계에 대해서 상담한다고 생각해 보자. 어떤 선생님이라도 "회사원이 되어라.", "그 친구와 화해해라."라고 말하지 않는다. 질문을 던지거나 함께 토론함으로써 학생 스스로 답을 찾을 수 있게끔 유도할 것이다. 선생님뿐만 아니라 누군가의 고민을 들어주는 모든 사람들이 그렇다. 학생의 일은 학생 자신이 더 잘 알며, 학생 스스로 해답을 찾고 결정해야 발전할 수 있기 때문이다. '침묵으로 가르치기'는 이런 생각에 뿌리를 둔다.

그렇다면 '침묵으로 가르치기'는 무엇일까? 처음에는 의문이 생길 것이다. 선생님이 말을 하지 않는다니, 무슨 수업이 이래? 하지만 '침묵으로 가르치기'는 단순히 '선생님이 수업시간에 말을 하지 않는다.'라는 개념이 아니다. 중요한 것은 어떤 말을 하지 않는 것인지이다. 이제부터 소개할 두 가지 교수법에서 교사가 절대로 말하지 않는 것이 있다. 그것은 바로 '답'이다.

첫 번째 교수법은 '개방형 세미나'이다. 교사는 학생에게 책의 의미에 대해 짧은 보고서를 제출하라는 숙제를 내준다. 책의 종류는 상관없다. 짧은 우화도 좋고, 고전, 소설도 좋다. 물론 교사는 좋은 책을 선정해야 한다. 좋은 책은 읽을 만큼 충분히 흥미롭고, 책을 읽고 생각나는 의문들이 서로 연관되어 있어 답을 찾는데 도움을 준다. 교사의 설명 없이도 충분히 교육적 기능을 한다. 책은 탐구할 문제만 제시할 뿐 말로 가르치지 않으며, 학생은 직접 고민하면서 배운다. 여기서 멈춰도 좋은 배움의 환경이지만, 토론 수업을 진행하면 더 풍성한 환경을 만들 수 있다.

개방형 세미나에서는 학생들이 문제를 제기하고 서로 질문하면서 문제를 해결한다. 교사는 무작위로 학생을 지목해 세미나의 진행을 맡긴다. 학생들은 손을 들어 해결해야 할 주제를 말하고, 이 주제들은 칠판에 적는다. 주제가 모두 모이고 어떤 것부터 시작할지 정하면 토론이 시작

된다. 수업시간은 순식간에 지나가버릴 것이다. 칠판에 적힌 주제들 중 해결한 것이 서너 개도 안 될 수 있다. 이렇게 개방형 세미나는 일반 독서 토론회와 크게 다르지 않다. 하지만 세미나에도 원칙이 있는데, 교사가 세미나의 결론을 미리 규정해서는 안 된다. 교사 나름대로 가르치고 싶은 내용이 있겠지만, 설령 결론을 짓지 못하더라도 세미나를 통해서 학생들이 스스로 탐구하도록 해야 한다. 학생들은 탐구함으로써 많은 것을 발견하고 배울 수 있다. 이런 과정 속에서 교사는 세미나의 분위기를 만들고, 토론이 주제를 벗어나지 않고 질서 정연하게 이뤄질 수 있도록 주의시킬 뿐, 결론을 찾을 방법이나 그 해답을 제시해 주지 않는다.

두 번째 교수법은 '탐구 수업'이다. 교사는 교재를 정하고 수업 활동을 계획한다. 학생들은 주제에 대해 탐구하고 보고서를 작성한다. 보고서 평가는 교사가 또는 학생들 전체가 한다. 탐구 수업은 주어진 주제에 대해서 학생들이 의논함으로써 시작된다. 여럿이 모여서 자신의 생각을 의견으로 꺼낼 때, 그 생각은 정교하게 다듬어지면서 발전될 수 있다. 교사는 문제가 잘 풀릴 수 있도록 새로운 문제를 추가해 줘야 한다. 추가되는 문제는 처음에 주어진 문제와 연결돼 있어야 하는데, 학생들의 추론을 방해하지 않으면서 방향만 제시할 수 있어야 한다. 이렇듯 탐구 수업 내에서도 교사는 답을 제시해 주지 않는다. 그렇다고 교사가 할 일이 끝나는 것은 아니다. 교사는 학생이 찾을 때 부리나케 달려가야 한다. 걸림돌에 직면한 집단이 있다면 간단한 설명으로 그것을 해결해야 하고, 토론의 지시사항을 제대로 따르는지도 확인해야 한다. 수업시간이 끝나면 반드시 토론의 결론을 말해 주는 정리시간을 가져야 한다. 학생들은 이 시간을 통해서 나름의 결론을 내리고 정리할 수 있다.

소개한 두 가지의 사례에서 교사는 수업을 계획하고, 수업에 참여하되 절대로 질문을 대신 해결해 주지 않았다. 그저 학생이 스스로 이해할 수 있는 환경을 만들어주는데, 탐구 수업에서는 선생님조차 답을 모를 주제를 선택해 동등한 자격으로 수업에 참여하기도 한다. 토론 수업에서는 자신의 견해는 밝히지 않지만, 토론 주제에 대한 배경 지식은 설명해 주는 식이다. 사실 이런 수업 속에서 학생들은 교사의 기대에 한참 못 미치는 결과를 보이는 경우가 대부분이다. 당연히 알거라고 생각한 내용도 모르는 일도 많다. 하지만 '침묵으로 가르치기'의 목표는 수준 높은 결과물이나 좋은 가르침이 아니라 학생의 배움에 있다. 자신들의 힘으로 문제를 해결하는 과정 속에서 학생들은 학습을 일으키는 순간을 경험한다.

언뜻 보면 침묵으로 가르치는 수업을 함으로써 선생님의 역할은 줄어든 것 같지만 사실은 그렇지 않다. 말로 가르쳤을 때는 책의 내용을 정리하고 교재를 만들면 수업 준비가 끝이었지만, 침묵으로 가르치기에서는 책의 내용을 완전히 이해하고 높은 수준의 주제나 질문을 만들어 학생들에게 제시해야 한다. 수업이 끝난 후에는 학생들의 보고서를 체크하고 코멘트를 해줘야 한다. 선생님의 역할은 늘어났고, 그 수준 또한 높아진다.

나는 항상 학생 스스로 탐구하고 배울 수 있는 수업을 생각하면서도, 교사의 가르침이라는 행위를 지식의 전달이라고 생각했었다. '가르친다는 것'은 굳이 '말'을 사용하지 않아도 이루어질 수 있다는 것을 생각하지 못한 것이다. 교사는 지식을 전달해 주는 사람이 아니며, 교사의 지식 전달은 학생의 배움에 방해가 된다.

지금 우리가 배우는 방식을 생각해 보면, 침묵은 정말 어색한 존재다. 수업시간에 주어지는 질문에도 대답을 안 하는 학생들이 어떻게 스스로 질문하고 대답하려 할까. 고등학교와 대학교의 차이일지는 모르겠지만, 현재 다뤄지는 주제들도 질문과 토론에서는 벗어나 있다고 생각한다. 우리의 수업에 침묵이 어색한 이유는 무엇일까. 수업의 목표가 높은 점수이기 때문일까? 아니면 단 한 번도 이런 경험을 해보지 못했기 때문일까? 이 책은 교육에 관한 건강한 고민을 이끌어내기 위한 것이라고 핀켈 교수는 말했다. 책을 읽고 현재 하고 있는, 혹은 받은 적 있는 교육 방법에 대한 고민을 한번쯤 해본다면 우리 사회의 교육이 한층 발전하는 계기가 될 것이다.

# 침묵으로 가르치기

도널드 L. 핀켈 | 다산초당

이 책은 학생들을 가르치는 다양한 방법을 성찰해 보게 하려는 책이다. 교직에서 은퇴하고 남는 시간을 모두 이 책 한 권을 집필하는 데 쏟은 핀켈 교수는 이 책의 집필 목적은 교육을 개혁하려는 것이 아니라 교육에 몸담은 사람들 사이에서 가르치고 배우는 일에 관해 생산적인 대화를 이끌어내는 데 있다고 명확히 밝힌다.

http://book.naver.com/bookdb/book_detail.nhn?bid=6274248/
네이버/인터넷 교보문고

# '학교란 무엇인가'를 읽고

박효진

'학교란 무엇인가'라는 이 책은 어른들이 전혀 알지 못하고 의심도 하지 않았던 보편적인 교육방법의 이면에 대해 바로잡아 주고, 아이들이 올바르게 성장할 수 있도록 하기 위해 어른들이 어떻게 해야 하는지 방향을 제시해 주는 책이다.

책에는 여러 내용이 있었지만 특별히 인상 깊었던 내용은 아이들의 독서에 대한 내용이었다. 평소 아이들에게 독서가 중요하다는 사실은 알았지만 독서를 하기 전에 듣기가 더 중요하다는 사실은 이번에 책을 읽고 처음 알게 되었다. 평소 아이가 흥미 있는 책을 자유롭게 혼자 읽을 수 있도록 하는 게 아이들을 위해 좋을 것이라고 생각했는데 엄마나 선생님이 옆에서 함께 책을 읽어주는 것이 아이들에게 도움이 된다는 것이 흥미로웠다. 나는 어렸을 때부터 부모님이 바쁘셔서 혼자 있는 경우가 많아 동화책을 읽더라도 혼자 읽을 때가 많았고, 책을 누군가와 같이 읽었을 때는 유치원에서 일주일에 몇 번씩 선생님이 오셔서 책을 읽어주실 때가 전부였기 때문에 딱히 누군가가 옆에서 책을 읽어준 경험이 없어서 내 경험상 아이들의 독서는 그냥 스스로 책을 읽는 것이었는데 이 책을 읽은 후 독서에 대한 많은 것을 달리 생각하게 되었다.

책의 내용 중에 아이들이 책을 혼자 읽게 되면 책을 읽었을 때 모르는 단어가 나와도 그냥 자신이 알고 있는 단어로 대충 인식해서 그 책의 내용 전체를 파악하기에 어려움이 생긴다는 것이 있었는데 이것을 보고 나의 어린 시절이 생각이 났다.

앞서 말했듯 나는 어렸을 때 주로 혼자 책을 읽었기 때문에 모르는 게 있어도 그냥 넘어가거나 책의 내용처럼 그냥 알고 있는 단어로 바꿔서 인식했던 적이 많아서 내용을 파악하지 못하고 의미 없이 읽었던 적이 태반이었다. 그리고 이 책에서는 책을 다 읽고 난 후 독후활동도 강조했는데 나는 혼자 책을 읽다보니 옆에서 지도해 주는 사람이 없어서 책을 다 읽은 후 누군가가 말을 걸어 물어보거나 하는 일이 없었기 때문에 독후 활동이라는 것을 하지 못했었다.

이렇게 책에서 나오는 잘못된 사례들을 내 경험을 통해 파악해 보니 아이들 옆에서 책을 읽어주는 것이 얼마나 효과적일지 더 구체적으로 느낄 수 있었다. 그리고 내가 부모가 되거나 선생님이 되었을 때 아이의 옆에서 어떻게 책을 읽어주어야 할지, 또 책을 읽어주면서 아이들과 어떻게 소통해야 하는지, 책을 다 읽어주고 독후 활동은 어떤 식으로 진행해야 하는지에 대해 이 책을 통해 그 방법을 알게 되었고, 이 방법들을 나의 방식대로 바꾸어서 어떻게 하면 더 재미있게 아이들에게 다가갈 수 있을까에 대해 생각해 볼 수 있었다. 그리고 평소에 독서는 그저 아이들에게 언어능력이 발달되게 하는 활동이라고 생각했던 나의 사고를 독서는 아이들의 언어능력을 발달시키는 것은 물론 아이들과 정서적으로 교감을 하고, 소통할 수 있는 활동이라고 뒤바꿔놓게 했다.

책을 읽으면서 아이들의 교육에 대해 내가 가지고 있었던 생각들이 많이 잘못되었다는 것을 알 수 있었고, 올바른 교육이라는 게 무엇인지에 대해 깊이 있게 생각할 수 있는 기회가 되었던 것 같다. 그리고 아이들에게 무엇을 바라고 행동하거나 무조건적으로 도움을 주는 것보다는 아이들이 스스로 원하는 일을 할 수 있도록 옆에서 잘 지켜봐주고 이끌어주는 그런 사람이 되고 싶다는 생각을 하게 되었다.

# 학교란 무엇인가

EBS 학교란 무엇인가 제작팀 | 중앙북스

　　1년 2개월간의 국내외 취재를 통해 교육현장에서의 치열한 부딪힘과 깊은 고민을 포착해 대한민국 교육에 신선한 반향을 불러일으켰다. 국내 최초로 교사 혁신 프로그램을 도입하여 의미 있는 감동을 선사하였으며, 학부모, 교사, 학생들의 참여로 이루어진 방대한 실험과 대규모 설문조사를 통해 객관적 데이터를 확보하여 학교교육 및 가정교육에서 꼭 알아야 할 10가지 중요한 주제들을 찾아냈다.

http://book.naver.com/bookdb/book_detail.nhn?bid=6723887/
네이버/알라딘

# '학교를 찾습니다'를 읽고

유송현

학교폭력, 왕따, 등교거부, 자살, 비만 등 부모와 교사도 포기한 학생들이 작은 섬의 '구다카 섬 유학센터'에서 몸과 마음의 건강을 되찾는다. 이 문장이 책의 표지에 쓰여 있다. 이것이 바로 내가 원하는 학교생활이고, 내가 교사가 된다면 일하고 싶은 곳이었다. 휴대폰, TV, 게임도 할 수 없는 곳에서 뛰고, 수영하고 자연을 느끼며 서로 의지하는 소중한 학창시절을 보내는 아이들의 모습이 내가 원하는 아이들의 모습이었기 때문에, 이 책의 표지를 보자마자 읽게 되었다. 이 책에는 곤, 란, 유스케, 노노카, 소마, 다에카 등 문제가 있는 아이들이 구다카 섬 유학센터에 와서 변해가는 모습을 그렸다.

제일 많은 이야기가 나오는 아이는 '곤'이다. '곤'은 심한 비만으로, 뛰는 것을 매우 싫어하고 친구도 잘 괴롭히고, 남의 물건을 빌려놓고도 잘 잃어버리는 옐로카드가 가장 많은 아이이다.

친구를 잘 놀리고, 친구의 물건을 쓰고도 까먹는 아이. 나는 사실 곤의 이야기를 읽으면서 곤에게 큰 애착이 있지 않았다. 타인을 돌아볼 줄 모르고, 나만의 길을 가는 곤은 상당히 이기적이고, 못됐다는 생각도 하게 되었지만 구다카 섬에 돌아오지 않으려던 유스케를 설득하는 모습에서 곤을 좋아하게 되었다. 그리고 구다카 섬에 들어와서 가장 큰 변화가 있는 아이가 곤이라고 생각된다. 처음부터 달리기를 못해서 운동회 때면 항상 꼴찌를 하며, 뛰는 것을 절대적으로 싫어했던 곤이 학교 마라톤을 완주하는 모습을 보고 눈물을 짓던 곤의 어머니의 모습을 보며 나 또한 감동을 느끼게 되었고 더욱 유학센터의 매력에 빠지게 되었다.

이 책의 등장인물 중 내가 가장 좋아하는 아이는 '노노카'이다. 노노카는 한없이 밝은 아이다. 사람들에게 긍정적인 분위기를 심어주는 유학센터에 꼭 필요한 아이다. 도쿄에서 온 전학생 기린을 헐뜯다가 아이들에게 추궁을 받는 다에카를 도와주기도 하고, 내성적인 소마에게 말을 걸고 같이 놀며 소마가 사랑에 빠지는 대상이 되기도 하는 매력적인 아이이다. 너무 긍정적이고 친구들과 잘 노는 모습에 나도 노노카처럼 지내고 싶었다. 중학생 때까지만 해도 친구들과 지내고 가족들과도 이야기를 하며 잘 웃었는데 고등학생이 되고 시간이 지나면서 친구들과 경쟁해야 할 것이 너무 많고, 학교생활에 많은 신경을 써야 해서 중학교 친구들도 잘 만나지 못하고 부모님에게도 웃음보다 짜증을 더 많이 내게 되었다. 내가 봐도 전과는 달라진 내 모습이 슬퍼지고, 변한 성격에 우울해질 때가 많았는데 사람들에게 긍정적인 모습으로 도움을 주는 노노카의 모습은 내가 되고 싶은 모습이었다. 학생들뿐만 아니라 유학센터의 선생님, 섬사람들까지 노노카를 좋아하는 것처럼 나도 많은 사람들이 나로 인해 즐거워졌으면 좋겠다고 생각했다. 내가 되고 싶은 모습이 딱 노노카의 모습이라서 내가 노노카에 빠져들었던 것 같다.

란이란 아이는 엄마가 한국인이고, 엄마와 둘이 살았다. 이 아이의 엄마가 한국인이라는 것을 보고는 굉장히 반가웠지만 엄마가 한국인이란 사실로 놀림을 당했던 이야기서부터는 표정이 어두워질 수밖에 없었다. 사기결혼을 당해 일본에 와서야 란의 아버지가 이미 유부남이었다는 것을 안 란의 어머니는 아들을 굉장히 아끼면서도 죽이려고도 했던, 란이 느끼기에는 힘들었을 어머니였다. 그러나 센터에는 란을 한국인이라며 놀리는 친구도 없었고 자신을 죽일지도 모르는 어머니도 없었다. 란은 센터에서 노리에게 떨리는 목소리로 "우리 엄마는 한국인이야."라며 말하고, 노리는 "그게 뭐? 우리 엄마는 필리핀 사람이야."라고 말했던 적이 있다. 아무 말도 하지 못했다는 란의 모습을 보고 참 다행이라고 생각했다. 란에게는 센터에서 좋은 친구가 생겼고 센터에 와서 란은 밝아졌다. 란이 센터에 와서 참 다행이다.

가장 오래 기억에 남는 아이는 유스케였다. 유스케는 6년 동안 등교 거부를 했고, 유학센터에 오기까지 가장 많은 시행착오가 있었던 아이였다. 유스케의 아버지는 유스케가 유학센터에서 변해서 돌아오기를 바랐지만 유스케는 섬에 가지 않으려고 했고 결국 섬에 가서 잘 지냈음에도 여름방학이 지나고도 학교에 돌아오지 않아 친구들이 유스케를 찾으러 가기까지도 했다. 사실 제일 답답했다. 집에서 유스케가 하는 일이라고는 TV보기, 게임하기 등 하루 종일 집에서 움직이는 일뿐인데 그것이 섬에서 친구들과 지내는 것보다 더 재밌을까 이해가 가지 않았다. 특히 학교에 가기 싫다는 곤에게는 여름방학 끝나고 학교에서 만나자고까지 했으면서 정작 자신은 학교에 나오지 않은 모습을 보고 실망을 했다. 무척 화가 난 곤의 모습도 깊이 이해할 수 있었다. 친구들이 영상편지를 보냈음에도 보지 않고 등교 거부를 하는 유스케를 이해할 수 없었지만 그렇게까지 학교를 싫어하는데 계속 보내려고 하는 것이 유스케에게 통하지 않는다고 생각했다. 그래도 곤과 노노카 등 친구들이 찾아와서 같이 놀고 다시 유학센터로 돌아가는 모습을 보고는 뿌듯했다. 이렇게 학교가기를 싫어했던 아이지만 친구들이 찾아와서는 돌아갈 만큼 학교에서 친구들에게 정을 붙였다는 것이니까 유스케의 학교생활은 성공했고, 큰 변화를 했다고 생각한다. 학교에 나오지 않는 친구를 데리러 먼 길을 가는 센터 아이들의 모습에도 큰 감동을 했고 나는 저렇게 소중한 친구들이 있다면 언제라도 학교에 가고 싶은 마음이 들 것이다.

구다카 섬 유학센터를 세운 사카모토 씨를 한 번 만나보고 싶다. 우리나라에도 이런 유학센터가 있을까 궁금해지기도 했다. 자연에서 뛰어놀고, 친구들과 마라톤도 하고 그림도 그리는 서로 의지하면서 살 수 있는 학교는 정말 내가 다니고 싶은 학교이다.

지금 우리나라의 학생들은 학업에 집중을 하고 있고 친구를 친구보다 경쟁자로 생각하고 있는 경우가 많은데 나는 학생들에게 소중한 학창시절을 선물해 주고 싶다. 나는 중학교 때 누구보다 값진 추억을 갖고 있다고 생각한다. 어떤 것과도 바꾸지 못하는 소중한 기억이었고 그때는 몰랐지만 하루하루가 특별한 생활이었다. 내가 느낀 그런 친구라는 감정과 즐거운 학창 시절을 모든 학생들에게 주고 싶다. 학교에서 친구만큼 중요한 것이 선생님과의 관계라고 생각하는데, 학생들에게 내가 느꼈던 행복한 감정들을 선물해 주는 교사가 되고 싶다. 등교 거부, 학교폭력, 왕따. 이렇게 학교에 아픔이 있는 아이들도 쉴 수 있는 곳에서 소중한 학교를 선물해 주는 것이 내가 가장 원하는 것이고, 교사가 되고 싶은 이유이다. 구다카 섬 유학센터는 자연 속에 위치한 장소도 그렇고, 학교를 거부하는 학생들이 학교를 좋아하게 하는 정말 멋진 곳이다. '밭일을 하면서 바다에서 놀고, 아이들과 함께 살지 않으실래요?' 구다카 섬 유학센터는 내가 원하는, 그리던 학교이다. 이 책은 나에게 많은 도움을 주었고 나는 내가 원하는 삶이 무엇인지 더 정확히 알 수 있었다. 나라면 이 상황에서 어떤 행동을 했을까, 나라면 여기서 곤에게 어떤 말을 해주었을까. 문장 하나하나를 읽으면서 내가 할 수 있는 것들을 생각해 보았다. 각각의 상황 속에서 아이들을 이해하고 나의 부족한 점을 알게 해주는 나에게 아주 큰 도움을 주고 생각을 하게 해주는 책이었다.

# 학교를 찾습니다

오쿠노 슈지 | 바다출판사

이 책은 아이들의 문제 행동을 해결하기 위한 부모에게 메시지를 보낸다. 오키나와 남부의 구다카 섬에는 마을에 농사를 지으며 중학교에 다니는 '구다카 섬 유학센터'가 있다. 전국 각지에서 문제를 가진 아이들이 이곳으로 찾아와 다시 태어나는 과정을 생생하게 볼 수 있고, 여유롭고 느린 시간과 대자연 속에 둘러싸여 몸과 마음의 건강을 되찾아 가는 이야기가 펼쳐진다.

http://book.naver.com/bookdb/book_detail.nhn?bid=7268438/
네이버/인터넷 교보문고

# '학교의 눈물'을 읽고

이수민

　나의 꿈은 선생님이다. 그리고 학교폭력은 갈수록 뜨거워지고 있는 교육계의 가장 큰 이슈 중 하나이다. 그래서 학교폭력에 대해 남들보다 더 자세히 알아야 한다는, 알아야겠다는 의무적인 생각을 하던 찰나에 도서관에서 '학교의 눈물'을 발견했다. 이 책은 실제 학교폭력 피해자들과 가해자들이 겪은 이야기를 다루고 그들이 함께 지내게 되면서 벌어지는 일들까지 그려낸 다큐 방송을 책으로 출판한 것이다. 평소에 어떤 책을 읽든 실제 사례인 경우 더 큰 관심을 두는 습관이 있었기 때문에 실화를 다루는 이 책에 흥미가 생겼고 마침 학교폭력에 한창 관심을 두고 있었기 때문에 당연히 읽어야겠다는 생각이 들었다. 그렇기에 자연스럽게 손이 갈 수밖에 없었고 빨려 들어가듯이 단숨에 읽어버렸다.

　이 책은 총 3개의 파트로 구성되어 있다. 첫 번째 파트는 고 권승민 군의 이야기로 시작되어, 지금 우리나라에서 일어나고 있는 학교폭력의 실태를 드러낸다. 실제 피해자와 가해자들의 이야기를 들려주고 결코 공부도 못하고 반항적인 아이들이 가해자가 아니라는 것을 알려준다. 두 번째 파트는 그런 피해자들과 가해자들 중 몇 명을 모아 학교를 세우고 그들이 함께하는 과정에서 생기는 다양한 사건들을 보여주고 그로 인해 새롭게 알게 된 것들을 우리에게 전달한다. 마지막 세 번째 파트는 우리가 지금까지 알아본 것들에 대한 대책을 세우고 조금이라도 예방할 수 있도록 우리에게 많은 것을 일러준다.

　이렇게 3개의 파트에 실려 있는 다양한 얘기들 중 어느 게 더 좋고 나쁘다고 우열을 가리는 것은 불가능하다. 하지만 내 기억에 가장 깊게 박힌 이야기는 "소나기 학교" 이야기였다. 소나기 학교는 나에게 희망이라는 걸 보여준 상징이었다. 이 이야기는 다큐로 방영되었을 때부터 많은 사람들의 관심을 받으며 큰 화제를 불러일으켰었다. 물론 나도 그 다큐를 봤던 많은 사람들 중 하나로 이미 소나기 학교를 본 상태였다. 하지만 '방송에서 나온 것과 어떤 차이가 있을까?', '어쩌면 시간관계상 방송에는 나오지 못했던 무언가가 더 있을 수도 있지 않을까?' 하는 여러 가지 생각들로 오히려 더 꼼꼼히 읽었던 것 같다.

　소나기 학교는 학교폭력 가해자들과 피해자들 중 일부를 모집해 그들의 이야기를 듣고 그들을 치유하며 학교폭력의 대책과 예방에 대해서까지 생각해 보는 너무나도 멋진 취지로 만들어진 학교이다. 이 학교 안에서 그저 좋고 따뜻한 일들만 있었던 것은 아니지만 이 학교가 겪어나가는 일들을 보며 나는 정말 많은 생각을 했다.

　우선 첫 번째, 그 학교에 오길 결심한 학생들이 멋있었다. 자신이 학교폭력을 저질렀다는 사실을, 자신이 학교폭력을 당했다는 사실을 얼굴도 생판 모르는 또래아이들에게 알리고 그들과 함께 생활한다는 것이 분명 불편기도 했을 것이고 어쩌면 피해자들은 가해자들이 온다는 사실이, 가해자들과도 함께 지내야 한다는 생각에 좀 무섭고 두렵기도 했을 텐데 결국 소나기 학교에 와서 수업을 듣고 그들과 함께 어울리며 점차 친해져가는 모습을 보며 대단하다는, 멋있다는 생각이 들었고 괜히 코끝이 찡해지는 기분도 들었다. 물론 모든 학생이 100% 자신의 의지로 그 학교에 가게 되진 않았겠지만 그래도 자신의 의지로 교복을 입고, 등교를 해서 수업을 듣고 있는 그들의 모습은 충분히 멋있다는 소리를 들을 만

했다고 생각한다.

두 번째, 소나기 학교의 선생님들께 특별히 존경을 표하고 싶다. 소나기 학교는 다른 학교들과는 좀 다른 학교이기 때문에 아주 특별한 선생님들이 많이 계셨다. 학생들이 모여 소나기 학교가 만들어지기 훨씬 이전부터 학생들을 관찰하고 그걸 토대로 어떻게 이 학생들을 바꿔줄 것인가에 대해 항상 고민하고 연구하시던 선생님들, 학생들의 개인 상담과 집단 상담 같은 상담들을 담당하셨던 선생님들, 24시간 학생들을 통솔하고 잠도 함께 자며 누구보다 학생들과 가까웠던 선생님들. 그분들을 보며 학생들의 행동이나 반응에 어떻게 대처하는 것이 현명한 것인지 생각해 보게 되었고 내가 나중에 교사가 되었을 때 어떻게 해야 학생들의 자존감은 높여주고 열등감은 낮춰주는, 근본적으로 학교폭력을 예방할 수 있는 교사가 될 수 있을지에 대해서도 생각해 보게 되었다.

세 번째, 나는 이 책을 읽으며 우리나라의 폐해에 대한 생각을 했다. 이 책은 학교폭력의 원인이 학생들의 높은 열등감과 낮은 자존감 이 두 가지 때문이라고 말한다. 그런데 이 두 가지 모두 극심한 경쟁사회라는 우리 사회의 문제점에서 벌어진 일이라고 생각한다. 우리나라는 결국 힘 있는 사람은 시간이 갈수록 더욱 강해지고 힘없는 약한 사람은 한없이 약해지는, '약함'에서 벗어나기 힘든 구조이다. 이게 우리 사회의 문제라고 생각한다.

나도 이 책을 읽고 학교폭력의 원인이 무엇일지 스스로 생각을 해보았다. 내가 내린 결론은 '비교'라는 단어다. 높은 열등감과 낮은 자존감도 강자는 계속 강해지고 약자는 계속 약해지는 권력의 빈익빈 부익부도 모두 어른들끼리의 '비교', 아이들을 향한 어른들의 '비교', 아이들끼리의 '비교' 때문이라고 생각한다.

그래서 나는 우리 사회가, 어른들이 앞장서서 나서줬으면 좋겠다. 우리나라가 이 정도로 빠른 경제성장을 이루고 지금도 성장해나가고 있는데 '비교'의 덕이 없다고 하긴 힘들다. 하지만 이대로 계속 가다간 결국 '비교'가 우리 사회를 황폐하게 만들 것이다. 사회가 메마르고 망가지면 그 사회 속에서 살아가는 어른들은 함께 망가질 수밖에 없고 아이들은 그런 어른들의 모습을 닮아갈 것이다.

아이들은 어른들을 비추는 창이라고 한다. 그리고 교실은 그 사회를 비추는 창이라고 한다. 이 말을 긍정적인 의미로 쓸 수 있는 우리나라, 대한민국이 되었으면 좋겠다. '저 애들은 뭘 어떻게 배웠기에 저 모양이야?'가 아닌 '저 애들은 뭘 어떻게 배웠기에 저렇게 수준이 높지?'라는 소리를 들을 수 있었으면 좋겠다. 그러려면 처음으로 돌아가야 한다. 아이들도, 교실도 우리가 원했던 원래의 순수했던 모습으로 돌아가야 한다. 이제는 아이들과 교실을 위해 어른들이, 사회가 나서야 한다. 자랑스러운 우리나라가 되어야 한다. 나서서 아이들을 좋은 길로 이끌고 삶의 방향을 알려줄 수 있어야 한다. 그렇게 노력을 기울이다보면, 그렇게 시간이 흐르다보면 결국 아이들도, 교실도 원래의 자리에, 제자리에 있게 될 것이라고 확신한다.

# 학교의 눈물

SBS 스페셜 제작팀 | 프롬북스

대한민국 학교폭력에 대한 현 주소를 고스란히 담아낸 SBS 스페셜 《학교의 눈물》을 책으로 엮었다. 학교폭력은 사회의 축소판처럼 세상을 고스란히 담고 있다. 아이들은 학교폭력에 노출되어 있지만 정작 부모와 학교는 아이들의 울음소리를 듣지 못해 도울 수 없다. 이 책은 방송에서 들려주지 못했던 아이들 세계의 구석구석을 세밀하게 소개하여 아이들이 감추고 있는 가시와 같은 고백을 담아냈다.

http://book.naver.com/bookdb/book_detail.nhn?bid=7202648/
네이버/인터넷 교보문고

# '아깝다 학원비!'를 읽고

전윤주

'아깝다 학원비!'라는 책은 우리가 사교육에 대해 알고 있는 잘못된 정보들을 알려주기 위해 쓰인 책이다. 하지만 이 책의 주장이 사교육을 하지 말자고 주장하는 사교육 저지를 목적으로 하는 것은 아니다. 이 책의 목적은 불필요한 사교육을 하지 않고, 사교육에 대한 걱정을 줄이는 것이다.

이 책은 총 10가지 주제로 구성되어 있어 읽기에 편했다. 그중에서 가장 놀라웠던 내용을 하나 뽑자면 학원 교육 방식의 실체이다. 요즘 학원에서 실시하고 있는 교육 방법은 대개 선행학습이다. 사실 대개 라고 할 정도도 아니다. 나는 지금까지 복습을 위주로 아이들을 가르치는 학원은 본 적이 없다. 그렇다면 왜 예습보다 복습이 중요한데도 불구하고 학원에서는 예습 위주의 교육을 할까? 그 이유는 복습은 돈 벌이가 되지 않는 반면에 예습은 돈 벌이가 되기 때문이다. 뿐만 아니라 예습 위주의 교육이 학원에게 주는 이익은 아주 많다. 예습은 학원의 책임을 회피하며 그 학생을 학원에 오래 잡아둘 수 있다. 평소의 나의 생각을 보아도 '복습은 집에서 하면 되지 굳이 복습학원을 다닐 필요가 있나?' 하는 생각을 한다. 그러고는 집에서 복습을 하는 일보다는 다음에 배울 내용을 공부하기 바쁘다. 복습을 하기보다는 예습에 더 많은 신경을 쓰게 된다는 이야기이다. 이렇게 나와 생각이 비슷한 학생들이 대다수이기 때문에 학원은 복습보다는 예습위주로 운영하는 게 어쩔 수 없다는 생각이 들기도 했다.

내가 이 부분의 내용이 기억에 남는 이유는 '아 정말 학원이 이래서 예습 위주의 수업을 했구나.' 라는 생각이 들었기 때문이 아니다. 나는 평상시에 아무렇지도 않게 받아들여 오고 그렇게 생활해 왔던 것이 사실은 이렇게 당연하게 받아들이면 안 된다는 것을 깨달았기 때문이다. 사실 복습이 중요하다는 것은 귀에 못이 박힐 정도로 많이 들어왔다. 하지만 인지하고 있었음에도 불구하고 나는 지금 당장 해야 할 일에 급급하여 복습은 항상 뒷전으로 미루었다. 그 결과로 지금 바로 전 학기에 배운 내용을 떠올려보려고 하면 기억이 나는 부분도 있지만 '그게 뭐였지?' 하는 부분도 있다. 하지만 그 전 겨울 방학에 중학교 과정의 내용을 복습했던 적이 있다. 중학교 내용임에도 불구하고 오히려 전 학기의 내용보다 더 기억에 오래 남았다. 복습의 효과는 대단했다. 그 전에 공부했던 것이라 기억이 가물가물한 내용을 다시 펴서 한두 번만 읽어도 그 전의 내용이 정리가 되는 느낌을 받게 되었다.

그 다음은 학원의 레벨테스트이다. 비교적 규모가 큰 편인 학원에서는 아이들을 수준별로 반을 나누어서 가르친다. 그럼 이 반 편성은 어떻게 하는 것일까? 흔히들 학원에 처음 등록할 때 수준이 얼마나 되는지 평가를 해보겠다고 하며 학원의 레벨테스트를 받아본 적이 있을 것이다. 하지만 이러한 학원 테스트가 끝나고 성적이 잘 나오면 우월감을 심어주게 되고 성적이 잘 안 나온다면 불안감을 심어주어 학원에 다니게 한다.

이 내용은 정말 충격적이었다. 내가 이미 알고 있었던 사실도 아니고 나도 그 전에 학원에서 레벨테스트를 받아본 적이 있고 그 레벨테스트를 정말 단순히 내가 어디까지 배웠는지를 평가하기 위한 용도인 줄 알았다. 실제로 그 학원에서도 그 자료로 나의 반 편성을 했고 전혀 의심할 부분은 없었다. 그래서 나는 '내가 속았던 거였어?' 하는 생각에 충격을 받았다. 하지만 잘 생각해 보니 그 학원에서는 나와 나의 부모님에게 내 성적을 가르쳐 주지 않았다. 그리고 나는 정말 나에게 맞는 반에 배치가 되었고 성적이 오르면 더 높은 반으로 올라갔다. 물론 정말 아이들을 끌어들이기 위해 학원에 처음 들어갔을 때 레벨테스트를 치르는 것일 수도 있지만 꼭 모든 학원이 다 그런 용도로만 레벨테스트를 사용하는 것이 아니라는 점도 간과하면 안 되겠다.

마지막은 영어 조기 교육이다. 모두들 한번쯤은 '영어는 어렸을 때 하는 것이 좋다. 어릴 때 영어를 하게 되면 나중에 어른이 되어서 영어를 배울 때보다 더 큰 효과를 가져 올 수 있다.' 라는 말을 들어보았을 것이다. 하지만 이것은 사실이 아니다. 요즘에 이 말을 믿고 아이들을 '영어 어린이집' 이라는 곳이 보내는 경우가 늘고 있다. 이것은 말만 어린이집이지 사실상은 영어 학원이라고 하는 것이 맞다. 학부모들은 아이를 영어 어린이집에 보내면 아이들의 영어 실력이 월등히 늘 것이라고 생각한다. 사실 아이들의 영어 실력이 느는 것이 아니라 아이들의 발음이 좋아지는 것이다. 학부모들은 아이들이 이 어린이집을 갔다 오면 아이들에게 영어를 해보라고 시킨다. 그럼 그 전보다 오늘이 더 영어 발음이 좋아진 것을 볼 수 있다. 그러면 학부모들은 '우리 아이가 영어 실력이 늘었네.' 라고 생각한다. 하지만 영어 실력이 는 것이 아니다. 아이들은 아직 학습 능력이 부족하기 때문에 초등학생과 같은 내용의 같은 분량을 공부하면 초등학생들보다 더 오랜 시간이 걸린다. 게다가 금방 까먹고 배운 단어는 조합하는 능력이 거의 없다고 봐야 한다.

이렇게 '아이들이 한창 언어를 배울 시기에 영어를 배우면 좋다.' 라는 일리 있는 주장에 아무런 의심 없이 이 정보를 믿어왔다. 심지어는 나도 나중에 아이를 갖게 된다면 내 아이에게 이 방법을 적용할 의사도 있었다. 하지만 이제 아이들은 어렸을 때 실컷 놀게 해주어야 한다는 것으로 내 생각을 정리했다.

그리고 학원뿐만 아니라 아이들을 단기로 조기유학을 시키거나 영어 캠프를 해외로 보내는 경우가 많다. 하지만 단기 조기유학은 많은 도움이 되지 않을 뿐만 아니라 아이들이 한국에 다시 돌아왔을 때 적응을 못하고 다시 해외로 돌아가 그곳에서 생활하는 경우가 많아진다는 것이다. 그리고 영어 캠프를 해외로 간다고 해도 사실상 해외의 현지인과 대화를 하는 것도 아니고 외국인과 하는 대화라고는 함께 간 인솔 교사와의 대화가 전부이다. 나는 원래부터 조기유학을 반대하는 입장이어서 조기유학에 대한 이야기에서는 아무런 느낌 없이 지나갔다. 하지만 영어 캠프의 경우에는 그렇지 않았다. 학교에서나 다른 시스템을 통해 영어 캠프를 가는 아이들을 부러워하고 있었다. 하지만 이 내용을 읽는 순간 내가 해외 영어 캠프에 참여했다면 그때의 상황이 어땠을까 머릿속으로 그려졌다. 아마 그건 교육이 아니라 단순히 해외여행 같은 것 아니었을까? 이렇게 해외에 다녀오면 영어를 직접적으로 접하는 것이니 많은 도움이 될 것이라고 믿어왔던 나의 생각이 또 잘못되었다.

이 책은 나에게 혼란을 주기도 하였고 지금까지 아무렇지도 않게 전혀 이상한 것을 느끼지도 못한 채 살아왔다. 하지만 이 책을 읽은 후에는 나의 다짐을 한 가지 더 늘려가게 되었고 평소에 상상도 못했던 것에서 허를 찌르기도 했다. 또 잘못된 정보를 그대로 받아들이는 나를 다시 한 번 되돌아보게 되었다.

# 아깝다 학원비!

사교육걱정없는세상 | 비아북

　　어떤 사교육이 필요한 것이고, 어떤 사교육이 불필요한 것인가? 이에 대한 답을 찾기 위해 대한민국 최고의 사교육 전문가 22인과 함께 1년 3개월간 30여 번의 토론회 등을 정리했다. 사교육에 관한 불편한 진실을 폭로한 이 책은 과학적 정보와 풍부한 사례, 명쾌한 해법을 담고 있다. 불가능한 꿈이라고 생각했던 '사교육 걱정 없는 세상' 뿐 아니라, '입시 고통 없는 세상' 을 만드는 기초를 제공한다.

http://book.naver.com/bookdb/book_detail.nhn?bid=6400256/
네이버/인터넷 교보문고

# '지혜로운 교사는 어떻게 말하는가'를 읽고

조유진

내가 미래에 교사가 된다면 아이들에게 어떤 대화법을 사용하면서 학생들을 대해야 하는지에 대해서 고민을 많이 했었다. 내가 학생에게 말 실수를 조금이라도 한다면 그 아이는 그 일을 평생 가지고 갈 수 있을 것이라고 생각했기 때문이다. 그래서 이 책이 교사가 되기 전에 꼭 읽어야 할 책이라고 생각했다.

이 책을 읽다보면 우리가 평소 수업시간에 수없이 많이 들어본 말들이 정말 많이 나왔다. 예를 들어 "영수가 그린 그림 좀 봐.", "이건 쉬운 거야.", "참 잘했어요.", "네 기분이 어떤지 알아.", "항상 최선을 다해야지." 등등의 말들이 나온다. 우리는 당연하게 듣는 말이, 학생들에게 오히려 좋지 않게 작용할 수 있다는 것을 알게 되었다. 내가 교사가 돼서 아이들과 이야기를 하게 되면 나는 그때 성인이고 아이들은 아직 미성숙한 나이일 것이다. 하지만 나는 당연하게 나의 시각으로만 아이를 바라보고 아이를 판단하여 그 아이의 가능성이나 한계를 단정짓게 될 수 있다는 것이다.

이 책에 많은 내용이 있었는데 인상 깊었던 내용을 꼽아 보자면 칭찬을 할 때도 평가형 칭찬보다는 설명형 칭찬을 하고, 아이가 욕을 한다면 진심으로 하고 싶은 말이 무엇인지 물어보라는 것, 학생이 수업에 관련 없는 물품을 꺼내 놓았다면 넣으라고 많은 사람 앞에서 주위를 주라는 것보다는 그 물품이 수업에도 사용될 수 있다는 것이다.

내가 학생으로 다니면서 상을 받거나 다른 사람에게 친절을 베풀었을 때 받았던 칭찬은 거의 내가 한 일에 대한 것에서 자세히 칭찬을 하는 것이 아니고 "잘했어" 정도였다. 거의 자세하게 "네가 이것을 해서 잘했어."라는 칭찬은 들어본 적이 없었다. 근데 우리가 평소에 듣던 칭찬은 칭찬을 바라게 되고 자신이 스스로 자신이 한 일에 대해 보람이나 기쁨을 교사의 칭찬으로 판단하게 된다고 한다. 이 내용을 보고 좀 충격을 받았다. 그동안 들어왔던 칭찬에 나도 모르게 의존하게 되었는지 모른다는 생각에, 나중에 나는 칭찬을 할 때도 주의해야 한다는 것을 알았다.

교사가 되면 아이가 욕을 하는 순간이 생길 수 있다고는 생각한 적이 있었다. 그런데 막상 그 순간이 닥치면 어떻게 대응하거나 어떤 말을 해야 하는지를 수없이 고민할 것 같다. 근데 그 순간에는 아이의 감정보다는 아이의 비속어에 대해서 주의를 줄 것 같다. 이 책을 보면 아이가 욕을 할 때 아이가 진정 하고 싶은 말이 무엇인지를 알려고 하라는 내용이 나왔는데 아이의 욕설에 대해 대응할 수 있는 법을 배운 것 같아서 조금은 어려움이 풀린 것 같았다. 그리고 학생이 불필요한 물품을 수업시간에 꺼내 놓았다면 그것에 대해 혼내시는 교사나 넣으라고 하는 교사는 본 적이 있었는데 그 물품을 수업에 활용해 보라는 내용을 보고 다른 발상을 할 수 있다는 것을 알게 되고 새로운 발상을 배우게 된 것 같다.

내가 교사가 될 때는 지금과 다르게 수업을 교사가 아닌 로봇이 해야 될 수도 있다고 한다. 로봇은 사람과 달리 정해진 데이터를 토대로 수업을 진행할 것이고 사람보다 실수도 적게 할 것이다. 근데 나는 이 책을 보면서 계속 생각했는데 학생들의 배움뿐만이 아니라 학생을 대할 때의 대화법까지를 생각하는 지금의 교사가 로봇만큼 정확하고 그런 것은 아니지만 학생을 위해서 여러 가지를 생각해 보는 교사에게 더 배울 점이 많다고 생각하였다. 교사는 책에서 나오는 지식뿐만이 아니라 여러 가지를 배울 수 있다는 것을 느꼈다. 미래에 교사가 되어서 부족하지만 노력하는 교사가 되고 싶다고 되새기는 계기가 되었다. 그리고 내가 교사가 돼서 나의 능력에 대해서 의심이 생길 때 다시 읽어보고 싶다고 생각했다.

# 지혜로운 교사는
# 어떻게 말하는가

칙 무어만, 낸시 웨버 | 한문화

아이들에게 상처주지 않고 교사의 마음을 전하는 대화의 기술을 소개한 책이다. 이 책에서는 교사가 아이들에게 하는 말이 진정으로 원하는 결과를 이끌어 냈는지 묻고, 교실에서 아이들과 좀 더 효과적이고 평화적으로 소통할 수 있는 구체적인 대화법을 제시한다. 또한, 상처주지 않고 아이들의 긍정적인 변화를 이끌어내는 지혜로운 교사의 교실 대화법 67가지를 소개한다.

http://book.naver.com/bookdb/book_detail.nhn?bid=7270476/
네이버/인터넷 교보문고

# 수고했어, 오늘도 #3

오늘은 교육봉사를 시작한지 3일 째 되는 날이다. 내가 담당한 아이는 용두초등학교 6학년 '조민성'이라는 남자아이다. 아직 3일밖에 수업을 안했음에도 불구하고 나는 민성이가 자주 실수하는 부분과 약한 부분을 알 수 있었다. 민성이는 기초계산이 부족한 편이었다. 하지만 그런 부분들은 학년이 올라가며 점차 실수가 줄기 때문에 앞으로 잘 해낼 것이라고 믿었다.

사소한 부분까지 칭찬해주며 차근차근 알려주니 첫 날보다 많이 밝아지고 좀 더 적극적으로 수업을 듣는 것 같아 기분이 좋았다.

비록 3일이지만, 가장 보람찼던 순간을 뽑으라면 나는 주저하지 않고 민성이가 혼자 문제를 풀어냈을 때를 뽑을 것이다. 그냥 쉬운 문제만 아닌 이전에 풀지 못했던 어려운 문제를 말하는 것이다. 반복된 설명 끝에 드디어 푸는 방법을 터득했을 때, 그 때가 가장 벅찬 순간이었다.

내가 아는 것을 모르는 이에게 이해시키는 것은 생각보다 매우 어려운 일이었다. 내가 당연하다고 여겼던 부분이 민성이에게는 이해가 되지 않는 부분일 수 있다는 것을 이번 일을 계기로 많이 느끼게 되었다.

여러모로 생각할 계기를 많이 만들어 준 교육봉사였다. 내일은 어떤 일이 있을지 기대가 된다.

107

# Chapter 3

# 작은 가방에
# 큰 희망을 담아

저개발국가 아이들의 교육 소외문제를 돕기 위한 '희망가방 만들기'가 매년 진행됩니다. 그런데 그 것에 대한 이해 없이 진행되는 경우가 많아 안타 깝다는 생각을 하게 되었습니다. 그래서 우리가 희망가방 만들기 운동의 가치를 설명하고, 근본적 인 참여를 이끌기 위해 캠페인을 진행하였습니다.

# 희망가방 프로젝트

유송현, 신예슬

우리 학교는 매년 많은 학생들이 굿 네이버스 희망가방 만들기 활동에
참여한다. 인터넷을 찾아보면서 예쁜 캐릭터들을 고르기도 하고 직접 만
들기도 하며 최선을 다해 그린다. 처음에는 귀찮아하더라도 자신의 일에
대한 사명감을 가지고 갖가지 미술 도구를 사용하면서까지 예쁜 가방을
만들려고 노력한다. 올해 역시 이 희망가방 만들기에 많은 학생들이 참
여를 하였고 작년보다 더 수준 높은 가방들을 완성할 수 있었다.

우리 동아리는 이러한 희망가방 활동에 더 많은 관심을 유발하고 참여
를 장려하기 위해 'Good Action' 캠페인을 진행하게 되었다. 우리들은
이 캠페인을 더욱 체계적으로 하기 위해 여름방학 방과 후 2주 동안 팀
을 나누어 캠페인을 준비하였다. 첫 번째로 우리가 해야 할 일은 희망가
방에 대해 모든 정보를 알고 이 캠페인의 취지를 확실히 이해하는 것이
었다. 그러기 위해 굿 네이버스 홈페이지에 들어가 많은 자료를 찾아보
고 여러 가지 사례의 아이들을 살펴보기도 하며 희망가방 캠페인에 대한
정보를 쌓았다. 이 과정에서 우리는 이 캠페인의 이름을 'Good Action'
이라 정하고, 우리학교 학생들에게 교육이 빈곤을 해결하는 중요한 열쇠
라는 것과 개발도상국 아이들에게도 교육받을 기회가 필요하다는 것을

알린다는 목표를 잡았다.

우리는 이러한 틀을 잡고 본격적인 자료 수집에 들어갔다. 희망가방이 무엇이고, 어떻게 참여할 수 있는 것인지에 대한 정보를 우선적으로 찾았고 우리가 만든 희망가방이 굿 네이버스 33개국으로 전해진다는 자료를 찾았다. 개발도상국 아이들의 현실을 보여주는 자료를 찾던 중, 굿 네이버스에 영상이 올려진 가니쉬의 일상을 보게 되었다. 가니쉬는 지진으로 부모를 잃고 이웃 아저씨께 맡겨져 학교에 가지 못하고 식당에서 일을 하는 11살 아이이다. 우리가 당연시 받는 교육을 이 아이에게는 소망이라는 것에 대해 우리는 우리가 하고 있는 캠페인에 대해 사명감을 느낄 수 있었다. 우리는 이러한 기초 자료들을 찾아보면서 가니쉬 같은 교육이 필요한 개발도상국 아이들이 많다는 것을 알았고 선진국 아이들과 다른 삶을 살고 있다는 것 역시 알 수 있었다. 우리는 이러한 자료들을 바탕으로 본격적으로 캠페인 도구들을 만들기 시작하였다. 첫 번째 팀은

등교 캠페인에 사용할 피켓을 만들었다. 2개의 우드락 중 한 개에는 희망가방 캠페인의 목적과 희망가방 캠페인에 참여하는 전체적인 과정이 들어가 있다. 또 다른 우드락에는 개발도상국 아이들과 선진국의 아이들의 삶을 비교하고, 현재 진행되고 있는 교육의 실태와 그에 따른 문제점의 내용을 넣었다. 우리는 피켓 외에도 다른 홍보물을 계획했었다. 그것은 바로 대출증 뒷면에 희망가방 관련 그림을 새겨 학생들이 책을 빌릴 때마다 희망가방에 대해 생각할 수 있도록 계획한 것이었다. 우리는 이 대출증 뒤의 그림을 그리기 위하여 희망가방 관련 그림이나 로고를 찾아보기도 하였다. 여러 개의 밑그림을 그리고 투표를 하여 희망가방을 들고 나는 여자아이 그림과 희망가방을 손에 걸고 하트를 하는 그림이 선정되었다. 그리고 우리는 그것을 대출증에 넣기 위하여 마무리 채색작업을 하였다. 이로써 우리는 피켓 만들기부터 대출증 그림 디자인까지 여름 방학 2주일에 걸쳐 마무리하게 되었다.

　우리는 개학을 하고난 후부터 본격적인 홍보 활동에 들어갔다. 1, 2학년 팀을 나누어 각 반에 들어가 우리가 할 캠페인에 대해서 소개했다. 처음에는 다들 부끄러워하고 말하기 두려워했지만 여러 반을 들어가고 계속 반복하다 보니 캠페인에 대한 책임감도 생기고 말하는 기술도 늘어 능숙하게 홍보를 마칠 수 있었다. 듣는 아이들도 처음에는 무심한 반응을 보였지만 우리 부원들이 최선을 다해 홍보 활동을 하는 모습을 보고서는 진지한 자세로 임해 주었다. 그 덕에 우리는 수월하게 희망가방 캠페인에 대한 취지와 활동 내용을 우리 학교 학생들에게 전달할 수 있었다.

　홍보 활동을 마친 뒤 캠페인 준비에 들어갔다. 우리가 할 캠페인은 등교캠페인과 중앙 현관에서 하는 중앙현관 전시 크게 이 두 가지였다. 중

앙현관 전시를 준비하기 위해 올해 희망가방 만들기에 참여한 아이들에게 개발도상국 아이들에게 해주고 싶은 희망의 메시지 적기를 부탁하였다. 그 전에 미리 각 반에 들어가서 홍보를 한 덕에 아이들이 적극적으로 참여해 주었다. 그 중에는 하나의 작품 같은 메시지들도 있었고, 하나의 시 같은 표현들도 많았다. 이 포스트잇을 받은 뒤 중앙현관 전시도 본격적으로 시작하였다. 9월 26일 월요일에 중앙현관 전시를 하기 위해 우리는 그 전주 금요일 밤늦게까지 남아서 희망의 메시지들을 벽면에 붙이고, 피켓들을 세워 잘 보이도록 전시하였다. 또, 등교 캠페인도 같은 날에 진행되도록 준비하였다. 아이들의 참여를 더 적극적으로 만들기 위하여 등교할 때 우리 캠페인에 관심을 가져주는 아이들에게 사탕을 주기로 하고 300개의 사탕 꾸러미들을 포장하였다. 한 봉지에 4~5개의 사탕을 넣고 '교육이 빈곤을 해결하는 열쇠입니다.' 라는 메시지를 붙였다. 우리는 이로써 모든 캠페인의 준비를 끝마쳤다.

우리는 9월 26일, 등교 캠페인을 하기 위해 등교 시간보다 한 시간 일찍 와서 캠페인 활동 준비를 하였다. 미리 붙여놓았던 희망가방 캠페인 플래카드 앞에서 우리는 일렬로 자리를 잡았다. 아이들이 올 때마다 우리는 희망가방 캠페인의 중심 문구인 '교육이 빈곤을 해결하는 열쇠입

世明의젊은이들
誠實히배워익혀
人格을닦아
弘益人間높은뜻을
實踐하리라
그이름燦爛하리
그이름永遠하리
世明高等學校
世明高等學校
GOOD
GOOD ACTION 캠페인

니다.'라는 구호와 '작은 관심이 모여 하나의 희망이 됩니다.'라는 구호를 외치며 관심을 유도하였다. 아이들은 고맙게도 우리가 만든 피켓을 자세히 읽고 지나가 주었고, 우리는 그 아이들에게 사탕을 주었다. 중앙 현관 전시 또한 많은 아이들이 오고가며 관심을 가져주어 모든 캠페인이 성공적으로 끝이 났다. 우리는 아이들의 희망가방에 대한 지속적인 관심을 유도하기 위하여 학교 곳곳에 희망가방 포스터를 붙이는 것으로 모든 홍보 활동을 마쳤다.

모든 홍보 활동까지 두 달에 걸쳐 활동을 하였는데, 그 과정에서 의견 충돌도 있었고 다 만들어 놓은 피켓이 부러지는 등 역경도 있었지만 성공적으로 홍보 활동이 끝날 수 있어 다행이었다. 우리의 이런 노력이 많은 학생들에게 전해져서 지속적인 관심을 가져주길 바라며 내년에도 희망가방 만들기에 많은 참여가 있기를 기원한다.

# 수고했어, 오늘도 #4

2016년 6월 6일 (월)                                                    2학년 공태연

오늘 더움 ⊙

오늘은 중부초 벽화 그리기 봉사 첫째 날 되는 날이다. 처음에 아이들과 함께 할 벽화에 들떠있던 마음은 이미 첫째 날에 다르게 무너졌다. 30℃가 훌쩍 넘는 축축 찌는 날씨와 나를 어리둥절하게 하는 아이들로 인해 봉사하는 것이 힘들었다. 그런데, 오늘은 지난 이틀과는 사뭇 달랐다. 어느 때나 마찬가지로 무거운 마음으로 학교에 가서 아까 꺼내 놓은 그림을 색칠할 준비를 하고 있었는 데, 선생님께서 오늘은 우영역 맡을 자리 벽화를 할 거라고 하셨다. 그래서 나는 '유정'이라는 아이와 함께 벽화를 색칠하게 되었다. 나와 짝이 된 유정이는 눈이 크고 수줍음이 많은 아이여서 내게 쉽게 다가오지 못하고 어물거리고 있었다. 그래서 나는 유정이에게 다가가서 "유정아, 네가 그린 그림이 뭐야? 우리 같이 그것부터 칠하러 가자."라고 말을 걸었다. 그러자 유정이는 자신이 그린 바다풍경을 손으로 매물 가리키며 함께 칠하러 가자고 바삐 말한다. 우리는 같이 벽화를 칠하면서 그늘씩 가까워졌다. 나는 유정이에게서 초등학교에서의 생활에 대한 이야기를 들으면서 그간 잊고 있었던 내 초등학교 시절을 떠올렸다. 선생님에 대한 불만, 친구들과의 관계, 중학교 배정 등 내가 겪었던 초등학교 때처럼 오늘도 너무도 비슷해서 나도 모르게 웃음이 나왔다. 이렇게 이런저런 이야기를 나누면서 유정이가 그린 그림들을 함께 완성하다보니 시원하는 줄도 모르만큼, 언제 들어봤나 비오는 안절 언급 즐거운 시간을 보냈던 것 같다. 그렇지만 한여름 무더운 날씨 속, 뜨겁게 내리쬐는 햇빛 아래에서 제출 없이 색칠하다보니 점점 지치고 힘들어졌다. 그래서 나는 그늘에 가서 물을 마시며 좀 쉬자고 유정이에게 말하려 했지만, 유정이의 열띤 모습을 보고 무의식에 차오른 말이 쏙 들어가고 말았다. 아직 초등학생인데도 불구하고 땀을 벌벌 흘리며 자신이 맡은 일에 집중하며 끝까지 그림을 완성하려는 유정이의 모습에 의지와 고단함이 드러나는 듯했다. 그런 모습을 보고 나 혼자도 쉬겠다고 했으면서 조금 힘들다고 쉴 생각부터 했던 내 자신이 부끄러웠다. 그래서 나도 얼른 유정이를 따라서 끝까지 색칠을 다했다. 유정이도 그제야 그늘로 가서 물을 마셨고, 그림을 보며 환하게 웃었다. 나는 그런 유정이의 모습을 보며 뿌듯함을 느꼈다. 언제 들떠있나 다르게 오늘은 유정이와 함께 하며 그린 여러 추억을 머물리고 그림도 완성하면서 보람있는 시간을 보낼 수 있었다. 그리고 무엇보다 가장 의미있던 것은 끝까지 책임을 다하는 유정이의 모습에서 배울 수 있었던 다음함과 노력이었던 것 같다.

# 수고했어, 오늘도 #5

8월 12일 금요일 날씨맑음 ☀

오늘 드디어 교육봉사가 끝났다. 새벽부터 아침 일찍 일어나서 먼 거리를 달려오느라 너무 힘들었다. 지현이는 이제 계절을 간다고 빠져서 걱정했는데 다행히 오늘은 왔다. 사실 지현이가 생각만큼 안 따라와서 너무 힘들었기 때문에 안 오면 한 사람도 살짝 있었다. 그래도 마지막날에 얼굴 보니 반가운 마음이 더 컸다. 작년에 했던 교육봉사에서는 내가 가르쳤던 아이랑 장난도 많이 치고 수업시간에 보기에도 한마음 친해졌었는데 올해는 그렇지 못한 것 같아서 아쉬움이 남는다. 지현이는 수업 시간이면 책만 보고 앉아서 게임을 하는데 나는 그 책임을 잘 못해서 보고만 있을 수밖에 없었다. 처음에 선생님께서 '문제 푸는 방법'이 아니라 '문제를 풀 수 있었나' 라고 말, 아이들이 달았으면 좋겠다고 하셨다. 그래서 지현이한테 '문제 푸는 방법'이 아닌 유단을 알려주고 싶었다. 처음부터 지현이는 문제 하나를 풀면 가만히 나를 보고 있었다. 답이 있는 듯이다. "맞아요?", "이거 맞아요?" 대부분 답이 맞고, 심지어 양산도 빠르게 잘 하는데 왜 계속 물어볼까? 나도 학생이니까 알 수 있었다. 자기 답에 확신이 없어서 그러나다. 작은 문제 하나지만 그것에 학생을 가졌으면 좋겠다고 생각했다. 나름 방학해서 정답을 늦게 알려주리라 한꺼번에 채점하거나 했지만, 결과에는 나도 자꾸 바로바로 채점했다. 방법이 잘못된걸까, 내가 끈기가 없었던걸까? 지현이랑 더 친해지고 싶어서 쉬는 시간에 뭐냐고 물어봤더니 피아니스트가 꿈이다 그랬다. 내가 봐왔던 모습이랑 너무 달라서 잘 믿기지를 못했더니 말로만 매일 피아노 학원을 다닌다고 한다. 지금도 피아노 치는 지현이의 모습이 상상이 안된다. 오늘은 마지막 날이라서 다 같이 피자를 먹었는데 애들끼리 없는 바람에 같이 먹지는 못했다. 그리고 지현이는 내가 피자 먹는 사이에 먼저 가버렸다. 선생님이 전화해주신 덕분에 마지막 인사는 들을 수 있었지만 역시 그래도 아쉽다. 문제 풀기 싫어하고, 계속 게임 하고, 쉬고 싶어 해서 자책도 했지만, 그래도 지현이가 나쁜 아이가 아니란 걸 안다. 피아니스트가 지현이의 스케치를 꿈 중 해서인지도 모르지만, 지현이가 꼭 좋은 어른이었으면 좋겠다.

# Chapter 4

# 글로 그려본
# 공부방 아이들

괭이부리말 아이들의 저자이자 동화작가이신 김중미 선생님의 신작 '꽃은 많을수록 좋다'를 함께 읽고 토론했습니다.
그리고 작가님을 직접 초청하여 이야기 듣는 시간도 가졌습니다. 학교라는 울타리를 넘어선 교육에 대해서, 그리고 교육 자체에 대해서 깊이 생각해 볼 수 있는 시간이었습니다.

# '꽃은 많을수록 좋다'를 읽고

박상아

    이 책은 나에게 처음과 끝의 이미지가 다른 책이다. 처음엔 지루함, 끝엔 여운이 남는 그런. 처음에 읽기 시작했을 때는 생각과 다르게 관심이 생기지 않아서 내가 이 책을 과연 다 읽을 수 있을지, 다 읽고 나서 작가님을 뵐 수 있을지 걱정했다. 그렇지만 조금씩 읽으면서 공감이 되는 부분들을 느끼면서 책과 나의 공통점을 찾아갔다.

    책을 읽을수록 참된 교육관을 알아가는 듯한, 철학책을 읽는 듯한 기분이 묘하게 들었다. 그리고 난 그 철학에 자연스레 동요되고 스며들고 있었다. 충분히 가치 있을 뿐더러 진정성 있는 철학이었기 때문에 지금까지도 여운이 남고 마음속이 자꾸 아려온다. 책에 대한 느낌이 작가님을 뵙기 전과 후로 나뉘는 것 같다. 전에는 책이 굉장히 진정성 있고 나에게 영향을 끼치는 부분이 많았다고 단순히 생각했는데, 뵌 후에는 더욱 마음이 벅차오르는 느낌이 들었고 가난한 삶을 택해 현재 자신이 후회 없이 살고 계신 모습을 뵈니 진심으로 존경을 뛰어넘는 동경의 대상이 되었다. 살면서 작가님을 뵙고 난 후에 마음이 복잡해진 적은 없었는데 이번에는 좀 많이 달랐다. 그냥 마음이 복잡해졌다는 표현이 최대한의 감정전달이라고 생각한다. 무슨 초능력을 가지게 되었는지 모르겠지만 작가님을 뵙고, 이야기를 들으면서 한 번도 보지 못한 아이들의 얼굴이 자연스레 그려졌다. 환하게 웃는 모습, 엉엉 우는 모습, 풀 죽은 모습,

조곤조곤 이야기하는 모습, 심지어 부모님과의 모습도 번뜩 그려졌다. 그런 것 때문인지 아이들이 실제로 보고 싶어지고 또 작가님이 너무나 멋져 보이고 나도 당장이라도 모든 것을 놓고 만석동으로 내려가 아이들과 지내고 싶은 충동이 들었다. 그만큼 이 책은 내게 확실한 영향을 주었다. 무엇보다 직업상의 교사가 아닌 사람을 가르치고 아이들을 가르치는 사람이 되어야겠다는 가치관에 작은 영향을. 책을 읽으면서 책의 옆면을 보니 공감이 되었거나 인상 깊은 말들을 표시한 포스트잇이 생각보다 빼곡히 붙여져 있었다. 나도 보면서 '내가 이렇게 많이 붙었었나?' 하고 놀랐다. 그만큼 책에 공감이 많이 갔다. 나도 모르게 만석동 공부방의 아이가 된 듯했다.

공부방 아이들 중 '가람이'는 이렇게 말했다. "이모, 밖에 겨울이 와도 우리 공부방은 내내 가을이다요." 저 문장을 보면서 두 가지가 생각났는데 첫 번째는 내 어릴 적 모습이 떠올랐다. 정확히 말하자면 말투가 내 어릴 적 기억을 회상하게 만들었다. 나도 어린이집에 다닐 적 '~했다요.' 같은 말투를 종종 사용했다. 선생님께 관심을 받고 싶어서였는지 아이들이 다 하니까 나도 했던 건지 어릴 때라 기억은 나지 않지만 오랜만에 저 말투를 보니 귀엽기도 하고 아이들만의 순수하고 따스한 감정이 고스란히 느껴졌다.

그리고 두 번째는 가람이의 마음처럼 공부방이라는 매체이자 공간이 저 문장만으로도 충분히 온기가 느껴진다는 것이다. 우리가 생각하는 공부방은 그저 공부하는 곳이지만 이 공부방은 뭔가 다름이 틀림없었다. 물론 이 문장을 읽기 전에도 특별한 의미가 담긴 공부방일 것이라는 생각은 했지만 아이들은 거짓말을 저렇게 순수하게 하지 못한다는 것을 고려해서 의미를 느껴보면 이 공부방은 역시 남다른 온기가 있고 정이 있음을 알 수 있다. 그리고 아이가 저렇게 말을 하니 그 온기와 정이 충분히 와 닿을 수 있었지 않았나 하는 생각이 든다.

　김중미 작가님의 가치관과 신념 중 나와 가장 잘 맞는 부분이 있다면 꿈 또는 장래희망을 강요하지 않는다는 점이다. 그리고 공부를 우선하지 않는다는 점이다. 이 책에선 성적과 등수로 고민하는 모습이 보이지 않는다. '상위 1%의 꿈은 우리의 목표가 아니다', '어느 길이 정답이라 할 수도 없다', '거꾸로 가자' 등 다양한 곳에서 공부에 연연하지 않는 모습을 보인다. 그렇지만 또 나와 잘 맞는 부분이 있는데 바로 인성을 더 중요시 여긴다는 점이다. 내가 자라온 환경에는 언제나 예의와 인성이 중시되었다. 그래서 나 또한 사람에게 가장 중요한 것은 바른 인성과 예의라고 생각해왔다. 작가님도 이렇게 살아오셨는지는 알 수 없지만 현재 가장 중요하게 여기는 것이 인성이라는 부분이 일맥상통해 반가웠다. 그렇지만 인성은 성적처럼 누군가가 평가할 수 없는 부분이고 상대적이지도, 절대적이지도 않다. 그래서 성적으로 계급이 나뉘는 사회에 불평하면서도 선뜻 해결책을 내놓지 못하는 이유이다. 그렇지만 언젠가 인성에 대한 사회의 공방이 뜨거워지기를 바라고 있다.

　그리고 작가님은 부모의 입장으로서도 충분히 가치 있는 부모이셨다. 나는 지금 나의 부모님의 가치관을 굉장히 좋아하는 편인데 작가님은 부모님보다 더 자유로우셨다. 그리고 개방적인 분이라는 것을 느끼며 작가님을 정말 동경의 대상으로 삼으려 했다.

　고등학교 진학에 대해서도 크게 걱정하시지 않고 자식들의 선택에 믿음을 가지고 계시는 것을 보며 딸들을 정말 신뢰하고 계시는 걸 느꼈다. 그리고 다른 공부방 아이들도 자식처럼 키우며 올바르지 않은 곳으로 가면 올바른 길로 올 때까지 믿음을 갖고 기다려 주시는 모습을 보며 부모님들의 모습이 겹쳐 보이고 울컥하기도 했다. "네가 정 그 벼랑으로 뛰어내리겠다면, 내가 같이 뛰어내릴게." 이 말이 특히나 감정을 건드리기

에 충분했다. 이런 김중미 작가님의 모습을 보고 만약 내가 아이의 부모가 된다면 이렇게 끈기와 신뢰를 가지고 아이를 개방적이지만 올바르게 키우고 싶다는 생각이 들었다.

'꽃은 많을수록 좋다'를 읽고 나서 교육에 대한 마음과 사고가 확고해진 것 같다. 그냥 일반적인 교사에 대한 신념보다는 누군가를 가르치는 일, 누군가의 삶에 선생님, 공부방 이모로 남는 일의 가치를 좀 더 따져 볼 수 있던 시간이었다. 그리고 굳이 교대를 진학하지 않아도 누군가를 가르칠 수 있다면 그걸로 만족할 수 있는 마음이 커진 것 같다.

김중미 작가님처럼 가난한 삶을 택하는 사람이 흔치 않은 것이 아니라 거의 없어서 작가님이 존경스러웠다. 한편으로 의아했지만 가난한 삶을 택한 후의 작가님 모습을 보니 내가 작가님이어도 후회가 없는 삶이라는 것은 확실해졌다. 공부방이라는 공간에서 일어나는 일, 만석동에서 일어나는 일들이 나에게 이렇게 가까이 다가올 줄은 꿈에도 몰랐는데 내 머릿속과 마음속은 현재 그 두 가지로, 그 두 공간에서의 일들로 가득 차 있다. 좋은 책이었고 좋은 경험이었다. 내가 꾸었던 꿈 중 가장 실제스러운 꿈이었다.

# '꽃은 많을수록 좋다' 를 읽고

신예슬

우리 집에는 괭이부리말 아이들, 종이밥, 조커와 나 라는 책들이 있다. 사실 이번에 김중미 작가님에 대해 자세히 알기 전에는 이 모든 책들이 우리 집에 있는지조차도 알지 못하였다.

나는 현재 에듀에듀라는 방과후를 한다. 이 방과후에서 어느 날 책을 한 권씩 나누어주었고, 그 책이 바로 내가 오늘 말하려는 '꽃은 많을수록 좋다' 이다. 처음에는 책의 글자가 너무 많다는 생각에 거부감이 먼저 들었다. 그러나 선생님께서 김중미 작가님이 7월달에 오실 것이니 다 읽고 질문을 생각해 놓으라고 하셨다. 그리고 나는 그날 집에 돌아가서 김중미 작가님을 찾아보았고, 괭이부리말 아이들의 작가님이라는 사실을 알게 되었다.

이 책에서의 김중미 작가님은 스스로 자발적 가난에 뛰어들었다고 한다. 김중미 작가님은 20대 시절인 1987년에 인천 만석동에 '기찻길옆아 가방' 을 시작으로 '기찻길옆공부방' 을 열고 정착했다 한다. 그리고 2001년 강화에 작은 공부방을 만들고 김중미 작가님은 현재까지 만석동과 강화를 오가면서 공부방을 운영하신다고 한다. 물론 그 중간 중간에는 수많은 우여곡절이 있었고, 하는 사업마다 2년 내지 1년 만에 문을 닫게 되었다. 만석동에 집을 지을 때도, 강화에 집을 지을 때도 부실공사가 넘쳐났고, 부실공사임에도 쌓일 빚은 변함없이 쌓였다. 그러나 김중미 작가님의 괭이부리말 아이들이라는 책이 방송도 타고 사회에 많이 알려지면서 공부방 빚을 갚고 운영을 할 수 있었다고 한다.

나는 이 책을 읽으면서 수없이 많은 성찰과 수없이 많은 반성과 수없이 많은 생각을 하였다. 우선 여기에 풀무라는 단체가 나온다. 이 단체는 인하대와 경인교대 학생들로 이루어진 자원 봉사 교사들이었다. 이 풀무 단체의 일부는 끝까지 이 공부방과의 연을 이어가려 노력하고, 그리고 직장을 잡고 결혼을 한 후에도 자신의 월급의 10%를 내놓고 강화에서 공부방 운영을 도와주기도 한다. 나는 이 부분들을 읽으면서 김중미 작가님도 많은 도움이 되셨지만 풀무단체의 자원교사 분들의 도움 역시 엄청났다고 생각한다. 나 또한 교대를 희망하고 있고 준비하고 있다. 사실 교대를 희망하는 이유 중 일정부분은 안정적이기 때문이라는 이유도 분명 있다. 그러나 이 풀무 자원 교사 분들은 자신의 월급 중 일부를 떼어 주신다. 그리고 공부방 맞은편 가난한 아파트에서 살면서 공부방 운영에 도움을 주신다. 나에게 만약 공부방을 공동 운영하고 도와줄 기회가 생겼다면 내가 즐거운 마음으로 봉사할 수 있을까. 나는 지금까지 나름대로 쌓아왔던 나의 교사상과 가치관이 무너지는 것을 느꼈고, 비록 공부방 선생님이지만 그들에게서 최고의 커리어를 느꼈다. 스스로 가난에 뛰어들어 아이들을 우선적으로 생각하는 선생님들, 작가님의 모습은 내가 본 받아야하고 교사가 아니더라고 사회를 위해서 국가를 위해서 본받아야 할 점이라고 생각한다.

물론 이 책을 읽으면서 긍정만을 느끼고 모든 점에서 찬성하는 것은 아니다. 특히 이 책 중간쯤에 딸과 김중미 작가님의 대화가 나온다. 그것은 딸의 기숙사 입소 선택에 대한 갈등이었는데, 김중미 작가님은 딸에게 기숙사에 들어가지 않는 게 좋겠다고 이야기를 하신다. 그러나 나는 이 부분을 읽고 이건 김중미 작가님 세대 때의 생활과 딸의 생활의 다름의 차이에서 나오는 갈등이란 생각이 들었다. 물론 김중미 작가님 말씀도 맞다. 버스를 타면 창밖을 볼 수 있고, 사람들을 만날 수 있다. 그러나 현재 내 상황으로는 버스를 타면 잠을 잔다. 창밖을 볼 만큼의 여유가 있다면 창문이 아닌 window라는 영어단어가 적혀 있는 단어집을 본다. 나는 딸의 말 중 "자긍심, 자존감, 정의. 그런 게 날 대학에 보내줘?"라는 말이 가장 인상 깊었다. 그냥 현재 나의 힘든 고등학교 생활에 공감되는 이야기라 좀 더 마음이 갔던 대사였다. 나는 생각한다. 딸이 저런 말을 하고 나는 저 말에 공감하는 이런 것들은 사회의 변화가 만든 당연함이라고. 나는 내 아이들에게 저런 삶을 남겨주고 물려주고 싶지 않다. 그런 면에서 이 공부방은 가장 적합하다. 그 집은 공부방이라는 이름을 가지고 있지만 공부보다 공부 외적인 것을 더 많이 가르치고, 함께 이루어 나간다. 내가 생각하는 진정한 공동체이다.

이 책을 읽으면서 하나 더 기억나는 것은 공부방에 대한 주민들의 태도이다. 그들의 태도는 배려라고는 조금도 찾아볼 수 없고, 자신들이 아쉬울 때만 도움을 요청하고 공부방 아이들 때문에 자신들의 영역을 침범당하고 침해당하면 싫어하고, 화를 냈다. 주민들은 놀고 있는 아이들에게 비눗물 한 바가지를 뿌리고 시끄럽다고 면박을 준다. 그리고 공중 화장실을 절대 쓰지 못하게 하여 화장실을 한 번 가려면 윗동네 화장실을 가야한다. 의도도 좋고 취지도 좋고, 그냥 한 가지 흠이라면 아이들의 해맑음이 더해진 시끄러움 정도? 이 부분에서 김중미 작가님이 이 책에 공동체를 무수히 강조하고 공부방 아이들에게 배려라는 단어를 알려주시려 노력한 이유를 알았다. 나는 그 만석동 주민들이 그러한 행동을 보인 이유는 아직 공동체라는 단어를 배우지 못한 탓이라고 생각한다.

우리는 7월 9일 김중미 작가님을 뵈었다. 생각했던 것보다 더 푸근하고 친근한 엄마 같은 이미지였다. 우리들의 질문을 하나하나 기다려 주시고 최선을 다해 답변해 주셨다. 무엇보다 좋았던 점은 작가님께서 직접 책의 내용을 이야기해 주시니까 책에서 봤음에도 처음 듣는 내용 같고, 새로웠다. 사실 책으로 읽을 때는 만석동 주민들과 시와 동구청 간의 갈등이 그렇게 막 와 닿고 분노가 일고 그렇지는 않았다. 그러나 김중미 작가님의 입으로 직접 들으니 그들의 뻔뻔한 태도와 사람의 이기적임에 대해 새삼 느껴볼 수 있었다.

나는 이 책을 읽으면서 많은 부분에서 변화할 수 있었고, 생각할 수 있었다. 또 내 삶에 감사할 줄 알게 되었다. 만약에 대학교에 가서 이러한 봉사 활동이 있다면 꼭 해보고 싶다. 공동체 아이들의 배려심과 따뜻함을 느껴보고 싶다. 그리고 나의 생각을 나누고 싶다.

이 책을 읽기 전에는 그냥 교육 관련 도서라는 생각이 들었다. 그러나 책을 두 번을 읽고 김중미 선생님을 만나본 현재로써는 생각이 바뀌었다. 이 책은 그저 교육학이나 교육 관련 정공 분들만 읽는 것이 아니라 모든 사람이 읽어봐야 할 책이라고 생각한다. 김중미 작가님을 뵐 수 있었던 경험에 감사하고 이 책에서처럼 스스로 가난에 뛰어들어 공동체 생활을 하는 것은 무리이지만 이 책에서 배운 공동체 정신은 내가 어른이 되어서도 기억하고 실천해 나갈 것이다.

# '꽃은 많을수록 좋다'를 읽고

이혜민

　이번 여름에 나는 '꽃은 많을수록 좋다'라는 책을 읽어 보게 되었다. 중학교 때부터 누군가를 가르치고 도와주는 것에 흥미를 느낀 나는 교사란 꿈을 꾸게 되었고 그와 관련된 책을 읽고 작가님과 만나게 되는 계기가 생겨서 너무 기뻤다. '꽃은 많을수록 좋다'는 가난한 삶을 스스로 선택하신 김중미 선생님의 삶과 가난한 아이들, 부모님이 안 계시는 아이들을 데리고 공동체를 만들어 공부방을 운영하는 이야기이다. 이 책에는 첫 부분에 김중미 선생님이 가난한 삶을 선택한 계기가 나오는데 그 이유는 고등학교를 졸업하고 마주친 한국사회의 현실이 나를 빈민지역으로 이끌었다라고 말씀하셨다. 그리고 그보다 먼저 경제적으로 풍족하지 않았던 환경, 부모님의 반골 기질, 어린 시절을 보낸 기지촌에서의 사회모순, 군부 독재 시대에 모순과 비리가 집약되어 있던 선인재단에서의 학교생활 경험 마지막으로 학창시절의 문학이라고 하셨다. 또 이러한 선택에 대하여 후회하지 않는다고 하셨다.

　2부로 넘어가면 공부방 학생들과의 여러 가지 이야기들이 나오는데 그 중 우리와 가장 인접한 질풍노도 삼총사의 스마트폰 사건이 가장 기억에 남았다. 열일곱 혹은 열여덟의 나이에 다른 친구들은 모두 갖고 있는 스마트폰을 자신은 갖지 못한다는 생각에 매우 힘들고 부러웠을 것이라고 예상이 되었고 책에 나온 스마트폰을 갖기 위한 여러 가지 수단들이 너무 재미있고 나도 써본 방법이라 더욱 더 공감이 갔다. 김중미 선생님을 만났을 때 역시도 이 사건들을 재미있게 이야기해 주셨고 버스 바퀴 밑에 던져도 보고, 연극을 하러 가서 배터리를 분리한 채 놓고 와서는 잃어버렸다고 하기도 했다고 말해 주신 걸 듣고 그 간절함이 더욱 이해가 갔다.

두 번째로는 공부방 넷째의 고등학교 진학 문제에 대한 이야기를 다루고 있는데 넷째는 입시위주의 교육정책에 대한 거부감이 컸지만 결국 학교에 가게 되고 그곳에서 서열을 나누는 기숙사, 교육부에서 특별 예산으로 서울에서 초빙한 학원 강사에게 특별 보충 학습을 맡기는 등 성적이 높은 학생에게 여러 가지 특혜를 베풀고 그렇지 않은 학생들은 차별을 받는다는 것을 경험하게 되었다. 이 부분을 읽으면서 우리 학교와 비슷하다고 느꼈고 이것이 소수의 학생들을 좋은 대학교에 보내는 것에는 효과가 있다고 생각하지만 이것은 정답이 아니라는 생각이 들었다. 나는 우리 사회가 대학교의 서열을 나누고 공부를 잘하는 소수만이 좋은 학교에 가는 것부터가 잘못되었고, 이를 변화시키기 위해서는 우리 사회가 공부 순이 아닌 공부를 하는 사람, 자신 있고 흥미 있는 분야에서 전문적으로 일을 하는 사람을 나누어 그에 맞는 대학교에 가게 되는 것이 옳다고 생각했다.

다음으로 나와 김중미 선생님을 연관시켜 보면 나 역시도 예전부터 아빠가 일 하시는 곳에 장애인 삼촌들이 있었고 초등학교 때 내가 어려운 친구들을 잘 챙겨줘서 학년이 올라갈 때 내 도움이 필요하다며 같은 반으로 올려주시고 짝꿍을 시켜주시는 등 경험이 많아서 조금 어려운 아이들과 조금 불편한 아이들에게 더 마음이 가는 편이었다. 그리고 이런 경험들을 통해 그런 아이들이 우리와 다르지 않고 오히려 나눌 줄 알고 배려할 줄 아는 친구들이라고 느꼈다. 나도 김중미 선생님처럼 경쟁이 전부가 아닌 남을 배려할 줄 알고 남이 하지 않는 힘든 일을 솔선수범하여 하고 예의를 지키는 것이 중요하다고 생각하기 때문에 "승리하기 위해선 적을 완벽히 이해해야 하고, 적을 완벽히 이해하게 되면 결국 그들을 사랑하게 된다."라는 말이 정말 인상 깊었다. 우리는 보통 경쟁을 할 때 서로를 깎아 내리기에 바쁘고 자신이 더 튀기 위해 가식적인 모습을 보이기도 하는데 위에 쓴 부분을 읽고 서로에게 발전할 수 있는 디딤돌 같은 경쟁자가 되는 것이 올바른 경쟁이라는 생각이 들었다.

세 번째로는 김중미 선생님께서 해주신 이야기 중에 뚱뚱하고 친구가 없는 아이가 공부방에 새로 들어왔는데 처음 와서 한 말이 "저는 힘든 아이에요. 저는 참 힘들어요."이었다고 하셨다. 그리고 이 아이는 공부방에서도 관심을 받지 못했는데 이 아이가 그림을 그리고 시를 쓴 것 중에 "꽃은 많을수록 좋다. 아직 피지 않은 꽃도 있다."라고 썼고 선생님은 이것으로 책의 제목을 지으셨다고 했다. 이 이야기를 들으면서 나도 모르게 눈물이 고였고 조그만 아이가 나보다도 훨씬 더 커 보였다.

마지막으로 내가 느낀 것은 공동체라는 것의 대단함이었다. 공동체 아이들은 하고 싶은 것, 갖고 싶은 것 등을 누구 한 명이라도 포함이 되어 있지 않으면 안 된다는 규칙을 갖고 있었고 나이가 제일 어린 사람, 제일 보잘것없는 사람이 우선시 된다는 것을 모두 알고 있고 이를 잘 따랐다는 사실이 놀라웠다. 그리고 공동체에서 자란 아이들은 대학생이 되어 MT를 가서 다들 술을 마시고 놀고 잘 때 내가 아니면 누군가가 해야 한다는 생각으로 설거지를 하고 뒷정리를 한다는 것도 대단하게 느껴졌다. 만약 나였다면 '다른 사람도 다 안하는데 내가 굳이 해야 하나…' 라고 생각했을 법도 한데 이 이야기를 듣고 학교라는 공동체에서 내가 할 수 있는 일을 찾고 내가 먼저 솔선수범하여 남을 배려하고 남을 위해 희생하는 사람이 되어야겠다고 다짐했다.

# '꽃은 많을수록 좋다'를 읽고

정혜인

아이들의 미래를
똑같은 모양으로 만들 수는 없다.
어느 길이 정답이라고 할 수도 없다.
나는 오히려 아이들에게 말한다.
"거꾸로 가자."

위 글은 이 책에 나오는 구절 중 일부이다. 우리는 학교가 끝나고 학원과 과외를 다녀온 후 밤이 돼서야 집에 온다. 그렇지만 쉴 틈은 없다. 우리 사회는 씻는 시간, 먹는 시간도 아끼고 아껴서 공부에 매진하여 오직 상급학교 진학만을 목표로 앞만 보고 달려가라고 강요한다. 우리는 이러한 사회 현실에 대해 불만을 가지고 있지만, 대부분은 그저 경쟁 속에서 기계처럼 바쁘게 살아가는 나날들을 당연시 여기며 살아가고 있다. 나 또한, 어느새 이러한 현실에 물들어서 대학 입시를 위한 삶을 살아가고 있고, 이 사실이 문득문득 떠오를 때마다 회의감이 몰려오곤 한다. 매일 같이 반복되는 경쟁 안에서 우리는 제대로 된 미래를 꿈꿀 수는 있을까? 이런 상황 속에서, 이런 교육 현장 속에서 이 책의 작가 김중미 선생님께서는 위 글처럼 말씀하신다. 선생님께서는 이 책에 1987년 만석동에 들어와 기찻길옆아가방을 시작한 그 처음부터 2001년 강화 양도면 살문리로 이사해 지금까지 이어가고 있는 농촌 생활에 대한 이야기와 함께 우리 사회의 모순, 그리고 소외된 아이들을 위한 공동체 속에서의 자발적 가난의 실천에 대한 진솔한 감정을 담아내셨다. 그래서 나는 이 책을 읽으면서 평소 학생으로서 느꼈던 많은 감정으로 인해 공감을 할 수 있었고, 나의 삶을 한 번쯤 되돌아보는 반성의 기회도 얻을 수 있었으며. 진정한 교육자의 모습과 가치관을 찾을 수도 있었다.

김중미 선생님께서 함께 하는 공동체 속 아이들은 부모님이 안 계셔 외조부모님의 손에서 자라는 아이들, 밤늦도록 일을 하시는 부모님으로 인해 하루 종일 좁은 방 안에서 홀로 지내야 하는 아이들과 같이 가난 속에 방치되고 보호받지 못하는 어려운 삶을 살고 있다. 이러한 아이들을 선생님을 포함한 공부방의 여러 이모, 삼촌들은 30여 년의 세월 동안 만나고 헤어지면서 어떠한 친구는 무기력하게 떠나보냈고, 또 어떠한 친구는 어려운 현실을 딛고 스스로 설 수 있도록 도와주기도 하였다. 이들이, 그리고 더 많은 소외된 사람들의 삶이 나아질 수 있는 세상이 되는 것, 선한 사람들이 그 마음을 잃지 않고 살아가는 세상이 되는 것을 바라기 때문에 선생님께서는 30년이 넘는 세월동안 공동체 속에서 자발적 가난을 실천하며 함께 사는 삶에 대한 희망을 가지고 계신다고 했다. 하지만 공동체 생활이 처음부터 쉬웠던 것은 아니다. 공부방에 대한 마을 사람들의 좋지 않은 시선으로 눈치를 봐야 했고, 딸들도 제대로 된 자신의 공간 없이 공동체 아이들과 함께 생활해야 했다. 그리고 좁은 집에서 아이들과 지내며 힘들었던 적이 한두 번이 아닌데다가 아이들이 여러 문제를 일으켜서 갈등 상황이 발생했던 적도 적지 않게 있었다. 그렇지만, 김중미 선생님은 말씀하셨다. 어차피 한평생 살다 가는데 나 혼자 돈을 쓰고 화려하게 사는 것보다는 나누고 나눠서 소박해도 함께 살아가는 것이 더 행복한 삶이고, 공부방이 너무 좁아 여름에는 너무 덥고 겨울에는 너무도 춥지만, 함께 극복하고 의지하며 살아가는 이 공동체 생활이 살아가는 데에 있어서 크나큰 힘이 된다고. 그리고 참교육, 혁신 교육을 하는 사람들도 자신의 자녀들만큼은 특목고를 보내고 유학을 보내는 것처럼 자신의 자식들만큼은 이 사회에서 성공하기를 바라는 현실 속에서 김중미 선생님께서는 자발적인 가난을 말하면서 공부방 아이들은 누리지 못하는 기회를 마련해 주고 싶지 않다고 하시며 딸들도 공동체 이모, 삼촌들의 삶의 방식을 배워나가기를 바라셨다. 이렇게 말씀하실 수 있었던 것은 김중미 선생님께서 추구하시는 가치가 물질적 풍요, 사회적으로 인정받는 성공과 같이 단지 보여 주기식이 아닌 더불어 살아가며 모든 인간이 인간답게 살아갈 수 있는, 나누며 사는 삶이기 때문이라고 생각하게 되면서, 누구나 자발적 가난에 대해 긍정적으로 말하고, 어렵고 소외된 사람들을 도와야 한다고 말하고 간접적으로 도울 수는 있겠지만, 이렇게 자발적 가난을 선택하여 직접 그들의 삶 속에서 함께 한다는 것은 정말 쉽지 않은 일인데, 김중미 선생님께서 선택하신 삶은 참 대단하다는 생각과 함께 깊은 존경심을 느끼게 되었다.

그리고 또 한 번 놀랐던 것은 이러한 생활 속에서 자란 공동체 아이들이 또 다른 곳에서도 나눔과 배려를 실천한다는 점이었다. 먼 나라에서 전쟁으로 고통 받고 있는 이라크 아이들을 걱정하고 편지를 쓰며 평화에 대해 알아가고, 세월호 사건의 진실을 밝히기 위한 힘겨운 싸움을 하고 계시는 유가족들과 함께하기 위해 매 주말 시위에 참여했을 뿐만 아니라 연대가 필요한 곳이라면 어디든 달려갔다. 특히, 백령도 워크숍에서 자신들보다 훨씬 더 외롭고 아픈 아이들을 보며 눈물 흘려줄 수 있는 그러한 마음들이 공동체 생활 속에서 자연스럽게 터득한 아름답고 순수한 마음이라는 생각이 들었다. 충분히 자신들이 처한 상황을 비관적으로 보며, 불평할 수도 있지만 그렇지 않고 오히려 더욱 힘들고 어려운 처지에

놓인 사람들을 위해 마음 쓰고 도울 수 있는 삶을 산다는 것이 대견스러웠다.

한 사람이 어른이 돼서 세상을 살아갈 때 힘이 되는 것은 어린 시절에 받은 사랑과 지지다. 그 마음의 버팀목을 꼭 부모가 세울 필요는 없다. 부모가 없다면 이웃이, 사회가 아이의 마음에 버팀목을 세워야 한다. 그 버팀목이 없는 어른을 양산해 낸 '돈밖에 모르는 한국 사회'는 아이를 키워 낼 힘이 없다. 우리가 아이를 함께 키우며 만석동에서 하는 일은 그저 우리가 만나는 아이들의 마음에 버팀목을 심는 것이다.

위 글에 나오는 것처럼 사람이 살아가는데 있어서 보호받은 기억, 사랑과 지지는 죽을 때까지 내가 인생을 살아 갈 수 있는 버팀목이 되어 준다. 그렇지만, 가난하고 소외된 계층은 어릴 적 부모에게 보호받지 못했던 것처럼 사회에 나가서도 마찬가지로 보호받지 못하고 무너져 내리는 경우가 많다. 하지만, 공부방 속 공동체 생활은 이런 아이들에게 나이가 들어서도 힘들 때면 가장 먼저 떠오르고 언제든 찾아 올 수 있는 버팀목이 되어 주었다. 이 사회는 해주지 못하는 것들을 공부방이 대신 한다는 것에 대해 그렇게라도 대신 할 수 있는 곳이 있다는 사실이 다행스럽기도 하면서, 한편으로는 사회적 약자를 보호해 주지 못하는 현실이 안타깝게 느껴지기도 하였다.

이 책을 읽으면서 많은 감정을 느꼈지만, 가장 기억에 남았던 점은 바로 김중미 선생님의 삶의 태도였다. 앞서 언급했듯이 자발적 가난을 실천하고 우리 사회가 요구하는 인재의 양성이 아닌 오히려 그와는 반대로 좀 더 따뜻하고 인간다운 삶을 추구할 수 있다는 것은 쉬운 일이 결코 아니다. 나는 그동안 경쟁을 부추기고 학력 등으로 사람을 차별하는 우리

사회를 좋게 보지 않았던 적이 많았고, 특히 학생으로서 교육 정책의 개혁은 필수적이라고 느끼고 있었지만 막상 나는 이것이 잘못되었음을 알면서도 적응하며 다른 평범한 사람들과 다르지 않게 살고 있었다. 이렇게 안일하게 살아가고 있던 중 만나게 된 이 책과 김중미 선생님은 나의 이런 삶에 대하여 부끄러움을 느끼게 해주었고, 진정으로 추구해야 할 가치가 무엇인지에 대한 인식을 확고히 하게 해주었다. 이 책에서 추구하는 것처럼 나도 그리고 앞으로 미래를 이끌어 갈 수많은 사람들도 경쟁 속 개인들이 아닌 공동체 속에서 다함께 더불어 가는 사회를 만들어 어렵고 힘겨운 사람들도 사회 속에서 보호 받으며 행복하게 살아갈 수 있는 대한민국이 되었으면 좋겠다.

# 꽃은 많을수록 좋다

김중미 | 창비

저자 김중미는 스물넷에 인천 만석동에 들어가 공부방을 차리고 정착하며 공동체적 삶을 가꾸며 산 지 10년이 되었을 때 소설 《괭이부리말 아이들》을 집필했다. 그 이후부터 지금까지, 작가는 괭이부리말 아이들을 보살펴 왔고, 딱 30년째 자신의 목소리를 그대로 담은 『꽃은 많을수록 좋다』를 썼다. 이 책에는 1987년 만석동에 들어와 기찻길옆아가방을 시작한 그 처음부터 1988년 기찻길옆공부방으로, 2001년 다시 기찻길옆작은 학교로 바꾼 이야기, 공동체를 이루어 가는 이야기, 교육 이야기, 가난 이야기, 2001년부터 시작 된 강화도 농촌 생활까지 가감 없이 펼쳐져 있다.

또한 그 이야기 속에 자발적 가난을 선택한 이유, 공동체의 꿈, 한국 교육 현실에 대한 비판, 더불어 사는 삶의 의미 등 세상을 향한 메시지도 빼곡히 담겨 있다.

http://book.naver.com/bookdb/book_detail.nhn?bid=10271019/
네이버/인터넷 교보문고

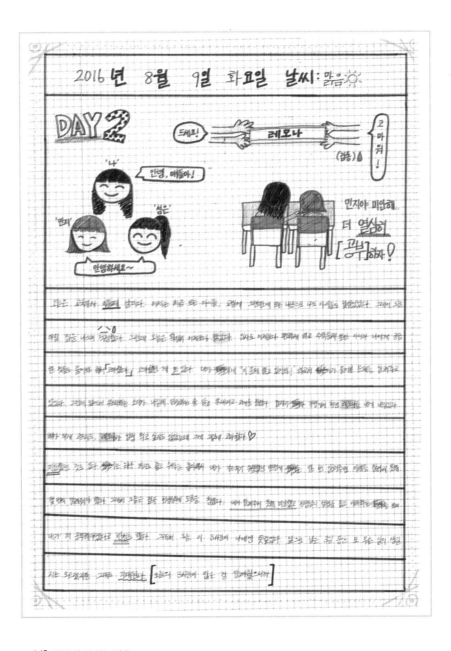

Chapter 5

# 내가 그의 이름을
# 불러주었을 때

우리가 올해 진행한 활동 중 제일 뿌듯하게 생각
하는 활동입니다.

학교에는 선생님 외에도 함께 생활하시는 많은
어른들이 있습니다. 그런데 우리는 그분들의 이
름조차 모르고 무관심하게 살고 있습니다. 이름
을 부르면 의미가 됩니다.

# 꽃 프로젝트

**박상아, 전윤주**

이 프로젝트는 EBS 영상을 시청한 후에
진행한 토론에서 영감을 얻어 시작하게 되었다.

　우리는 과연 교내에서 교과 선생님을 제외한 다른 선생님들을 얼마나 알고 있을까? 또 이름은 알고 있을까? 지금 생각해 보면 꼬리를 물은 질문으로부터 이미 조금씩 꽃 프로젝트에 대한 생각들을 하지 않았을까 싶다. 우리는 언제나 이러한 물음들을 그냥 두지 않았기 때문에 어떤 방식으로라도 짚고 넘어가야 했고 그렇기에 우리는 꽃 프로젝트를 구상해냄이 당연했다. 이 프로젝트를 선생님께 전해 듣고 나서 가장 처음 들었던 우리의 생각은 '왜 이름이 꽃 프로젝트?' 였다. 그도 그럴 것이 당시에 한창 '꽃' 시에 대해 배운 기억이 생생했을 때였다. 사실 영상과 꽃의 연계성을 찾지 못했기 때문에 더욱 의문이었다. 그런데 프로젝트 명에 대한 부연 설명을 듣고 꼭 들어맞음에 놀라웠다. '꽃' 시의 구절 중 '내가 그의 이름을 불러주었을 때 그는 나에게로 와서 꽃이 되었다' 라는 구절에 근거해 '학교에서 우리를 위해 애써주시는 분들을 알고 이름을 불러드리며 그분들의 존재를 알아가자' 라는 함축적인 목적이 담겨 있는 이름이었다. 그렇게 짧지만 긴 제목에 대한 이해를 마치며 우리는 본격적으로 이 프로젝트에서 할 수 있는 활동들을 생각해봤다.

가장 먼저 한 활동은 카네이션을 달아드리는 것이었다. 마침 스승의 날이 다가올 시기여서 그분들을 선생님으로 바라본 우리에게 제일 먼저 감사를 표할 수 있는 좋은 기회라고 생각했던 것 같다. 그 생각을 확장시켜 자체제작 편지지에 감사한 마음을 담아 직접 그분들에게 편지를 써드리자는 이야기 또한 주고받았다. 또 다른 의견은 영상을 제작하는 것이었다. 물론 영상을 생각하지 못한 것은 아니지만 막상 만드는 과정들을 생각하니 어디서부터 어떻게 손을 대야 할지 몰랐다. 그래서 영상에 들어갈 내용들을 정하기 시작했다. 우선 앞서 말한 카네이션 및편지 전달 과정도 사진과 영상으로 남겨두도록 했고 또 다른 선생님이신 분들을 위한 영상이기 때문에 그분들의 이야기 또한 빠져서는 안 된다고 판단해 그분들의 일상 모습을 찍고 인터뷰를 따기로 했다. '그런데 이 영상을 왜 만들어요?' 라고 한다면 학생들에게 이 프로젝트를 소개하고 이해를 도와주기 위해서라고 생각하면 될 것 같다. 우리 학교 학생들이 이 프로젝트에 동참하는 것 또한 프로젝트 실행의 큰 목적 중 하나였으니까. 영상

이야기까지 마치고 나서 우리는 본격적으로 역할 분담에 나섰다. 대대적인 꽃 프로젝트의 시작을 열어주었던 카네이션과 편지 드리기는 카네이션을 사는 것부터 편지지 제작까지 하나하나 우리가 담당해야 했고 또 후에 작업할 동영상에 첨부될 영상들과 사진들도 찍어둬야 했기 때문에 더욱 세부적으로 조를 나눴고 마지막으로 스승의 날 전, 다시 한 번 검토하며 그렇게 프로젝트를 시작했다.

스승의 날, 우리는 들뜨고 설레는 마음으로 행정실 선생님과 급식소 아주머니 분들, 지킴이 선생님, 버스 기사님, 매점 아주머니께 직접 카네이션을 달아드리고 손수 적은 편지까지 전해드렸다. 그동안 수많은 편지를 써오고 수없이 감사한 분들에게 카네이션을 드렸지만 이번엔 드리는 대상이 우리에게 일반적이지는 않지만 일반적으로 가장 많이 감사를 드

려야 할 분들이라는 부분에서 더 크게 보람을 느꼈고, 단순히 느낀다는 말로는 형용할 수 없는 무언의 벅차오름도 분명 존재했다. 그 마음은 그분들 또한 이심전심이었는데 심지어 한 급식소 아주머니께선 우리의 보답에 고마움을 느끼시며 눈물을 훔치시기까지 했다. 아마 그때 우리 중에도 눈물을 참느라 애쓴 사람이 한둘이 아니었겠지. 또 매점 아주머니께선 학교에서 근무하시며 처음 받아본다며 우리의 작은 보답을 좀 더 특별하게 만들어 주셨다. 이외에도 행정실 선생님과 지킴이 선생님, 버스 기사 분들도 모두 밝은 얼굴로 우리의 뜻을 너그러이 받아주셨다. 우리는 작은 보답들을 건네드리고 나서 본 그분들의 얼굴을, 표정을 아직도 잊을 수 없다. 표정에서 묻어 나오는 고마움, 감동, 뜻밖의 선물…. 우리도 같은 마음이었기에 그동안 우리가 본 표정들 중 가장 감정을 헤아리기 쉬웠지 않았을까.

이 시작은 선생님들의 마음에도 따뜻함을 주었지만, 우리의 마음도 따뜻하게 데워주었다. 이 과정이 첫 시작이기도 하지만 또 이 프로젝트의 절반을 담당하고 있기도 했고 다 함께 모여 활동한 건 이때가 가장 최근이라 함께 모여서 뜻을 전달해드릴 때가 가장 기억에 남는다는 아이들이 많았다. 단순히 홀로 무엇에서 얻은 성취감이나 뿌듯함이 기억에 남았다기보다는 그저 함께 있을 때만 느낄 수 있는 소란스러움, 또 그 속에서

주고받는 이야기 하나하나가 잔잔한 기억을 만들고 그 기억들이 모인 큰 그리움이 마음에 담겼다. 활동을 하면서 무엇을 얻어야 한다는 강박에서 벗어나 서로 이야기하고 고민하는 과정에서 우리의 마

음은 따뜻해져갔고 더욱 더 깊게 정들게 했다.

스승의 날 활동이 끝나고 우리는 바로 다음 단계를 준비해나갔다. 바로 학생들의 현황 조사하기. 이분들을 알고 이분들의 이름을 불러드리자는 목적을 가진 꽃 프로젝트에 호기심을 끌고 직접적으로 현황을 조사해 심각성을 깨우치기 위한 가장 효과적인 방법이라고 생각해 사람이 많은 점심시간, 내리막길 대목에서 교대하며 학생들에게 관심을 유도했다. 그리고 자신이 해당하는 부분에 스티커를 붙이는 방식을 접목시켜 정말 현황조사답게 진행했다. 결과는 Success. 학생들의 적극적인 참여로 나름

성공적인 결과를 도출해낼 수 있었다. 현황은 우리가 예상했던 대로 얼굴은 알지만 이름은 모른다는 표가 매우 압도적이었다. 우리조차 아직 제대로 알지 못하는 상황에 다른 학생들이 알거라는 기적은 애초에 부담이었다.

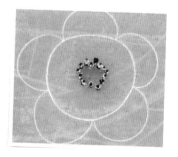

일이 순차적으로 진행되고 있음에 우리는 바로 그분들의 일상을 찍고 인터뷰 날짜를 잡았다. 인터뷰까지 과연 해주실까 걱정을 많이 했는데 다행히 나쁘지 않은 대답이 돌아와 마음 놓고 인터뷰 준비를 할 수 있었다. 당일이 되고 하나둘 정해진 인터뷰 시간과 장소에 맞게 움직이기 시작했다. 각자 맡은 부분을 점검하고 있던 중에 발견한 그분들은 다소 굳어 보이거나 약간은 침착해 보이셨다. 인터뷰 대상자 분들이 꽤나 긴장하신 모습이 눈에 보여 좀 더 친해지고 있다 생각했다. 더불어 알지 못했던 그분들의 생각도 알게 되어 서로에게 좋은 경험이라고 생각했다.

모든 인터뷰를 마치고 나서 본격적으로 후반 작업인 동영상 편집에 들어갔다. 동영상 편집은 주로 영상 제작 담당인 학생이 했지만 시간이 많이 소비되므로 최대한 주변에서 할 수 있는 일을 함께 도우며 제작했다. 또 추가로 찍어야 했던 영상 중에 기억에 남았던 건 드론으로 촬영한 꽃 그림이다. 우리가 꽃 속에 들어가 손을 흔드는 장면을 드론을 통해 찍었으면 좋겠다는 말이 현실이 되어 더운 날이었지만 쉽게 보지 못하는 촬

영용 드론을 구경할 수 있었다. 이 프로젝트 과정 속 소소한 '에피소드'였다. 우여곡절 끝에 영상이 완성되고 그 영상을 다 같이 보며 그때를 회상하는 기분은 마치 우린 아직 17, 18세지만 영화 '써니'의 주인공이 된 기분? 또 그때의 감동이 밀려와 중간 중간 조금 찡한 부분도 없지 않았다. 이로 인해 영상에 우리의 이야기를 담아내고 또 그 과정을 보여주기에는 나무랄 곳 없는, 우리에겐 인간극장 급의 영상이 그렇게 만들어졌다.

이제 완벽히 성공이라고 말하기 전에 선생님께서 그분들의 명패를 제작하자는 이야기를 꺼내셨다. 그동안 결과물이 남지 않는 활동을 주로 했기 때문에 이렇게 그분들 주변에 우리의 흔적을 남기는 활동이 고팠긴 했다. 그래서 우리는 각각의 직업에 잘 어울리도록 명패를 디자인했고 그분들의 이름을 적으며 다시 머리에 새겼다. 그리고 걸었을 때 예뻐 보이도록 코팅도 하고 우드락으로 입체적이게 만들어 보기에도 좋고 마음도 담긴 수제 명패를 만들어 달아드렸다.

그리고 마지막으로 남은 발표, 아니 발표라기보다는 우리의 프로젝트를 알리고 동참해 주기를 바라는 마음으로 학생들 앞에 서는 것. 사실 학생들의 참여를 위해 우리가 앞장서 뛰었고 학생들이 자연스럽게 동참해 준다면 최고의 시나리오겠지만, 우리 동아리의 지위를 떠나 학생들에게 소개할 때는 다 같은 학생이다. 그래서 걱정했다. 우리의 말을 한 귀로 듣고 한 귀로 흘리지는 않을까, 우리와 비슷한 감정이라도 가지고 실천까지는 바라지 않아도 참여하기를 기대해 볼 수 있는 마음을 가지고 있을까 등등… 프로젝트 소개 전까지 정말 다양하고 복잡한 생각들이 들었다. 그러다 문득 이런 생각을 가지고 하다가는 편견이 될 뿐이고 그냥 아이들의 태도를 받아들이는 편이 좋을 것 같다고 생각해 그냥 준비한 대로 영상을 보여주고 소개했다.

# 꽃

내가 그의 이름을 부르기 전에는

그는 다만

하나의 몸짓에 지나지 않았다


내가 그의 이름을 불렀을 때

그는 나에게로 와서

꽃이 되었다

내가 그의 이름을 불러준 것 처럼

나의 이 빛깔과 향기에 알맞은

누가 나의 이름을 불러다오

그에게로 가서 나도

그의 꽃이 되고싶다


우리들은 모두

무엇이 되고싶다

너는 나에게 나는 너에게

잊혀지지 않는 하나의 눈짓이 되고싶다

김 춘 수

TO. 전문택 기사님께 ♥

안녕하세요 :) 저희는 교육동아리 에듀에듀
입니다! 이번에 저희 동아리에서 꽃프로젝트를
하는데 기사님께 감사한 마음을 전하고자 이렇게
편지를 쓰게 되었습니다! 언제나 저희 학생들이
안전하고 편하게 버스를 탈수있게 해주셔서 감사
합니다♥♥ 저도 아침에 버스를 항상 타고오는데
기사님께서 천천히 안전운전 하시는 걸 느낀답니다
그래서 언제나 감사한 마음으로 버스 타요♥♥

가끔씩은 말도 안듣고 못된 학생들 때문에 고생이
많으시죠? ㅠㅅㅠ 하지만 언제나 저희가 감사
한마음을 가지고 있다는 걸 알아주세요!! 기사님들이
안계신걸 상상만해도 끔찍하답니다ㅠㅠ 매일매일
사람도 많고 걸어 올라오는 거리가 긴 시내버스를
타다는 것만 생각해도 다시한번 기사님들께
감사드립니다♥♥♥ 건강조심하시고 언제나
안!전!운!전! 하세요 ~♥♥ 저희는 이만 여기서
마치겠습니다=) 감사합니다. 사랑합니다♥
　　　　— 교육동아리 에듀에듀올림 —

## 장○○ 행정실장님께

안녕하세요!:) 교육 동아리 에듀에듀 입니다.
저희가 이번에 꽃 프로젝트라는 프로그램을 진행하며
학생들이 잘 알지 못하지만 학생들을 위해 힘써주시는
선생님들께 감사를 표하고자 이렇게 편지를 쓰게
외었습니다. 아무래도 학생들이 교과 선생님이 아닌
선생님 분들을 잘 알지 못다 보니 인사하기가 낯설어
인사를 잘 안하는 경우가 많을것 같아요 ㅜㅜ
앞으로 학생들이 교내에 계신 모든 선생님 분들을 잘
알고 친하게 인사할 수 있도록 열심히 노력할테니
선생님도 많은 많이 보아주세요!! 그리고 학생들을
위해서 보이지 않는 곳에서 열심히 힘써주시는 것
항상 감사하게 생각하고 있어요! 앞으로도 항상 감사
하는 마음을 갖고 열심히 학교 생활에 임하겠습니다.
항상 건강 조심하시고 그럼 이만 편지 줄이겠습니다

— 에듀에듀 올림.

그런데 생각보다 아이들의 반응이 좋았고 심지어 우는 학생도 있었다는 말에 그 아이에게는 조금 미안했지만 나름 보람을 느꼈다. 우리의 프로젝트에 아이들이 공감해 주고 호의적인 태도를 보여준다, 뜻밖의 결과였고 뜻밖의 행운이었고 우리의 노력을 보상받는 기분이 들던 순간이었다.

'꽃 프로젝트'를 계획하며 기대와 설렘이 컸다. 사실 우리도 별반 다름없이 그 분들에 대해 깊은 생각은 해본 적이 없었기 때문에 프로젝트 이야기가 나왔을 때 '우리 같은 학생들이 많겠구나.' 라고 생각했고 그때의 우리 같은 생각을 갖고 있을 학생들에게 이런 프로젝트를 접하게 해줄 생각에 더욱 기대가 커졌다. 그리고 우리는 프로젝트를 진행하며 학생들에게 이분들을 알리고 싶었고 우리 또한 이 분들에 대해 전에 알지 못했던, 보이지 않던 부분들과 이 분들이 바라는 소망과 생각, 또 현황 조사 등을 통해 우리 학교 학생에 대한 생각 등을 알 수 있었다. 프로젝트 준비 내내 학교 내에서 가끔씩 봐왔던 분들의 이야기를 들으니 친근하기도 했고 새로운 분들에 대해 알아가고 있다는 생각에 즐거움만이 가득했다. 마지막으로 그분들의 보이지 않던 수고에, 학생들을 위해 밤낮 가리지 않고 헌신해주신 그 마음 자체에 다시 한 번 감사를 전해드리고 싶다.

# 수고했어, 오늘도 #7

2016년 8월 10일 수요일 ☼ 1학년 김아람

이번주 월요일부터 용두초에서 교육봉사를 했다. 내가 맡은 아이들은 5학년 인수와 서원이 였다. 생각보다 암산도 잘되고 내가 "이거 여기까지 풀어~" 라고 말해주면 인수와 서원이는 스스로 풀었다가 자율적으로 모르는 문제들을 질문했다. 그런데 오늘은 쌍둥이인 정우와 정헌이중 유진이 언니가 가르치는 정우를 가르쳐보기로 했다. 정우와 정헌이는 일란성 쌍둥이다. 그리고 정우가 5분 더 일찍 태어나서 정우가 형, 정헌이가 동생이라고 했다 ㅎㅎ 정우와 정헌이는 쌍둥이지만 정우는 오른손잡이고 정헌이는 왼손잡이 였다!! 나는 내 주변에 쌍둥이가 없어서 쌍둥이에 대해 잘 몰랐는데 오늘 하루동안 정우와 정헌이를 가르치다보면서 쌍둥이의 일상도 많이 듣고 해서 쌍둥이에 대해서 좀더 잘알게 되었다. 정우와 정헌이는 내가 전에 가르쳤던 인수와 서원이 랑은 좀 달랐다. 지금 5학년이지만 아직도 구구단과 세자릿수 덧셈, 뺄셈이 다른 아이들 보다 많이 늦었다 ㅠㅠ 그래서 혹시 학교끝나면 학원가나고 물어 봤는데 아무것도 안다닌다고 했다. 나는 정우와 정헌이를 가르치면서 우리나라의 교육현실이 안타깝다고 느껴졌다. 대부분 공부 잘하는 사람들 얘기를 들어 보면 예습보다 복습이 더 중요하다고 하지만 현실적으로 교실로 들어가서 수업을 듣는 아이들을 보면 다른 아이들보다 늦어지는 아이들이 종종 있다. 그런데 선생님은 한명뿐이니까 모든 아이들을 다 챙기기 힘들다보니 뒤쳐진 아이들은 계속 뒤쳐지게 된다 ㅜㅜ 내가 선생님이 되면 이런 뒤쳐지는 아이들이 없이 모두 가르쳐주고 싶다. 이번 봉사는 이번주가 끝이지만 유진이 언니가 겨울방학 때는 2주를 한다고 해서 너무 좋았다 빨리 겨울방학이 되서 그때는 기간도 기니까 공부만 하지말고 아이들과 함께 밖에서도 놀고 싶다 ♥♥

155

# 수고했어, 오늘도 #8

2016. 08. 01 (월)                                              2102 유송현

나의 3번째 초등학교 교육봉사는 벽화그리기 활동이었다. 나의 모교에 벽화를 그리러 간다는 소식에 설레는 마음을 갔지만 가자마자 벽화 그릴 장소를 보고 너무 땡볕이라 당황했다. 3안 1조로 초등학생 2명과 팀을 이루어, 맡은 구역 페인트를 칠하고 페인트로가 마르면 그 위에 스케치까지 하는 것이 오늘의 목표라고 하셨다. 난 정만이랑 태희라는 5학년 여자아이들과 같은 조가 되었는데, 처음에는 너무 어색해서 언제쯤 친해질 수 있을까 걱정이 들었다. 몇 반인지 물어보고 어떤 선생님이 계시는지 이야기를 하다보니 먹 사이 만은 하게 피었다. 이야기를 하면서 칠하다보니 페인트칠은 정말 단방 끝낼 수 있었고 밑그림도 그렸고 밑그림 색칠까지 할 수 있을 것 같았다. 아, 태희가 자긴 5학년은 4반까지 밖에 없다고 했다. 내가 다닐 때는 7반까지 있었는데 학생 수가 많이 줄어서 정말 걱정이다. 정만이가 그린 물고기에 나보고 지느러미를 그려달라고 해서 지느러미를 그렸는데 누가봐도 안 예쁜 물고기가 되어버렸다. 정만이에게 계속 미안하다고 했는데 정민이란 물고기가 정말 예쁘다고 해주었다. 초등학교 5학년 학생이지만 너무 착하고 배려심이 꽤 많다..♡ 내일부터 색칠을 하는데 내일 꼭 내가 망쳐놓은 물고기를 다시 살려놓겠다.

첫 날차고 아이들과 많이 친해져서 이보고 내일은 더 많은 이야기를 나누고 정민이랑 태희에게 대해 더 많은 것을 알아갈 것이다. 방학동안 많이 친해지고 벽화도 예쁘게 완성 해서 아이들이 학교 다니면서 벽화를 보고 더 즐겁게 학교에 다닐 수 있었으면 좋겠다.

Chapter 6

# 인공지능 시대에서
# 살아남으려면?

어느 순간, 갑자기 알파고라는 강력한 이름으로 인공지능이
우리 앞에 나타났습니다. 사람들은 인공지능이 앞으로 우리
삶을 엄청나게 바꿀 것처럼 이야기를 합니다. 당연히 교육
현장도 마찬가지였습니다.
그래서 우리는 인공지능이 우리 삶, 특히 교육에 어떤 영향
을 미칠 지에 대해서 책을 읽고, 토론하고, 글을 썼습니다.

# 인공지능시대, 우리 교육은?

김도윤, 민서연

2016년 초, 이세돌과 알파고의 바둑 대결이 전 세계의 주목을 받았다. '인류와 인공지능'이라는 문구에 사람들이 관심을 가지기 시작한 것이다. 알파고는 구글이 소유한 인공지능 기술 개발업체 딥마인드가 만든 인공지능 바둑 시스템이다. 바둑계 전문가들은 이번 대결의 결과를 이세돌이 승리할 것이라고 예측했으나, 조심스럽게 이세돌이 패할 것이라는 예측도 나오고 있었다. 이세돌 본인도 자신이 우승할 것이라고 예측했지만, 4-1로 패하고 만다. 이번 대결은 바둑계와 인공지능계의 만남이었지만, '동양의 정신문화와 서양의 물질문명의 만남'이라는 의미가 부여되면서, 동양과 서양, 문화와 문명, 인문학과 과학기술, 인간과 기계 등의 주제로 흘러가기도 했다. 사람들은 인공지능의 발달에 놀라움과 경이로움을 표하기도 했고, 또 인공지능에 대해 두려움의 시선을 가지기도 했다.

그런데 인류와 기계와의 대결은 이번이 처음이 아니다. 인공지능과 인간의 첫 대결은 1967년, 체스 프로그램 맥핵과 철학자 드레퓌스의 대결이다. 맥핵이 승리하기는 했지만 여러 요인에서 완벽한 승리는 아니었다. 이후 IBM은 인공지능 체스 프로그램을 개발하기 시작했다. 1996년 세계 챔피언인 가리 카스파로프와 IBM의 슈퍼컴퓨터 딥블루의 체스 대결에서 카스파로프가 승리하고 이듬해의 재대결에선 딥블루가 승리했다. 2011년에는 슈퍼컴퓨터 왓슨이 인간과 퀴즈로 대결했다. 왓슨은 핵심 단어를 인식한 뒤 방대한 데이터베이스의 검색 과정을 거쳐 3초 내에 답을 유추해낸다. 체스로 인간을 이기기까지는 30년, 퀴즈로 이기기까지는 7년이 걸렸다. 인공지능이 어떻게 인간을 이길 수 있을까? 이것이 현재 주목해야 할 점이다. 실패한 과정을 스스로 분석하여 다시 학습하는 것이다.

사람들은 기계에 지능을 집어넣는 것이 어렵다고 생각했다. 기계에 일일이 설명을 입력해야 하기 때문이다. 우리는 다양한 종의 강아지를 봐도 모두 강아지라고 말하지만, 기계는 이 다양한 물체들을 강아지라고 인식하기 위해 다양한 설명이 입력되어야 한다. 만약 기계에 '강아지는 네 발이 있고 꼬리가 달렸다'라는 설명을 넣어준다면, 기계는 네 발이 있고 꼬리가 달린 고양이, 호랑이, 심지어 다람쥐까지 강아지로 인식한다. '축 처진 귀에 복슬복슬한 털과 네 다리를 가지고 있고 꼬리가 있으며……'라는 구체적인 설명을 기계에 넣어보자. 이번에는 털이 복슬복슬하지 않은 강아지는 인식하지 못한다. 너무 자세한 설명으로 인해 특정한 외형 외의 강아지는 알아볼 수 없는 것이다. 인간이 파악하는 강아지의 변이는 무한하다. 그러므로 기계가 자동으로 분석할 수 있는 데이터는 전체의 10% 정도다. 그럼 나머지 90%의 데이터를 인간은 어떻게 이해하는 걸까?

인류는 이것을 설명하기 위해서 긴 시간 동안 노력해왔다. 컴퓨터가 등장한 것은 2차 세계대전이었다. 이후 어려운 계산을 척척 해내는 컴퓨터에게 자신들이 제일 어려워하는 수학의 원리를 증명시켰다. 이렇게 컴퓨터는 사람들이 어려워하는 것은 척척 수행했지만, 정작 쉬워하는 것은 제대로 수행하지 못했다. 이는 뇌와 컴퓨터의 차이 때문이다. 뇌는 넓게 계산하고, 순간순간의 정보를 저장해 두었다가 기억을 할 때는 모든 이야기들을 합쳐 스스로 이야기를 만들어낸다. 반면 컴퓨터는 깊게 계산하며 정보를 가감 없이 입력하고 그대로 도출한다. 사람들은 이런 뇌의 학습 방법에서 착안하여 기계가 빅데이터를 통해 스스로 학습하는 딥러닝을 만들어냈다. 기계는 사람들이 SNS에 올리는 다양한 자료들을 딥러닝으로 학습하여 스스로 강아지와 고양이를 구분할 수 있게 되었다.

이렇게 만들어진 인공지능 시스템은 여러 분야에 도입되고 있다. 보험회사나 은행회사의 콜센터는 고객의 음성을 실시간으로 해석하여 고객이 원하는 것을 알아내 찾고자 하는 정보를 근무자에게 표시해 주는 기술을 도입하여 업무를 효율화한다. 광고의 경매를 진행할 때 사용되는 기술 중 하나인 RTB(실시간 입찰 경매 시스템)는 경매를 1000분의 1초꼴로 진행하며 광고 표시를 최적화하고, 사용자의 속성을 토대로 경매 참여 여부와 액수를 판단하여 경매 진행을 보다 원활하고 신속하게 처리한다. 인공지능을 탑재한 로봇 변호사인 '로스'는 음성명령에 대한 판례 등의 법률정보와 재판 승소율을 분석해낸다. 금융업계에선 어떤 곳에서 매입을 해야 더 저렴하게 구입하고, 어디, 누구에게 팔아야 이익을 창출할 수 있는지에 대한 분석을 인공지능에게 담당하게 하고 있다.

이런 예들은 우리에게 다소 낯설기도 하다. 하지만 인공지능은 우리가 생각하는 것보다 훨씬 많이 실생활에 도입되어 왔다. 페이스북의 얼굴 인식, 스마트폰의 음성 인식, 네이버의 음악 검색, 다음의 꽃 검색, 구글의 검색엔진 또는 이미지 검색, 스팸 메일 필터링, 자동번역 기능, 애플리케이션 자동 폴더 분류, 네이버 지식인의 자동 카테고리 추천, 개인 맞춤형 음악·영화·만화 추천 등 더 나아가 금융상품 추천 등도 모두 인공지능에 의한 것이다. 우리는 떼려야 뗄 수 없을 정도로 인공지능과 가깝게 지내고 있다. 인공지능에 의해 세상이 돌아가고 있다고 해도 과언이 아닐지 모른다.

사람들은 인공지능이 다른 기술과는 비교가 안 될 정도로 사회 전반에 큰 영향을 줄 것이라고 생각하고, 또 실제로 그렇게 되고 있다. 때문에 인공지능이 사람들의 일자리를 빼앗을 것이라는 우려도 크다. 정재승 카이스트 바이오및뇌공학과 교수는 "미래 일터에선 우리보다 훨씬 많은 일을 밥도 안 먹고, 잠도 안 자고 하는 녀석이 옆자리에 앉을 것"이라며 "그 녀석은 내 옆자리 사람이 퍼포먼스가 떨어지고 느리다고 보고할 테고, 그렇게 미래 내 일자리가 위협받게 된다."며 인공지능에 의해 위협받게 될 인간에 대해서 말했다.

그렇다면 인공지능 시대, 우리는 어떻게 살아야 할까? 그는 '창의성'과 '공감 능력'을 꼽았다. 인공지능이 아무리 뛰어난 능력을 갖는다고 해도, 인간이 될 수는 없다. 따라서 고도로 발달된 기술 앞에서 인간에게 필요한 것은 '인간'에 대한 것이다. 그러면서 두 영역을 함께 갖출 수 있는 방법으로 교육의 변화를 꼽았다. 기계가 갖출 수 없는 영역에 대한 교육이 어릴 적부터 이루어져야 한다는 것이다.

현재 우리나라의 교육에 대해서 2015년 유발 하라리 히브리대학 교수는 "현재 학교교육의 80~90%는 아이들이 40대가 됐을 때 전혀 쓸모없을 가능성이 높다."고 지적한 바 있다. 아이들이 학교에서 하는 대부분의 공부는 암기다. 대부분의 과목에 대한 노력을 암기로 평가받는다. 수학에서는 어떻게 실수하지 않고 문제를 푸는지에 대해 평가받는다. 하지만 오래전부터 평가의 대상이었던 이런 능력들이야말로 인공지능이 제일 잘하는 것이다. 미래에는 읽고 쓸 줄 알뿐만 아니라, 배우고 그 지식을 활용하고 또 그것을 통해서 배우는 지속적인 학습능력이 필요하다. 하지만 우리나라는 20대 초반부터 급속히 학습 의욕과 동기, 성취도가 떨어지는 모습을 보인다. 모든 교육이 입시에 집중되어 있기 때문이다. 각 시·도 교육청, 학교, 교사들은 현재의 문제점을 잘 알고 있고, 때문에 창의성과 지속적인 학습능력을 함양할 수 있는 교수법의 변화를 위해 노력해왔지만 쉽지 않았다.

우리 교육은 인공지능 시대에 가장 도태되기 쉬운 사람을 만들어왔다. 형식적이고 문서적으로 교과서 안에서만 머무르는 수준이었다. 인공지능과 공존할 시대에 살아야 할 아이들을 위해서 '무엇을 어떻게 가르칠 것인가?'라는 질문에 교육계는 끊임없이 고민하고 답해야 한다.

학생들은 강제적으로 배울 때가 아니라 즐길 때 자신의 최대 능력과 창의력을 발휘할 수 있다. 수업이 하나의 놀이가 되어야 하고, 그 자체로 즐거워야 한다. 또 꼭 그렇지 않더라도, 교과수업과 연결할 수도 있다. 교과에 도움이 되는 심화적인 상황에서 학생의 능력이 발휘되기도 한다. 이런 모든 상황이 일어나기 위해선 수업 방법의 혁신이 필요하다. 지식을 강요받지 않아야 할 뿐만 아니라, 한 가지의 지식이 아닌 몇 가지의 내용을 통합하여 진행하는 수업이 되어야 할 것이다. 또 이 수업을 거친 학생들의 평가 방법 또한 달라져야 한다. 서열화가 아닌 피드백이 목적이 돼야 한다. 새로운 문제를 해결할 수 있는 역량이 중심일 것이다. 교과별 특성을 고려해 실험, 실습, 체험, 글쓰기, 프로젝트 등 다양한 수업 방법과 연동되어야 한다.

교육 분야에 도입된 인공지능은 어떨까? 인터넷 강의 업체 세븐에듀는 수험생 개인마다 취약한 부분을 발견해내 문제를 제공하는 효율적인 모바일 수학 문제집을 만들었다. 이렇게 인공지능은 학생과 관련된 방대한 양의 자료를 입력하고 다양한 시각에서 분석해낼 수 있다. 교육소프트웨어를 사용한다면 학생 수준을 파악하고 적정 난이도에 맞게 진도를 나가고 맞춤형으로 수업을 진행할 수 있다. 수업을 진행하는 가운데 학생들이 이해하지 못하는 부분을 인공지능이 발견해 해당 단원의 보충수업에 대한 필요성을 교사에게 알려줄 수도 있다. 교사가 강의 계획서를 작성한 후 인공지능 소프트웨어에 입력하게 되면, 인공지능이 강의계획서에 따른 보조 자료들을 검색해 줌으로써 교사의 강의의 질을 높여주고 수업에 도움을 줄 수 있게 된다.

좀 더 자세하게, 인공지능이 학교에 도입된다면 수업의 질은 더 높아질 것이다. 교사는 학교에서 수업 말고도 행정적인 일을 맡는다. 2013년 인천의 한 초등학교 교사는 '학교 안전 대책'을 세우라는 공문을 처리하는데 다섯 시간을 사용했다. 수업과 직접적인 관련이 없는 학생 보호 인력 운영, CCTV 운영, 교문 출입 통제 등이 담긴 37쪽짜리 공문을 만들어야 했다. 비슷한 내용의 다른 업무도 모두 처리해야 했다. 이런 방식으로 하루 평균 2.25건의 공문을 교육청에서 받고, 1건의 공문을 쓴다. 처리하는데 평균 2시간 정도의 시간이 소모된다. 교사의 본분인 가르치는 일에 집중할 수 없고, 학생의 생활 지도나 상담에 대한 것도 충실하게 처리하기가 힘들다. 인공지능은 이런 반복적인 행정 업무를 대폭 줄일 수 있을 것이다.

교육 관련의 인공지능은 지금 현재도 연구중이고, 발전하고 있는 만큼 우려 또한 커지고 있다. 학생들의 정보나 교수법이 유출될 수도 있다. 또 정보가 대량 축적된 인공지능이 교육 정책을 좌지우지하게 될 수도 있다. 하지만 인공지능의 능력을 조율하는 것은 결국 교사다. 인공지능으로 인해 교사의 부수적인 일은 줄어들고, 과업인 가르치는 일에 대해서는 집중하게 된다. 결국 인공지능이 교육계에 발을 들이게 된 것은 교사와 학생의 편의를 향상하는 좋은 결과를 나타낼 것이다.

# 로봇시대, 인간의 일

### 민서연

　인공지능은 이미 우리 삶 깊숙이 들어와 있다. 음성 인식 기술, 무인 운전 기술, 자동추론 기술, 자연어 처리, 가상현실 등을 넘어서 절대 침범할 수 없을 것 같던 예술 분야에도 인공지능의 진출이 활발하다. '딥 포자'라는 인공지능은 어떤 이미지라도 특정 화가의 화풍이 담긴 그림으로 바꿔준다. 일반인은 어느 것이 실제 화가의 그림인지 구별하기 어려울 정도라고 한다. '벤자민'은 공상과학영화 수십 개를 학습해서 8분짜리 영화 대본을 만들어 냈다. 온라인에서 공개된 후 "그는 별들 위에 서있어. 그러곤 바닥에 앉았지."의 대사 같은 기이하고 심오한 영화는 좋은 반응, 나쁜 반응을 동시에 이끌어내고 있다. 일본에선 인공지능이 쓴 단편소설이 문학상 1차 심사를 통과하기도 했다. '마젠타'는 스스로 작곡한 80초짜리 피아노 연주곡을 발표하기도 했다.

　인공지능이 어디까지 인간의 자리를 대체할 수 있을까? 결국 마지막엔 인간이라는 존재가 사라지는 건 아닐까? 풀어낼 방법조차 생각나지 않는 이런 질문을, 책에서 읽은 구절 하나로 대체할 수 있을 것 같다. '어떤 기능까지 외부에 의존할 것인가?'

　어디까지 기계에 의존할 것인가. 나는 인공지능의 발달이 아주 좋은 방향으로 흘러간다면, 기계에 의한 유토피아가 실현 가능하지 않을까 생각했었다. 하지만 모든 것을 기계에 맡겨 버리면, 의도치 않았다고 해도 결국 인간은 그 의미를 잃어버리고 말 것이다. 이 질문은 우리에게 또 하나의 사실을 각인시켜준다. 인공지능 시대에서 인간 능력의 범위를 정하는 것은 인간의 일이라는 것이다. 기계로 인해 인간의 노동시간이 줄어들었다고 해도 현대 사회의 사람들은 정신없이 바쁘다. 사람들은 쉽게 "시간이 부족하다"라고 말하지만 시간은 누구에게나 공정하게 주어진다. 시간이 부족하다고 느끼는 것은 스스로 지각하는 시간이 부족하다고 느끼는 주관적인 감정 상태다. 제한된 시간을 절박하게 느끼지 않는 방법은 자신이 무엇을 원하며 또 무엇을 하고 있는지 자각하고 성찰하는 것이다. 인공지능으로 인해 인간이 할 수 있는 일이 사라질 것이라는 불안이 나타나고 있지만 역시 인간에 대한 자각과 성찰이 이루어진다면 인간의 일을 찾을 수 있을 것이다.

교육 역시 마찬가지다. 인공지능이 학교, 또는 학교 안의 교사를 대체할 수 있을까? 과외를 대체하는 인공지능 학습비서가 나타났다. 아직 실용화되지는 않았지만, 학생에게 필요한 부분을 알아내어 집중적으로 학습시키는 질 좋은 1대 1의 개인 학습이 가능해졌다. 직접적으로 학생을 가르치지는 않더라도 인공지능이 도입된 학습 보조 로봇도 많이 사용되고 있다. 하지만 이런 로봇들도 교사의 자리를 대체할 수는 없을 것이다. 한 대학에서 온라인 공개강좌를 열었지만 이는 저조한 통과율을 보였다. 낮은 몰입도와 학습 의무감 저하 등의 한계를 벗어날 수 없었다. 이렇게 실제 교육 현장이 만들어내는 가치는 수업의 내용과 그 결과물뿐만이 아니다. 교사와 학생의 상호작용, 학습을 이끌어내는 동기부여 등 인간과 인간 사이의 소통으로 일어날 수 있는 것들이다.

학교는 어떨까? 현재 청소년들이 경험하고 있는 학교의 교육은 더 이상 새로운 환경에 필요가 없을 것이다. 이미 많은 학자들이 이에 대해서 경고해왔고 대응 방안을 의논하고 있다. 우리 교육은 현재 인공지능이 대체할 수 있는 능력만 양상하고 있
다. 우리는 기존과 달리 비판적이고
창의적으로 볼 수 있도록 각자의 사
고력을 키울 수 있는 교육을 만들어
야 한다. 실제 우리나라는 사고력,
창의력을 중요시하면서도 수용적
학습력을 높이 평가한다. 대학교육
도 마찬가지다. 인공지능이 대학 졸업자의 업무 능력을 뛰어넘을 미래에
대학 졸업장이 기업에 필요할까? 어디서나 손쉽게 접할 수 있는 정보들
로 인해 개인은 대학 강의를 듣지 않더라도 수준 높은 탐구를 이룰 수 있
다. 구글은 이미 이런 문제점을 파악해 출신 학교나 성적 같은 요인들로
지원자들을 평가하지 않고 있다. 학교는 더 이상 단순히 정보를 가르치
는 게 아니라 학생들이 인공지능 속에서도 제 힘을 발휘할 수 있게끔 새
로운 교육을 만들어 내야 한다.

  인공지능이 모든 것을 분석하고 학습한다 해도, 인간의 자리를 완전히
대체할 수는 없을 거라고 믿는다. 특정 화가의 화풍으로 그림을 그릴 수
는 있어도 화풍을 새롭게 만들어낼 수는 없다. 여러 가지 화풍을 조합해
서 새로운 화풍처럼 보이게 만들 수는 있겠지만 결국 그것은 조합일 뿐
이다. 기이하고 심오한 대사가 이상하게 끌린다고 해도 그것 또한 영화
수십 개의 패턴을 분석하고 조합한 것일 뿐이다. 인간의 삶과 철학에 대
한 시나리오를 스스로 창조해낼 수는 없고, 그런 뜻이 담긴 심오한 대사
를 만들어낼 수도 없다. 인간의 역사 속에서 예술이 의미 있던 이유는 그
것에 의미를 담았기 때문이다. 인간과 인간 사이에서 일어나는 상황들, 그
상호작용, 인간의 가치와 목적을 탐구하는 것이 인공지능 시대의 인간 능력
의 범위를 확정짓고 인간의 의미를 규명하는 첫 단계가 될 것이라 생각한다.

# '로봇시대, 인간의 일'을 읽고

신예슬

2011년 3월 동일본 대지진을 기억하는가. 이때 일어나 지진해일이 후쿠시마 원자력발전소를 덮쳐 냉각 시스템이 붕괴한 이 사고는 국제 원자력 사고등급 최고 단계인 7단계를 기록했다고 한다. 그렇다면 이에 대한 예고는 없었을까. 그렇지 않다. 분명 냉각 시스템 파괴로 인해 멜트다운이 예고되었다고 한다.

그럼에도 방사능의 치명성에 수습 인력이 사고 현장에 접근하지 못해 그 상황을 지켜봐야만 했다고 한다. 그래서 우리 인류는 재난구조 로봇에 대한 관심을 더 가졌고, 그 결과 재난구조 로봇 올림픽을 개최하기도 했다. 그리고 그 대회에서 우리나라의 휴보가 당당히 1등을 가져갔다.

이와 같이 현 21세기에서는 인간과 로봇은 떨어져서는 안 될 사이가 되었다. 우리는 이러한 로봇을 우리의 상황과 이익에 맞게 발전시키고 또 사용해야 한다.

나는 이 책을 읽으면서 딱 눈에 띄는 부분들이 있었다. 물론 내가 처음 보는 내용들도 있었지만 영화나 드라마에서 봤던 일, 실제로 뉴스를 통해 접한 일 등의 내용을 우선적으로 이야기해 보려 한다.

지난 2월 종방된 '태양의 후예'를 기억하는가. 그 드라마의 장면 중 하나가 서대영이 윤명주에게 운전 중 진한 스킨십을 하는 장면이 있었다. 엄밀히 말하자면 서대영이 운전을 하는 상황은 아니었다. 둘이 함께 이야기를 하다 서대영이 자동차의 자율주행모드를 실행한 뒤 행동을 했다. 자동차는 혼자서 다른 차를 피하고 속도를 유지하는 등 서상사와 윤명주의 행동에 아무런 불편함이 없도록 자신의 일을 하였다. 이런 것들이 가능한 것일까.

이 책에는 일론 머스크라는 사람의 이야기가 나온다. "앞으로 사람이 자동차를 직접 운전하는 것은 불법화될 것이다. 너무 위험하기 때문이다." 어느 한 편으로 일리 있는 이야기하고 생각한다. 나는 아직도 얼마 전의 봉평터널 교통사고를 잊지 못한다. 한 버스기사의 졸음운전에 많은 목숨이 오고 갔고, 그에 따른 가족들의 상처도 컸다. 또 지난 7월 31일 해운대 교통사고에서도 한 운전자의 과실로 인해 모자의 죽음과 많은 사람의 부상이 있었다. 사실상 교통사고의 90%는 운전자의 실수에 따른 것이고 도로나 기계장치 결함 등으로 발생한 사고는 10% 수준이라고 한다.

이런 점들로 봐서는 사람의 행동이 없어도 운전 가능한 무인자동차가 합법화되고 인간의 운전은 불법화되어야 한다고 생각한다. 그러기 위해서 우리는 자율주행차의 사고에 관한 법률 및 자율주행차가 사고 피해를 최소화할 수 있는 판단을 직접 할 수 있도록 기술을 더 마련해야 한다고 생각한다.

나는 얼마 전 케이블에서 방송된 '꽃보다 청춘'이라는 프로그램을 보고 웃었던 장면이 있다. 이 프로그램의 한 출연자인 조정석이 영어 번역기를 사용하여 "핫도그 세 개 주세요."를 번역하려 하였지만 번역기는 '세 개'와 '세계'를 구분하지 못하여 "Please, hot dog world."라고 번역하였다.

그럼에도 많은 사람들은 번역기술이 많이 발전했으며 머지않아 귀에 꼽고만 있어도 외국어가 번역되어 모국어로 들려주는 기계가 나올 것이라고 이야기한다. 물론 현재 많은 과학 기술이 발달하였고, 그에 따른 기계도 나왔지만 아직 그런 이야기가 나올 단계인가 싶다. 현재 많은 웹사이트나 앱으로 번역기가 많이 나온다. 그러나 문법이나 애매하고 단어도 자주 사용하지 않는 단어가 많이 나온다. 로봇이나 첨단 기술에서 앞서 나가고 있는 구글의 구글번역기도 상황이 다르지는 않다. 그래서 어떤 것을 번역해 갔을 때 문법이 엉망이거나 단어의 쓰임이 이상하다면 다들 '구글 번역기 돌렸지?' 라고 물어본다.

이러한 문법이나 단어 사용부분이 과학 기술의 발전으로 많이 개선된다 하더라도 기계는 반어법이나 돌려서 말하기 같이 인간의 감정이 많이 들어간 문장은 정상적으로 번역하지 못할 것이다. 그 예로는 이 책에서 나온 것처럼 "덥지 않니?"는 정말로 덥지 않느냐 라고 의문문 형식일 수 있지만 '네가 창가에 앉아 있는데 내가 마침 덥네, 창문 좀 열까?' 라는 명령식일 수도 있다. 나는 아직 언어적인 부분은 기계가 대신할 수 없는 부분이라 생각한다.

마지막으로 올해 3월 있었던 이세돌 9단과 알파고와의 바둑 대결을 기억하는가. 우리들은 이 경기가 시작하기 전 이세돌 9단은 바둑계의 정상이라며 안 봐도 뻔한 결과가 나올 것이라고 믿고 있었지만 그 결과는 참담했다. 총 5국 중 알파고가 4승을 거둬가며 승리를 거두었다. 우리나라 뿐만 아니라 전 세계의 사람들은 경악과 놀라움을 금치 못했으며 그에 따라 인공지능의 관심은 엄청났다.

이러한 일은 처음이 아니었다. 체스계의 전설이라 불리던 카스파로프는 20년간 체스 세계 랭킹 1위를 놓치지 않았다. 그러나 19수 만에 컴퓨터 딥블루에게 백기를 들고 말았다. 사실 이 대결 일 년 전이였던 1996년에 카스파로프는 딥블루와의 대결에서는 4승 2패로 승리하였다. 그럼에도 일 년 후 카스파로프가 진 이유는 무엇일까. 이 책에서는 그 이유가 딥블루는 일 년 동안 대폭 업그레이드되어 나타났지만 카스파로프는 약간의 경험과 전략을 보탰을 수는 있으나 사실상 일 년 전과 같은 사람이었기 때문이라고 이야기한다.

나는 이 책을 읽으면서 다시 한 번 더 과학 기술에 대해 생각할 수 있었다. 나는 위에서 말한 카스파로프와 딥블루의 대결을 읽으면서 많은 생각이 머릿속을 지나갔다. 인간의 머리로 만든 컴퓨터가 인간의 머리를 읽고 그에 따른 수를 생각하여 인간을 이긴다. 이는 분명 매력적인 이야기지만 분명 우리를 위협한다는 것을 알아야 한다. 우리는 과학 기술을 우선적으로 발전시키는 것도 좋지만 그에 따른 결과와 우리 사회에 미치는 영향, 이익 등을 생각하면서 발전시켜야 한다고 생각된다.

# '로봇시대, 인간의 일'을 읽고

이수민

  로봇. 로봇이란 스스로 보유한 능력에 의해 주어진 일을 자동으로 처리하거나 작동하는 기계를 말한다. 그리고 여기서 말하는 '스스로 보유한 능력'은 날이 갈수록 발전하고 있다. 이제 로봇은 인간과 대화하고 인간의 명령을 따르던 것을 넘어서서 인간과 대결을 해서 인간을 이길 수 있을 만큼 발전했다. 그리고 점점 인간을 닮아가고 있다. 로봇은 더 발전할 것이고 시대는 계속해서 변화할 것이다.

  그렇다면 우리는 이런 시대에 어떻게 준비해야 될까? 앞으로 로봇은 인간의 영역을 더 깊숙이 침범할 것이다. 당장 시행되고 있는 무인자동차와 공장의 로봇들만 봐도 우리가 우리의 자리를 빼앗기고 있구나 하는 생각이 든다. 나 또한 '인공지능'이라는 것이 활성화된다면 아마 우리가 설 자리는 없어질지도 모른다는 생각을 했었다. 그래서 나의 장래희망에 대해서도 다시 생각했던 적도 있었다.

  이 책은 이런 질문들을 던져주는 책인 것 같다. 우리의 시대가 어떻게 변화할 것인가, 이런 변화에 대처하기 위해서 우리는 어떤 준비를 해야 하는가 라는 질문들을 던져준다. 그렇다고 책 속에서 던진 질문들에 명확한 대답을 해주지는 않는다. 누구는 '불친절한' 책이라고 할 수도 있겠지만 난 당연하다고 생각한다. 먼 미래에서 온 사람이 아니라면 그 누구도 우리에게 이 질문들에 대한 명확한 대답을 해줄 수는 없다. 그리고 만약 미래에서 온 사람이라고 해도 우리에게 미래에 대해 자세한 답을 주고 예방할 수 있는 방법을 모두 말해 준다면 우리 인간들은 이것에 대해 생각조차 해보지 않고 살아가는 수동적인 인간들이 될 것 같다. 나는 그것도 싫다. 그래서 이 책이 딱 좋다. 인간은 질문을 던져주면 생각을 하게끔 되어 있다고 생각한다. 우리에게 생각을 하게 해준 이 책은 좋은 책이고 고마운 책인 것이다.

이 책이 던진 질문 중에 나의 기억에 많이 남는 것이 무인자동차, 자율주행자동차이다. 나는 무인자동차가 나온다는 얘기를 듣고 그저 신기해하고 기뻐하기만 했었다. 우리 집은 아빠와 엄마가 운전할 줄 아신다. 하지만 엄마는 운전면허를 따신 지 10년 이상 된 아빠보다는 아직 운전이 미숙하셔서 항상 먼 곳을 갈 때는 아빠가 운전을 하신다. 그래서 나는 그런 아빠를 보면 힘드시겠다는 생각이 들었고 내가 얼른 운전면허를 따서 중간 중간 교대해드리고 싶다는 생각도 했었다. 그렇기 때문에 나는 무인자동차는 이 세상의 아빠들을 위한 획기적인 아이디어라고 생각을 했었다. 그런데 이 책이 나를 깨닫게 해주었다. 나는 무인자동차 얘기를 들은 후로부터 지금까지 단 한 번도 교통사고에 대해 생각해 본 적이 없었다. 그리고 이 책은 그 얘기를 하고 있었다. '교통사고가 나면 이것은 누구의 책임인가?' 정말 생각도 해보지 않은 이야기였다. 나는 결국 이 책을 다 읽을 때까지도 결론을 내리지는 못했다. 계속 생각한다 해도 결론이 내려질 것 같지도 않았다. 만약 기계의 오류이고 기계의 실수라고 해도 책임을 기계에게 묻는 것이 무슨 소용이겠는가? 결국 그 기계를 만들어낸 것도 사람일 텐데. 내가 결국 답을 찾지 못했음에도 이 부분이 가장 기억에 남는 이유는 생각을 많이 하게 해줘서이다. 그리고 어쩌면 답을 찾지 못했다는 사실 자체가 이유가 됐다고도 할 수 있을 것 같다.

나의 꿈은 교사이다. 교사는 학생들을 가르치는 일을 하는 사람이다.

무엇을 가르치느냐? 기본적인 교과 지식들을 가르치고 인성을 가르치고 사회를 가르친다. 그래서 나는 이렇게 많은 걸 가르쳐야 하는 사람이 바로 교사이기 때문에 교사라는 직업은 로봇이 아무리 발전하고 또 발전한다 해도 계속 사람이 하게 될 것이라는 생각만 했었다. 그런데 인공지능, 이건 무섭다. 그리 오래되지 않은 알파고 이야기는 다들 알고 있을 것 같다. 나는 바둑의 바도 모르고 이세돌이라는 이름은 태어나서 처음 들어 봤을 만큼 바둑에는 흥미도 없던 사람이었다. 그래서 알파고와 이세돌의 대결 사실 또한 시간이 좀 지나고 뒤늦게 알게 되었었다. 아마 내 평생 그렇게 크게 뒷북을 쳐본 적도 없을 것이다. 나는 로봇이 아무리 발전한다고 해도 사람을 이길 시대는 절대 오지 않을 것이라고 생각했었다. 그런데 알파고는 이세돌을 이겼고 이세돌은 로봇에게 졌다. 이건 내가 지금까지 살면서 가장 충격 받았던 일 중 하나였다. 심지어는 무섭다는 생각도 들었다. '아, 이제 우리는 자리를 뺏기겠구나. 이제 본격적으로 인간의 영역이 좁아지겠구나.' 라는 생각이 자꾸 들어 무서웠고 관련 기사들이 인터넷에 뜰 때마다 떠올라서 더 무서웠다. 그래서 한때 잠깐이

지만 나의 장래희망에 대해서도 진지하게 고민을 했었다. 내가 교사라는 직업을 선택하면 나중에 이 직업을 할 수 있을까라는 생각이 들었고 내가 교사라는 꿈을 이루기도 전에

이 직업이 인간의 일에서 사라지지는 않을까에 대한 고민이 들었다.

물론 지금은 옛날처럼 교사라는 직업은 인간 밖에 할 수 없는 직업이라는 생각을 가지고 있긴 하다. 하지만 옛날처럼 마음이 한없이 편하지는 않다. 로봇이 사람을 가르치게 된다면 과연 어떤 방식으로 가르칠까? 그럼 나는 어떻게 가르쳐야 그들에 대한 경쟁력을 가질 수 있게 될까? 나는 평소에도 가르칠 방법에 대한 고민을 남들보다 많이 한다고 자신하는 편인데 그 전보다도 더 많은 고민을 하게 되었다.

결국 이 책을 다 읽고 난 나의 소감은 '머리 아프다'는 것이다. 머리 아프다는 게 안 좋은 일, 나쁜 일로 골치 아프다는 그런 뜻이 아니라 내 머릿속 생각이 너무 많아져서 내 머리가 그걸 못 견디는 기분이라서 머리 아프다는 것이다. 그래서 이 책이 싫으면서도 좋고 짜증나면서도 고맙다.

단 한 가지 확실한 건 아까도 말했다시피 이 책은 나에겐 좋은 책이다. 사람이 사람으로 분류되는 이유는 '생각'과 '감정'이다. 나는 이 책을 읽으면서 평소의 배 정도는 더 생각을 했고 내가 미처 하지 못했던 생각까지 해보며 고민했다. 또 '머리 아프다, 짜증난다, 고맙다, 싫다, 좋다'와 같은 다양한 감정을 느꼈다. 그렇기 때문에 이 책은 나에게 사람이라는 건 그렇게 하는 거야라고 말해준 책이기도 하다. 그래서 결국은 좋은 책이다.

그리고 난 이 책 덕분에 앞으로 더 고민할 것이다. 우리의 미래 사회의 변화에 대한 고민, 로봇과 인공지능에 대한 고민, 나의 진로에 대한 고민까지. 이렇게 많은 고민을 할 때마다 이 책이 떠오를 것이고 이 책에게 고마울 것 같다.

# '로봇시대, 인간의 일'을 읽고

조유진

최근에 이루어진 인공지능 로봇인 알파고와 이세돌의 바둑대결에서 이세돌의 승리를 예상했지만 알파고의 승리로 끝이 났다. 나는 이 대결을 보고 인공지능 로봇에 관해 관심이 생겼고 인공지능 로봇에 관해 검색을 해보았다.

그런데 이미 일본에서는 페퍼라는 로봇을 만들었는데 그 로봇은 사람처럼 지능과 유머 감각을 겸비하고 있다고 한다. 페퍼는 네스 카페 체인점에 고용되었고 또한 세계 최초로 고등학교에 입학한 로봇이다.

이처럼 우리는 이미 로봇과 가까이하고 있고 우리는 원하던 원하지 않던 미래에 로봇과 공생하는 삶이 실현될 것이라는 것을 생각해야 된다고 느꼈다.

이 책은 우리가 미래를 살기 위해서 꼭 읽어봐야 된다고 생각했기 때문에 읽기 전부터 흥미가 생겼었다. 이 책을 읽다가 보니까 "미래 세대의 핵심 과제는 여가와 휴식을 의미 있게 활용하는 것이다."라고 한 영국의 경제학자인 케인스라는 사람이 전망한 내용이 나온다.

미래에는 힘든 노동을 기계가 하기 때문에 인간들은 그만큼 여가와 휴식을 즐길 시간이 생겨난다. 나는 인간의 여가시간이 늘어나면 인간의 나태함만이 늘어날 것이라고만 생각했다. 하지만 내가 생각하는 여가는 일이 없을 때의 시간이기 때문에 진정한 여가라고 말할 수 없다.

우리나라는 노동시간이 멕시코 다음으로 많다고 한다. 여가라는 단어의 뜻부터 우리는 여가 시간을 누릴 틈 없이 일을 했다는 것을 보여 주기 때문에 우리는 여가 시간을 효율적으로 활용할 수 있는 방안을 미래에 가장 먼저 모색해야 하지 않을까 라는 생각이 들었다.

우리는 현재 국제화된 시대에 맞추어 외국어를 공부하고 목표하는 대학을 위해서 열심히 공부하는데 미래에 가면 외국어를 못하더라도 기계 번역이나 검색을 잘하면 된다고 한다.

변화하는 시대에 맞추어 교육도 변화해야 된다고 생각하였다. 또한 책에서 나온 듯이 초등학교 교사는 미래에 사라질 확률이 적다고 한다. 우리는 이를 알고 로봇과 달리 교사가 학생에게 배움을 줄 때 로봇과 달리 무엇을 더 알려 줄 수 있는지를 찾아야 한다고 생각한다. 생각해 보면 우리는 로봇과 달리 지식적인 면보다는 정서적인 부분에서 더 가르칠 수 있는 것 같다. 왜냐하면 로봇은 입력한 데이터를 통해서 정해진 대로 행동하는 반면 인간을 능동적으로 적절한 상황에서는 융통성 있게 행동할 수 있고, 수업내용 뿐만 아니라 사회생활을 준비하는 학생들에게 조언을 해 줄 수도 있기 때문이다.

또, 미래에 가면 힘든 노동을 로봇이 거의 해서 우리는 그만큼 여가 시간을 활용할 수 있는 방법을 찾아야 한다고 하는데 미래에 살아갈 때 우리가 여가 시간의 의미를 제대로 파악하고 여가 시간을 효과적으로 보낼 수 있는 방법을 학교에서 알려 줘야 한다고 생각한다. 미래에 가면 인간보다는 로봇이 일을 하고 인간을 그에 반대로 일이 없는 시간을 활용해야 하기 때문이다.

나는 이 책을 읽고 미래에 교사가 되기 위해서 알아야 하고 더 배워야 하는 점을 찾아봐야 한다고 생각했다. 우리는 앞으로 로봇과 공생이 특별한 것이 아니라 현실이 되는 시대에 살게 될 것인데 이 책을 읽고 내가 미래에 어떻게 살아가야 하는지를 배울 수 있어서 좋았고 변화하는 삶을 먼저 받아들이는 사람이 미래에 살아남는다고 생각하므로 앞으로도 이와 비슷한 책을 더 읽어 봐야 한다고 생각했다.

# 로봇시대, 인간의 일

**구본권 | 어크로스**

이 책은 IT 전문 저널리스트로 활동하며 기술과 사람이 건강한 관계를 구축할 방도를 모색해온 디지털 인문학자가 내놓은 우리 시대의 질문들이다.

그는 앞으로 우리가 맞닥뜨릴 현실을 구체적으로 묻는다.

10가지의 미시적 질문들이 엮어낸 미래의 지도는 새로운 기술 정보와 떠오르는 이슈에 대한 파편적 접근을 뛰어넘어 우리에게 거시적 안목과 실질적 교양을 제공한다.

http://book.naver.com/bookdb/book_detail.nhn?bid=9820843

/네이버/어크로스

# 수고했어, 오늘도 #9

## 2016.08.09

오늘은 작업을 마무리 해야 하는 날이라 발걸음을 서둘러 도착했다. 도착하자 마자 보였던 건 상하와 유정이었다.

유정이는 첫날에 인상이 꽤나 시크해보였다. 어제는 그림 그리는 것을 가르쳐주던 나에게 "제가 알아서 할 수 있어요." 라고 하는 말을 듣고 성격이 까칠할 것 같았지만 옆에 앉아 그림그리며 이야기를 나누면서 느낀건 그저 쑥쓰럽하고 밝은 아이 라는 것이었다. 상하도 같은 조여서 편했는데 시종일관 귀여웠다. 첫 만남은 어색하고 서로에 대해 잘 몰랐지만 많이 둘이면서 자연스럽게 함께 활동하였다.

애들은 내 주위에서 청람이 이길거야, 백람이 이길거야 라며 서로 외쳤고 나와 함께 좋아하는 아이돌에 대해 이야기도 하고, 그러다가 이따끔 나에게 학교이야기를 해주었다.

한참 이야기하다가 내가 그리던 바위가 그려보고 싶었는지 어느새 옆에 와 붓을 들고 서있었다. 나는 기꺼이 그려져있던 빨간 솜뭉치를 연상케하는 게를 모래사장으로 만들고 바위 테두리만 그려준 뒤 애들한테 그리라고 하고 땡볕이어서 나의 큰 키를 이용하여(?) 그늘을 만들어주었다. 결과물은 까했다.... 까맣는데 애들이 열심히 그린 그림을 지울 수 없어 지우기보단 그 위에 명암만을 추가했다. 그 위에 선생님의 손길이 들어가서 더욱 완벽했다.

선생님과 제자 그리고 그 제자가 나중에 가르칠만한 또래 아이들. 지금 떠올려보니 가슴 설레는 장면이다.

상하그룹은 휴식시간에 나를 그늘로 끌려가 넌센스퀴즈를 하기 시작했다. "세상에서 가장 비싼 새는?" 이라는 유정이의 물음에 산하의 비둘기라는 대답은 너무나도 순수했다. 어제, 오늘 이야기하며 느낀건데 산하와 나의 웃음코드가 비슷하다는 것이었다. 비둘기라는 대답을 하고 혼자서마저 우리 둘다 자지러지도록 웃었고 우리를 보고 어지어 산하그룹이 웃었다. 얼마 논것 같지도 않았는데 벌써 집에 올 시간이 되어있었다. 근데 유정이는 일어나려는 나를 길 구석으로 끌고가서 "내일은 번호주세요. 그리고 내일 선물 줄테니까 꼭 와요." 라고 속삭였다. 아무래도 다른 언니들의 마음에 걸리는 모양이었다.

산하는 집방향이 같아서 걸어왔으니 데려다 줬어야 했다.

어쨌든 오늘은 "내가 애들과 함께 있을 때 이렇게 행복할 수 있구나." 라는 걸 직접 느끼며 선생님이 되겠다 다짐했다.

# Chapter 7

# 탐구하고 풀어본
# 우리 생각

우리 학교는 매년 소논문 쓰기 대회를 개최합니다. 자신의 진로나, 흥미에 맞는 주제를 정하여 탐구활동을 하고 그 결과를 소논문을 쓰는 활동입니다. 우리 동아리에서는 최근 문제가 되었던 국정 한국사 교과서가 검인정 교과서와 어떤 차이가 있고, 문제가 무엇인지를 연구한 다음 소논문을 작성하였습니다.

# 국정화 논란에 따른 국정교과서와 검정교과서 비교분석

민서연, 박상아, 신예슬, 조유진

〈그림1〉 검인정 역사 교과서1

---

1 〈그림1〉 https://www.newdaily.co.kr/mobile/mnewdaily/newsview.php?id=181023/뉴데일리

# | 차례 |

# Ⅰ. 머리말

## 1. 연구의 필요성 및 목적

〈그림2〉 역사정의실천연대 회원들의 교학사 교과서 검정 취소 촉구 기자회견[2]

　2013년, 교학사의 한국사 교과서 중 일부 서술이 일제와 그 당시의 친일 행위, 이승만 정권을 미화한다는 등의 우편향 논란이 일자 전국 고등학교의 동문회와 지역단체 등에서 채택 철회 운동을 전개했다. 그 결과 교학사 교과서를 채택한 곳은 단 한 곳에 그쳤다. 이에 여당(새누리당)을 중심으로 교학사 교과서 살리기 운동이 전개되었다. 2014년 1월 8일 교육부는 교학사 교과서 채택 철회 과정에서 '외압'이 있다는 조사 결과를 발표하였고, 여당은 역사 과목을 국정교과서로 되돌리는 방안을 검토한다는 입장을 표명했다.

　2015년 7월, 교육부는 검정 기준 통과 심사를 1차와 2차로 세분화하

---

2 〈그림2〉 http://www.vop.co.kr/A00000675384.html/민중의 소리

고, 수정·보완 요구를 이행했는지 확인하는 규정을 마련했으며, 추가 검토를 위한 전문기관에 의한 교과서 검수, 교과서 집필 기간을 최소 1년 이상으로 확대시키는 등 교과서 검정 체계를 보완했다. 그럼에도 불구하고 여당은 한국사 교과서 국정화를 추진하였고, 8월에 이르러 교육부 또한 국정화를 검토하고 있다는 의사를 밝혀 이에 대한 논란이 크게 확대되었다.

10월 5일을 기점으로 국정화 반대를 서명한 교수와 연구진은 2340명을 넘었지만, 11월 3일 교육부는 한국사 교과서 국정화 확정을 고시했다. 동시에 노동당, 청년좌파 대학생 회원들이 정부 서울청사 앞에서 밤샘 농성을 진행했으며, 한국사 교과서 국정화 저지 네트워크가 규탄 기자회견을, 교과서 국정화에 반대하는 전국 퇴직교사연대 회원들이 시국선언을 했다.

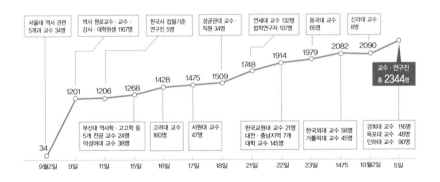

〈그림3〉 한국사 교과서 국정화 반대 선언 교수·연구진[3]

---

3 〈그림3〉 http://www.hani.co.kr/arti/society/schooling/711478.html/한겨레

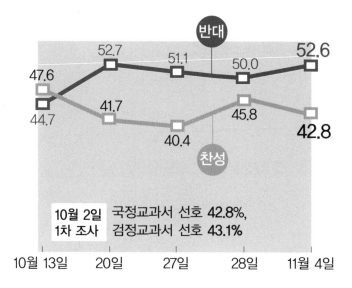

반대

52.7
51.1
50.0
52.6
47.6
44.7
41.7
40.4
45.8
42.8

찬성

| 10월 2일<br>1차 조사 | 국정교과서 선호 42.8%,<br>검정교과서 선호 43.1% |

10월 13일    20일    27일    28일    11월 4일

〈그림4〉 한국사 교과서 국정화 찬반 여론 변화[4]

    현재까지 한국사 교과서 국정화 논란은 역사 해석의 다양성 침해, 정권의 악용 가능성, 세계적 추세에 역행, 헌법정신 위배 논란, 학습량·시험부담 등에서 찬반양론을 띠어 왔다. 여론조사 기관인 리얼미터의 제6차 한국사 교과서 대국민 여론조사 결과[5]에 따르면 한국사 교과서 국정화 전환 반대 의견은 52.6%로, 찬성 의견보다 9.8%포인트 높은 것으로 집계됐다. 또한 6차 조사에서는 5차 조사 때보다 정치성향별 찬반 양극화가 심화되었다. 보수층의 찬성은 5차 조사 때보다 13.1%포인트가(5차 66.5% → 6차 79.6%), 진보층의 반대는 5차 조사 때보다 5.1%포인트가

4 〈그림4〉 http://www.segye.com/content/html/2015/11/05/20151105004661.html?OutUrl=Zum/세계일보
5 표본오차 95%, 신뢰수준 ±3.1%포인트, 3~4일 전국 19세 이상 성인 1000명의 휴대전화 및 유선전화에 임의전화걸기 자동응답방식으로 진행

(5차 74.4% → 6차 79.5%) 증가했다. 이는 국정화 논란을 둘러싼 여론이 향후 찬성과 반대 어느 한쪽으로 기울어지기보다는 찬반 격차가 현재에서 조금 더 벌어지거나 줄어드는 양상으로 전개될 가능성이 높다는 것을 보여준다.

## '올바른 역사교과서' 제작 일정

| | |
|---|---|
| 2015년 11월 4~9일(예정) | 집필진 공모 |
| ~11월 20일 | 집필진 확정 |
| ~11월 30일(예정) | 편찬기준 및 집필세목 확정 |
| 12월~ | 집필 및 심의 · 검토 |
| 2016년 12월~ | 감수 및 현장검수 |
| 2017년 1월~ | 인쇄 · 배포 |

자료: 국사편찬위원회

〈그림5〉 2017 국정교과서 제작 일정[6]

한편 2015년 11월 4일 국사편찬위원회는 2017년 국정교과서의 집필진과 집필 기준을 발표했다. 교과서 집필진은 시대별로 원로 교수를, 이외에 학계 중진과 현장 교사를 포함해서 총 36명으로 구성하며, 현대사

---

6 〈그림5〉 http://www.segye.com/content/html/2015/11/04/20151104003930.html/세계일보

부분에 3~4명의 타 전공자를 추가한다는 계획이다. 11월 9일에 교육부는 집필진 구성이 마무리된 뒤에도 집필진 명단은 공개하지 않는다고 전했다. 또, 애초 교과서 제작 과정과 집필진을 투명하게 공개하겠다는 방침을 하루 만에 뒤집어 한 단원의 집필이 끝나면 '웹 전시' 등으로 국민에게 직접 검증받는 시스템 시행은 다시 검토하겠다는 입장을 밝혀 비난받고 있다.

## 2. 연구문제 및 방법

과거 국정교과서는 당시의 정권을 정당화·미화하는 홍보 수단으로 사용된 경향이 강했다. 따라서 정치적 변화를 통해 권력을 잡은 정권의 이데올로기 도구로 전락한 것은 어김없는 사실이었다. 아마도 이것이 국정화 전환을 반대하는 사람들의 가장 큰 걱정거리일 것이다.

하지만 현재는 모든 시민들이 빠르게 뉴스를 접할 수 있고, 이에 대한 생각을 자유롭게 표출할 수 있을 정도로 민주주의가 정착되어 교과서 오·남용에 대한 우려는 사실상 적어진다. 그렇기 때문에 국정화 전환으로 인해 우려되는 점에서 정치적 오·남용을 제외한 다른 부분을 집중해야 한다.

따라서 우리는 가장 마지막 국정교과서인 7차 교육과정 시기의 중등 국정교과서와 2013년 교육부 검정을 받은 천재교육의 고등 한국사 교과서를 사용하여, 일제강점기의 서술 중 정치, 경제, 사회, 문화 네 분야를 중심으로 비교분석하여 국정교과서의 문제점을 찾고 이를 바탕으로 실제 2017년에 적용될 한국사 국정교과서가 나아가야 할 방향을 제시하려고 한다.

# II. 본론

## 1. 국사 교과서 변천 과정

| 구분 | 국정제 | 검정제 | 인정제 |
|---|---|---|---|
| 근거 | 규정 제 4조 | 규정 제 6조 | 규정 제 2조, 제 6호, 제 14조, 제 16조 |
| 저작권자 | 교육부장관 | 저작자 | 저작자 |
| 절차 | 편찬⇨심의 | 편찬⇨심의⇨선정 | 편찬⇨선정⇨심의 |
| 심의권자 | 장관 (심의위원 위촉) | 장관 (검정기관에 위탁) | 장관 (교육감에게 위임) |
| 장점 | 소수 선택과목 교과서의 질 유지 가능 | 교사의 교과서 선택권 보장 | 현장 교원의 교과서 개발 참여 유도 가능 |
| 단점 | 내용의 획일성, 정권 교체에 따라 서로 다른 역사 해석 우려 | 검정 심사비용 부담 발생 | 질 관리 체제 부족, 교과서 인정 업무 중복 |
| 사용 국가 | 북한, 필리핀, 핀란드 | 독일, 오스트리아, 노르웨이, 이스라엘 | 미국, 프랑스, 호주, 벨기에, 이탈리아, 캐나다 |

〈표1〉 교과서 제도별 주요 특징[7]

국정 교과서는 국가에서 직접 주관하여 교과서를 발간하는 것으로, 현재 우리나라에는 초등학교 역사 관련 전 과목이 국정제로 발행되고 있다. 국정제를 시행하는 나라에서는 국공립 및 사립학교에 관계없이 전

---

7 〈표1〉 남수경, 김희경 서승현, 이기석(2012). 국정도서 편찬제도의 문제점과 개선방안. The Journal of Educational Administration, Vol. 28, p259

학교와 학생이 의무적으로 국정교과서를 사용해 학습하게 된다.

반면 검정교과서는 민간 출판사들이 교과서를 발간한 뒤 교육부 검정으로 승인되어 나오는 교과서를 말한다. 인정 교과서는 국정·검정 교과서가 없거나 사용하기 곤란하거나 내용 중 보충의 필요가 있는 경우에 사용하기 위해서 교육부 장관의 인정을 받은 교과서이다. 검정교과서는 민간 출판사에서 발행되지만 교육부에게 검정을 받는 만큼 일정 부분 국가의 개입에 따라 영향을 받는 체계로 관리된다. 이에 비해 인정 교과서는 따로 검정을 받지 않고 국가가 사용 여부만 관여하기 때문에 국가 관여의 폭이 매우 적다. 검정 체제와 인정 체제는 당연히 구별되는 유형이지만, 관행적으로 '검인정'이란 말로 묶어 쓴다.[8] 검인정 체제의 나라에서는 국공립 및 사립학교별로 학교장의 승인 하에 그 학교의 특색에 맞는 교과서를 채택할 수 있다.

---

8 http://encykorea.aks.ac.kr/Contents/Index?contents_id=E0074720/한국민족문화대백과사전

| 시기 | 학교급 | 과목명 | 발행제 |
|---|---|---|---|
| 교수요목기 (1946~1955년) | 초등 | 역사관련 전 과목 | 국정 |
| | 중등 | | 검정 |
| 제 1, 2차 교육과정 (1956~1973년) | 초등 | 역사관련 전 과목 | 국정 |
| | 중등 | | 검정 |
| 제 3차 교육과정 | 1974~ 1977년 초등 | 역사관련 전 과목 | 국정 |
| | 중등 | 중학 국사, 고등 국사, 세계사 | 국정 |
| | | 중학사회 II(세계사) | 검정 (단일본지정) |
| | 1978~ 1981년 초등 | 역사관련 전 과목 | 1종 |
| | 중등 | 역사관련 전 과목 | |
| 제 4~6차 교육과정 (1982~2001년) | 초등 | 역사관련 전 과목 | 1종 |
| | 중등 | 중학 국사, 세계사, 고등 국사 | 1종 |
| | | 고등 세계사 | 2종 |
| 제 7차 (2002~2006년) | 초등 | 역사관련 전 과목 | 국정 |
| | 중등 | 중·고등학교 국사 | 국정 |
| | | 중학사회 I, II(세계사), 고등 세계사, 한국 근·현대사 | 검정 |
| 2007 개정 교육과정 ~ 2009 개정 교육과정 | 초등 | 역사관련 전 과목 | 국정 |
| | 중등 | 역사관련 전 과목 | 검정 |

주: 제 6차 교육과정까지의 1종은 국정, 2종은 검정에 해당함.

〈표2〉 역사 교과용도서의 발행제도 변천과정[9]

1945년부터 1954년까지의 미군정시기에는 일종의 교육과정 지침인 '교수요목'이 발표되면서 중등학교에서 근대적 한국사 교육이 시작되었

---

9 〈표2〉 http://news.eduhope.net/sub_read.html?uid=15627/교육희망

다. 이 시기에는 홍익인간의 정신에 입각하여 애국 애족의 교육을 강조했으며, 일제 강점기의 잔재를 정신·생활면에서 제거하는데 노력을 기울였다. 정부 수립 이후 시작된 교육과정 마련 작업은 한국 전쟁으로 인해 중단 되었고, 종전 후 시행된 1차 교육과정에서 중학교 10종, 고등학교 4종의 국사 교과서가 문교부의 검정을 통과했다. 이 시기에는 식민사의 극복과 교육체계의 기본토대를 마련했다는 의의가 있으나, 용어 통합 등 학술성과는 이루지 못했다는 한계가 있다.[10]

1956년부터 1973년까지의 2차 교육과정에서는 검인정 심사 강화가 있었다. 특히 국사교육 강화를 위해 역사과에서 국사와 세계사 부분이 분리되었고, 1967년 중학교 사회교과서 7종, 고등 국사 교과서 11종이 검정에 통과됐다. 2차 교육과정에 들어들면서 1차 교육과정 당시 논란이 되었던 용어와 학설상의 차이를 통일하였으며, 근·현대사의 비중을 이전보다 높이고 해방 이후 이루어진 한국사의 연구 성과를 반영하는 조치가 취해졌다. 하지만 근·현대사의 기점 등 여전히 종래의 학설을 답습하는 등의 식민사학으로 왜곡된 한국사 인식은 남아 있게 된다.[11]

1973년 2월부터 시행된 3차 교육과정에서는 국사학계와 역사교육계 학자들을 중심으로 한 심의기구로 국사교육강화위원회가 구성되었다. 이 위원회에서 국사과를 독립시키고 모든 학교에서 필수 과목으로 할 것을 건의했는데, 이것이 3차 교육과정에 반영되었다. 국사 내용면에서는 국난극복 측면이 강조되어 '국난극복사'를 별도로 편찬해 학교로 배포하기도 했다. 특히, 교과서 정책이 국·검정 병행에서 국정으로 전환하는 변화를 겪게 되는데, 이에 따라 중·고등학교 국사교과서도 국정으로 바

---

10 이상숙(2010), 제7차 교육과정 개정안 연구 −역사교육과정의 변화를 중심으로−, p19
11 이상숙(2010), 제7차 교육과정 개정안 연구 −역사교육과정의 변화를 중심으로−, p19
12 이상숙(2010), 제7차 교육과정 개정안 연구 −역사교육과정의 변화를 중심으로−, p20

꿔게 되는 상황을 맞이하게 된다.[12]

당시 정부는 물자절약 등을 국정 전환의 이유로 내세웠지만, 독재 미화와 정권 홍보수단으로 활용되었다는 점에서 비판을 받았다.

이어진 4차(1981년)·5차(1987년)·6차(1992년) 교육과정에서도 국사 교과서는 국정 체제로 발행됐다. 4차 교육과정에서는 1982년 '일본의 역사 교과서 왜곡 사건' 때문에 고대사 서술을 둘러싸고 치열한 논란이 일었다. 동시에 역사교육이 이데올로기 강화에 이용되고 있다는 비판 또한 제시되면서 정치적 예속에서 벗어나야 한다는 점에 긍정적인 영향을 미치게 된다. 5차 교육과정에서는 교과서의 이데올로기적 편향성에 대한 비판을 수용하는 방향으로 개정이 이루어졌으며 국정제 유지를 둘러싸고 다양한 논란에 휩싸였다. 6차 교육과정에서 국사교과가 사회교과에 통합되어 독립성을 상실하게 되는데 이것은 7차 교육과정까지 계속된다.[13]

2002년에 들어서 7차 교육과정에서는 중학사회, 고등 세계사, 한국근·현대사 부분에서 검정체제로의 발행이 이루어졌다. 자율적이고 창의적인 한국인 육성이라는 주제가 등장했으나, 사회과 통합문제로 인해 역사교육은 축소되고 국사과가 위축되었다.

2007년 교육과정에서는 역사 교과서와 함께 국어, 도덕 교과서가 국정교과서 체제에서 검인정 교과서 체제로 변화했다. 이에 중학교 2학년 역사 교과서가 검인정을 완료하여 2010년에 각 단위학교에 배포되었다. 더불어 역사 과목을 독립하여 사회과와 분리해 시수를 매김으로써 중학교 1학년부터 고등학교 1학년까지 과목의 시수를 보장하였다.

13 이상숙(2010), "제7차 교육과정 개정안 연구 −역사교육과정의 변화를 중심으로−", 20p

## 2. 정치 분야

### 1) 7차 교육과정 시기 국정교과서

처음에 제국주의나 제 1차 세계대전과 같은 세계사를 처음에 설명을 하고 난 뒤 흥선대원군의 개화 정책, 갑신정변, 동학 농민 운동, 독립협회와 대한 제국, 항일 의병 전쟁과 애국 계몽 운동과 같은 개화와 주권 수호 운동을 서술했다. 정치 분야는 무단통치, 문화통치, 민족 말살 정치, 3·1운동, 대한민국 임시 정부, 국내 외 항일 운동으로 나누어 놓았다. 무단, 문화, 민족 말살 정책과 같은 내용을 한꺼번에 또는 국내 외 항일 민족 운동을 시대 별로 나누기보다 모두 같이 모아 놓는 등 시대의 흐름에 따른 서술보다 연결되는 내용을 한꺼번에 서술하였다.

모든 내용이 간략하게 축약되어 있는데, 일제의 식민 정책을 한 페이지에 다 쓸 정도이다. 1910년 무단 통치 때 중요한 사건이자 정책인 토지 조사 사업과 회사령에 대한 설명이 모두 제외되어 있다. 또 3·1운동이 중국의 5·4운동에 영향을 주었다는 사실이 언급되지 않았으며, 광주 학생 항일 운동을 '전국적으로 확산되어 3·1운동 이후 최대의 민족 운동으로 발전하였다' 라고 서술해 그 중요성을 강조하였음에도 불구하고 서술 분량이 매우 적다.

### 2) 2013년 교육과정 시기 검정교과서

검정 교과서는 7차 국정교과서와 달리 1910년대 사건끼리 흐름을 정리하고 1920년대 사건 또한 1920년대 사건끼리 모아두는 등 시대의 흐름에 따라 정리해 놓았다. 일제강점기 전의 개화 과정을 설명한 뒤, 1910년대 무단 통치와 이 시대의 주요 사건 그리고 1920년대 문화 통치와 이 시대의 주요 사건과 같이 시대별로 순차적으로 정리를 하였다. 무단 통치 다음에 1910년대 국내외 민족 운동 3·1운동 대한민국 임시 정부 수립, 문화 통치, 실력 양성 운동, 사회 운동 전개, 신간회와 학생 항일 운동, 1920년대 국외 독립운동, 민족 말살 정책, 제 2차 세계대전, 민족 문화 수호 운동과 사회의 변화 순으로 서술되어 있다.

1차 세계대전의 계기가 된 사건인 사라예보 사건을 확인하고 넘어갔으며 러시아가 사회주의 정부를 수립하게 된 과정인 2월 혁명과 10월 혁명을 정확하게 집고 넘어가는 등 국정교과서 보다 과정이라던가 원인이 자세히 서술되어 있다.

7차 국정교과서에서는 영국, 프랑스, 러시아를 연합국이라는 표현하였지만 현 교과서에서는 영국, 프랑스, 러시아가 협상국이라고 하는 등 단어의 차이도 보인다.

3·1운동과 대한민국 임시 정부 설립에 대해서도 단원을 나누어 자세하게 설명했다. 검정교과서에서 두 부분에 대해 중요성을 높게 평가한 것으로 보인다. 그리고 6·10만세운동을 소개할 때 7차 국정교과서와 달리 '조선 공산당 간부들은 체포되었지만 조선 학생 과학 연구회를 비롯한 학생 조직은 발각되지 않았다.' 는 등의 과정이 추가적으로 서술되었다.


## 3. 경제 분야

### 1) 7차 교육과정 시기 국정교과서

먼저 개항 이후를 1876년 개항 직후와 1880년대 이후로 서술하였다. 1876년 개항 직후 일본의 경제적 침략의 내용이 주를 이루며 서술한다. 1880년대 이후 일본뿐만 아니라 청과 다른 나라들과 자유로운 경제 활동을 보여 주며 설명한다.

러·일 전쟁 부분에서는 국가의 금융권에 대한 내용이 주를 이룬다. 일제가 식민지화를 위한 경제적 토대를 마련하기 위해 대한 제국의 금융 정책을 지배하여 대한 제국의 근대화 노력이 좌절되었다고 서술되었다. [도움글]을 사용하여 우리나라가 이 당시에 백동화를 사용한 것, 많은 회사들이 일본인들에게 넘어간 그날의 실상에 대해서 사실적으로 보여준다.

아관파천에 따라 영국, 프랑스, 독일, 미국, 일본 등등의 나라가 이권을 침탈하는 내용을 주로 서술했는데, 특히 [읽기자료]에서 〈독립신문〉의 일부를 사용하여 당시 우리나라의 상인들의 의식을 나타낸다. 또한 경제적으로 일본의 침략을 받으면서도 자립적인 국민경제를 형성한 기회를 가진 것을 높이 평가하며 서술한다.

대한제국기에서는 외세의 경제 침탈을 막고 근대적인 국민 경제를 수립하기 위한 정부, 제조업자와 상인 등등의 노력이 주를 이루며 서술한다. 국민 모금으로 정부가 진 빚을 갚자는 운동이 발생하고 국채보상의 모집 금액표14)를 이용하여 나타내었고, 이 운동은 일제의 방해로 끝이 난다고만 서술했다. [읽기자료]에서 〈대한매일신보〉의 일부를 사용하여 그 당시의 나라를 부흥하게 하려는 사람들의 인식과 염원을 사실적이게 보여주며 서술하는 점에서 우리의 의식을 높이 평가함을 나타내고 있다.

본격적인 일제 식민 통치기에서는 일제 식민 통치기에 식민지 수탈 정책과 농민과 노동자에 대한 수탈 등으로 수많은 사람들의 삶이 힘들어짐을 주로 서술했다. [읽기자료]의 〈조선 총독부 관부〉를 통해서 그 당시의

---

**14** 당시 일본 경찰이 파악하여 보고한 도별 모금액 자료

토지조사령의 내용을 보여주었고, '쌀 생산량과 수출량 및 소비량' 표를 같이 제시하면서 일제 식민 통치기에 민중이 겪은 삶의 아픔을 강조하여 서술했다.

### 2) 2013년 교육과정 시기 검정교과서

7차 국정교과서와 달리 2013년 검정교과서에서는 일제 강점기라는 대단원에 따라서 각 시기별로의 경제를 따로따로 볼 수 있다. 정치, 사회 분야와 함께 연계해서 볼 수 있도록 서술구조가 달라졌기 때문에 7차 국정교과서보다 심화해서 경제 부분을 배울 수 있게 되었다.

국채보상운동에 대해서 '국채보상 성금을 수합하던 대한매일신보의 양기탁을 보상금횡령이라는 누명을 씌워 구속하는 등 탄압하였다. 이에 따라 국채보상운동은 더 이상 진전되지 않았다.' 라고 서술되고 있는 점을 보아 7차 국정교과서보다 일본인의 식민 통치를 자세하게, 비판적으로 서술했다는 것을 알 수 있다.

## 4. 사회 분야

### 1) 7차 교육과정 시기 국정교과서

독립 운동 세력의 분화에서는 3·1운동 좌절 이후 인식의 차이에서 비롯된 이견으로 갈린 세력 중 민족주의 세력과 사회주의 세력의 대립을 강조하며 서술하였다. 또한 청년·지식층을 중심으로 한 사회주의 운동을 언급하였고 독립 운동 과정에서 사회주의 세력과 대립하였다고 서술하였다. 신간회에 대한 설명에는 비타협적 민족주의자와 사회주의자가 주축이 된 신간회의 결성 배경, 신간회의 주장, 활동, 해체이유, 의의 등을 자세하게 서술하였다.

농민 운동과 노동 운동에서 러·일 전쟁 후 일본인과 우리나라 농민들의 토지를 중심으로 한 관계를 서술하고 일본인들의 토지 갈취와 대지주 성장 과정으로 인한 우리나라 농민들의 피해상황을 말해주었다. 또 이와 같은 사회상황 탓에 농촌을 벗어나게 된 농민들의 이후 처지들을 사실적으로 알려주었다. 이 가운데 전국 각지에서 일어난 소작 쟁의 중 암태도 소작쟁의를 언급하였고 초기 소작 쟁의의 투쟁이유와 변화이유를 서술하였다. 한편 1910년대부터 1943년까지의 산업 노동자 수 증가의 배경을 설명하였고 노동 운동을 벌이는 배경과 이유에 대해 서술하였다. 그 노동 쟁의들 중 대표로 원산 노동자 총파업을 제시하여 이해를 높였고, 노동쟁의 후 우리 노동자들에게 불리하게 흘러간 흐름에 비판적인 해설을 덧붙였다.

청년 운동, 여성 운동, 형평 운동에서 3·1운동 이후 청년의 역할이 새로이 인식되어 조직된 청년 단체가 활동한 운동들과 운동의 방향을 전환한 계기와 전환 후의 운동을 서술하였다. 또 대한제국의 마지막 시기 후 여성의 신교육으로 인한 여성 운동 단체를 언급하였고 노력한 점을 긍정적으로 서술하였다. 신간회의 자매단체로 비유된 근우회의 창립과 활동을 언급하였다. 한편, 그동안 사회적으로 천대받던 백성이 평등한 지위를 얻으나 여전히 남아 있던 사회적 차별 중 총독부의 차별을 사례로 들었다. 이에 백정 출신들이 창립한 형평사의 운동과 미미한 결과를 서술하였다.

인구의 증가와 도시의 변화에서 일제 강점기 시대의 인구증가를 서술하며 총독부로 인해 변해간 서울의 모습을 식민지 도시 풍경이라는 비판적인 표현으로 서술했다. 그리고 그 당시 많은 국내 거주 일본인으로 인해 근대 도시의 모습을 가진 남촌의 거리의 모습과 상대적으로 빈곤한

북촌의 모습을 대비적으로 표현하며 도시의 이중적인 모습이라 서술하였다.

의식주 생활의 변화에서 근대 문명 유입으로 인해 변화된 의의 예를 두루 제시 하였고 또 전시 체제 때 변화한 남녀 복장을 서술했다. 식의 예로 서양 음식이 대거 나열되었으나 한정된 부류의 식품 소비였으며 서양음식에 대조해 서민들의 식량 사정에 대해 비판적으로 설명하였다. 주의 예로 주택과 개량 한옥을 언급하며 중에 개량 한옥에 대해 자세히 집필하였다. 그러나 또 다른 면의 빈민들은 서울 변두리에 토막집을 짓고 살았다며 15,000여 명의 빈민에 대해 적지 않은 숫자라는 비판적인 표현으로 서술하였다.

## 2) 2013년 교육과정 시기 검정교과서

검정 교과서에서는 일제 강점기의 사회 분야가 큰 주제로 분류되지 않고 각각의 주제에 일부로 들어가게 되었다.

시간과 공간 의식의 변화에서 자본주의 사회가 이끌어낸 결과와 교통과 통신의 발달의 영향을 서술하였다. 또 3·1운동과 독립 운동 세력 분화 사이의 문화 통치 실상을 새롭게 추가하여 자세히 서술하였다. 7차 국정교과서에는 없던 사회주의 사상의 유입과정을 서술했고, 동시에 민족주의보다 사회주의 사상을 조금 더 자세히 서술하였다. 국정교과서보다 검정교과서에서 사회주의 사상에 대해 상대적으로 긍정적인 평가를 한 것으로 보인다.

식민지 시기 때마다 변한 도시의 모습을 서술하였는데, 7차 국정교과서와 달리 물산 장려 운동, 학교 설립 운동, 실력양성 운동의 의의와 한계, 참정권 운동과 자치 운동의 전개 등을 덧붙여 서술하였다. 청년운동이 방향을 전환한 계기는 서술하지 않았으나 청년운동 내용과 아이들의 상황을 좀 더 자세하게 서술했다. 여성운동에서 여성들의 주장을 덧붙여 서술하여 그 중요성을 드러냈다. 농민 운동 부분에서 소작 쟁의가 생기게 된 배경을 덧붙여 서술하고 뒤의 단원에서 중복하여 설명했다. 또 노동 운동에서 비롯된 다양한 운동 조직과 노동조합 결성, 의의를 새롭게 서술하였고, [생각 넓히기]를 통해 원산 총파업의 의미를 본문과 별개로 제시했다. 이는 검정교과서에서 민중 세력, 특히 일반 노동자들의 활동을 더 중요하게 평가한 것으로 해석된다.

의식주 생활의 변화 중 의생활의 변화에서 총독부의 규제를, 식생활과 주생활은 의생활에 비해 조금 적게 서술하였다. 특히 식생활에서 서민들의 식량 사정이 생략되었고, 주생활에서는 모든 집의 양식을 간단하게 설명했다.

## 5. 문화 분야

### 1) 7차 교육과정 시기 국정교과서

가장 먼저 민족 말살 정책을 간략하게 설명한다. 일제의 교육 정책에 대해서는 황국 신민화 정책에 따른 우민화 교육 실시 등 시간에 따라 달라지는 내용의 배경과 의도를 제시하여 서술하였다. 역사 분야에서는 일제가 식민주의 사관을 앞세워 한국사의 자율성과 독창성을 부정하였으며, 식민주의 사관에 기초한 조선사편수회를 언급해 식민주의 사관에 대한 비판적인 태도를 보였다. 종교 분야에서는 민족정신을 강조하는 종교 단체의 독립운동과 신사 참배 강요를 저항하는 종교 교단에 대해 서술했다.

국어 연구와 한글의 보급에 대해 설명에서는 3·1운동 이후 창립된 조선어 연구회의 활동에 대한 서술이 주를 이루며, 확대 개편된 조선어 학회의 활동 중 한글 맞춤법 통일안과 표준어의 제정을 가장 높게 평가하고 있다.

한국사 연구의 발전을 설명하면서, 식민주의 사관에 맞서는 과정에서 민족주의 사학, 사회 경제 사학, 실증주의 사학이 체계화되었음을 서술했다. 특히 민족주의 사학과 사회 경제 사학이 일본의 식민주의 사관의 허구성을 반박하였다는 것에 집중했는데, 민족주의 사학자 중 박은식, 신채호, 정인보의 입직을 간단하게 서술하고 [읽기자료]로 〈조선상고사〉의 내용을 추가하면서 신채호의 민족주의 사학을 강조했다. 그 외에도 문화재 수집가로서 한국의 미를 지켰다고 평가받는 전형필[15]에 대해서도 서술했다.

민족 교육 진흥 운동에서 일제의 탄압에도 불구하고 일어난 교육 진흥 운동과 교육 계몽 활동, 특히 야학의 식민지와 다른 교육 내용에 대해 긍정적으로 평가했다. 또 일제의 수준 낮은 교육 속에서도 발명 학회 창설, 과학의 날 제정 등을 통한 과학 지식 보급을 강조하여 서술했다. 이는 [도움글]에 서술된 '최초의 비행사 안창남'이라는 주제의 글을 통해 확연히 드러난다.

종교 활동에서 일제의 탄압 속에서도 다양한 운동을 지속적으로 전개한 천도교, 대종교, 기독교, 천주교, 불교, 원불교에 대해 각각이 한 활동에 대한 간단한 설명을 덧붙여 서술했다. 특히 [읽기자료]에서 한용운이 불교개혁을 위하여 저술한 책인 〈조선불교유신론〉을 서술하여 불교계 정화 운동에 대한 설명을 덧붙였다.

문학과 예술 활동은 문학계, 음악계, 미술계, 연극계, 영화계로 나누어 설명한다. 특히 이 시대의 문학과 예술은 민족에 대한 시대적 과제를 가지고 있었음을 강조한다. 문학계에서 3·1운동 이후에 나타난 예술성 추구에 대해 도피적인 경향이라고 비판하는 태도가 드러났다. 음악계는 우리 민족 정서에 어우러진 음악과 애국가 합창 등의 독립 의지에 대해서

---

15 이충렬, 간송 전형필 한국의 미를 지킨 대수장가 간송의 삶과 우리 문화재 수집 이야기, 김영사, 2010

만 서술했고, 미술계는 전통 회화의 발전, 서양식 유화의 정착, 풍자화에 대해서, 연극계는 국예술 연구회를 중심으로 한 민족적 비극의 무대 예술화에 대해서 서술했다. 영화계에서는 일게 강점기 민족의 아픔을 그린 나운규의 아리랑(1926)에 대해 강조했다.

### 2) 2013년 교육과정 시기 검정교과서

7차 국정교과서와 가장 큰 차이점으로는 일상생활의 변화 부분과 일제 식민지 시기의 대중문화 부분이 문화사로 추가된 것과 민족 말살 정책 부분과 민족 교육 진흥 운동 부분이 문화사에서 빠진 것이다. 또 한국사 연구의 발전 부분이 두 가지로 세분화 되었으며, 문학과 예술 활동 부분도 두 가지로 세분화 되었다.

가장 먼저 한글 연구에 대해 일제의 일본어 교육이 강화된 배경을 설명한 뒤, 마찬가지로 조선어 연구회의 창립부터 조선어 학회의 해산까지 서술하였다. 7차 국정교과서와는 달리 '한글을 연구하고 보급하기 위해 노력한 이유는 무엇일까?' 라는 질문을 통해 한글이 지닌 민족 정체성을 학생 스스로 생각할 수 있도록 한 것이 드러난다.

한국사에 대해 두 가지로 나누어 설명하는데, 식민 사학의 타율성론과 정체성론, 당파성론을 자세히 설명하여 서술했고, [자료읽기]에서 식민 사학으로 서술된 예로 〈조선반도사〉를 들어 식민 사학에 대한 이해를 높였다. [활동하기]에서는 박은식, 신채호, 백남운의 저서의 일부분을 인용하여 식민 사학의 내용을 비판, 역사 연구의 중요성을 묻는 질문이 추가되었다. 식민 사학에 대한 비판적 태도가 강조된 것으로 해석된다.

종교계의 활동에서 민족주의 운동을 하는 종교에 독립 운동가들이 참여했다고 서술된 7차 국정교과서와는 달리 암울한 현실을 이겨내기 위해 종교에 의지하는 사람들이 늘어났음을 강조한 것에서 관점의 차이가 보인다.

문학과 예술 분야는 7차 국정교과서와 달리 문학 분야가 따로 독립되었다. 예술성 추구에 대해서는 별다른 비판을 덧붙이지 않았다. 중·일 전쟁 이후의 친일적 성향을 띈 문학에 대해서는 직접 이름을 언급하는 등 7차 국정교과서보다 자세하게 서술했다. 음악계는 민족 정서와 독립 의지가 담긴 음악에 대해서는 서술 비중이 적어졌다. 연극계는 토월회와 극예술 연구회에 대해 간략하게만 서술하고, 이들의 연극에 대한 내용은 서술되지 않았다.

일상생활의 변화에 대한 내용과 당시의 대중문화에 대한 내용은 사회 분야에서 문화 분야로 옮겨졌다. 시간과 공간 의식의 변화에 대한 설명에는 시간관념의 도입, 교통의 발달 등 일제에 의해 근대화된 내용을 서술했다. 이에 대해선 교통과 통신의 발달에 대해서 일제의 감시와 통제, 자원 수탈, 군사적 수단으로 이용했다는 사실을 설명하며 비판적 태도를 보였다. 의식주 생활의 변화에 대한 설명에는 총독부의 의생활 규제와 서양 문물의 유입이 당시 민중에게 유입되고 있었다는 내용이다. 더불어 농민과 서민에게 있었던 근대 문물 유입의 부정적인 측면도 덧붙여 서술했다. 이는 [자료읽기]에서 '경성부와 토막민 문제'를 주제로 심화하여 학습할 수 있도록 하였다.

# III. 맺음말

## 1. 비교분석을 통해 알아본 국정교과서의 문제점

7차 교육과정 국정교과서와 2013년 검정교과서를 비교분석해 본 결과 국정교과서의 문제점을 크게 세 가지로 분류할 수 있었다.

먼저 서술 구조의 문제다. 특히 7차 국정교과서는 분야사로 서술되어 있기 때문에 이와 같은 문제점이 두드러지게 나타났다. 시간의 흐름에 따라 서술하지 않고 연관이 있는 내용을 중심으로 모아서 서술했기 때문에 역사를 시간 전개에 따른 자연스러운 이야기로 학습할 수 없게 된다. 물론 분류사적인 측면에서 강조한 결과 장점은 같은 성향을 가진 사건들이나 내용들을 함께 묶어 놓으면서 단번에 암기하는 방법은 뛰어날지 모르나, 21세기 창의적 사고를 요하는 분야에서는 결코 간과할 수 없는 문제점이라 생각한다. 분석한 7차 국정교과서 정치 분야에서 이런 특징적 분류사 서술이 두드러지게 나타나고 있다. 또 정치적 성격이 강한 사건을 다른 분야에서 서술하는 등의 문제점도 보였다.

두 번째는 심화적인 학습을 할 수 있도록 구성되어 있지 않은 점이다. 7차 국정교과서는 본문의 설명이 주를 이루며 심화 학습을 할 수 있는 학습 자료가 적게 주어졌다. 본문에 들어가기 전 궁금증을 돋우거나 이해력을 높일 수 있는 학습 활동이나 질문도 주어지지 않았다. 각 단원이 끝난 후 두 개 정도의 주제를 뽑아 심화 학습을 할 수 있도록 구성해 두었지만 이는 매우 적은 양이다. 이 같은 교재를 사용한다면 교사와 학생의 수업은 교과서의 글에만 의지한 채 암기에 의존하는 방향으로 나아가, 비판적 역사 해석 능력을 높이고 그에 대한 이해력을 높일 수 있는 과정이 적어질 수 있다. 융합적 사고를 요하는 오늘날 학습 욕구에 역행하는 일일 것이다.

세 번째는 사건이 일어난 배경과 그 과정에 대한 자세한 설명이 생략되어 있는 점이다. 한 사건이 일어나는데 영향을 준 각각의 다른 사건에 대한 설명과 그 사건이 영향을 주게 된 또 다른 사건들은 생략된 채로 특정 사건의 의의와 한계만 강조하고 있는 구조이다. 어느 사건의 주변 배경적 지식의 서술 없이 단지 지은이가 중요하다고 생각되는 특정적인 사건을 강조하려 곁가지에는 매우 소홀했다는 점이다. 만약 이 교재를 사용하여 교사 없이 학생 스스로 학습하게 된다면 충분한 이해가 이뤄지지 않는 어려움이 있을 수 있다.

## 2. 2017년 국정교과서가 나아가야 할 방향

2007년 역사 교과서 집필 기준과 2009년 역사 교과서 집필 기준 모두 편향성에서 벗어난 전체적인 관점에서의 서술을 강조하고 있다. 본문의 비교분석 결과 7차 국정교과서는 사실만을 해석한데 비해, 검정교과서는 사실과 함께 그에 대한 미미한 수준의 주관적 평가를 곁들어 서술하고 있었다. 이 또한 중요한 문제가 될 수 있지만, 교과서에서 편향성은 이런 미미한 수준의 주관적 평가로 나타나지 않는다. 일체 언급하지 않거나 그 비중을 매우 축소시켜 중요성을 강조하지 않는 방식의 서술로 특정한 사실을 아주 간단하게 미화하거나 왜곡할 수 있다. 검인정 체제 하에서는 각 학교 마다 그 특성에 맞게 선택할 수 있지만, 국정체제 하에서는 오직 하나의 교과서로 모든 학교가 수업하기 때문에 이와 같은 서술이 나타난다면 획일화, 다양성 소실 등과 같은 여러 문제가 발생할 수 있다.

이런 문제점을 해결하기 위해서는 집필진의 주관적 생각과 정치적 의도성이 철저하게 배제되어야 한다고 생각한다. 요즘 국민들의 학력수준과 의식수준이 매우 뛰어나서 따로 역사학자가 있는 것이 아니라 모든 국민이 역사가이다. 이런 관점에서 본다면 검인정 체제가 맞지만, 그래도 정부에서 고시를 통해 국정화를 한다고 발표한 이상 다양성에 초점을 두고 진행해야 조금이라도 덜 불편한 역사책이 나올 것 이라 생각한다.

따라서 2017년에 발행될 국정교과서는 서술 구조의 문제, 심화적인 학습을 유도하는 구성, 사건에 대해 이해력을 높일 수 있는 설명의 세 가지 사항을 유의해야 한다. 또 집필자의 서술에 의한 특정 사실의 미화나 왜곡 등에 대해 경각심을 갖고 경계하는 태도를 취해야 한다.

〈표 7〉 2007년과 2009년의 역사교과서 집필 기준[16]

| 2007년 역사 교과서 집필 기준 중 | 2009년 역사 교과서 집필 기준 중 |
|---|---|
| 첫째, 교육과정 및 교육과정에서 제시한 정신을 충분히 반영하여 서술한다.<br>둘째, 학문적 접근과 아울러 교육적 관점도 고려하여 서술한다.<br>셋째, 연구자들 간에 서로 해석을 달리하는 내용일 경우 학계에서 널리 인정을 하는 이른바 정통적인 학설을 수록한다.<br>넷째, 특정 이념이나 역사관에 편향되지 않고 우리 역사를 객관적이고 전체적인 관점에서 파악할 수 있게 서술한다.<br>다섯째, 우리 역사의 주체적인 발전 과정을 중시하며, 민족사에 대한 자긍심과 애정을 갖도록 한다.<br>…… 중략…… | 집필기준은 교육과정의 목적과 취지에 적합한 교과용 도서를 개발하기 위해 편향성이 우려되는 4개 교과목(국어, 도덕, 역사, 경제)에 대하여 관점의 균형성과 내용, 표현상의 정확성을 기하기 위하여 마련한 교과용도서의 집필 지침으로, 이번 발표는 지난 11월 9일 확정 발표한 국어, 도덕, 경제 교과목 및 중학교 역사 교과서 집필기준에 이어 고등학교 역사교과서(한국사·세계사·동아시아사) 집필기준을 추가로 확정 발표한 것이다. |

---

16 2007년 개정 교육과정(교육인적자원부 고시 제2007-79호)에 따른 역사 교과서 집필 기준과 2009 개정 교육과정에 따른 교과 교육과정 적용을 위한 교과용도서(국어.도덕.역사.경제) 집필기준

근대 역사학자인 박은식 선생님은 "나라는 形이요 역사는 神이다. 역사를 잃은 민족은 아무런 희망을 제시할 수 없을 것이다."라는 말씀을 남겼다. 우리들의 정신 즉 혼이 깃든 역사책이 나오려면 어느 한사람의 이야기만 서술해서는 안 될 것이다. 다양한 각계각층의 목소리를 듣고 거기서 공통점을 찾아내어 한권의 책으로 만들어져야 후세에 부끄럼 없는 교과서가 될 것이다.

앞으로 다양한 토의가 진행되어 우리 친구들이 너무나 당당히 배울 수 있는 또 자랑할 수 있는 역사책이 나오기를 기대하면서 "희망"이라는 단어를 가슴에 품고 갈무리해 본다.

## | 참고문헌 |

**단행본**
- 국사편찬위원회, 국정도서편찬위원회, 『국사』, 교육과학기술부, 2002
- 주진오 외, 『한국사』, 천재교육, 2014
- 한국학 중앙연구원, 『교과서 검인정 제도』, 한국민족문학대백과
- 정경희, 『한국사 교과서 무엇이 문제인가, 비봉출판사』, 2015

**논문**
- 남수경, 김희경 서승현, 이기석. 국정도서 편찬제도의 문제점과 개선방안. The Journal of Educational Administration, Vol. 28, 2012
- 이상숙, 제7차 교육과정 개정안 연구 -역사교육과정의 변화를 중심으로-, 청주대학교교육대학원, 2010
- 한국교육과정평가원, 『교과서 모형 개발 연구』, 1998년
- 이명희, 「제7차 교육과정기 교과서 체제의 문제점과 개선 방향」, 2002년
- 이병희, 「국사 교과서 국정제도의 검토」, 2004년

**웹사이트**
- http://www.vop.co.kr/A00000675466.html /민중의 소리
- http://www.hani.co.kr/arti/society/schooling/711478.html /한겨레
- http://segye.com/view/20151104003930 /세계일보
- http://news.eduhope.net/sub_read.html?uid=15627 /교육희망
- http://blog.naver.com/winstar99/220540582299 /네이버 블로그

# 수고했어, 오늘도 #10

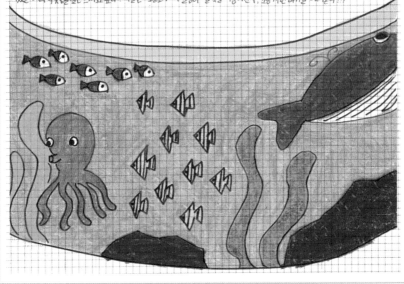

# 수고했어, 오늘도 #11

오늘은 봉사를 두번째로 참여한 날이다. 오늘은 엄청 힘들기도 했지만 즐거운 추억이 많았던 날이었다. 오늘도 어제만큼이나 더웠다. 아침부터 쨍쨍 비치는 해에 무렵기도 했지만 페인트가 금방 말랐을 것 같아 기대도 되었다. 더위를 무릅쓰고 봉사를 하러 도착한 곳에는 아직 봉사시간이 되지도 않았는데 몇몇 학생들이 보여 속으로 왠지 모르게 대견스러웠다. 그래서 기분좋게 서로 인사를 건네고 아침부터 조금 분주해 보이는 느낌에 서둘러야 겠다 생각해서 부리나케 가방을 두고 아이들이 모여 있는 곳으로 갔다. 그리고 선생님이 준비하시는 일들 보니 많은 붓과 새 접시 ; 새 물통 등 온통 새 물품들이 즐비되어있었고 포장이 되어있길래 함께 포장을 뜯었다.

포장을 뜯으며 어제 봉사를 시작했지만 오늘부터 다시 새롭게 출발하는 느낌도 들고 해서 의욕을 불태웠다. 내가 생각했을 때 그림그리는 부분을 내가 도와주고 아이들이 쉽게 해 볼 수 없는 페인트들을 하는게 아이들에게 보람 있을거라 판단해서 그림을 도와주다 문득 주변을 둘러보는데 아이들이 나보다 몇배 더 잘 그리는 것 같았다. (어째 점점 시대가 변화될 수록 다재다능한 아이들이 많은 것 같다...) 그래서 아이들이 그림을 예쁘게 그리고 있는 동안 다른곳의 아이들이 그려놓은 그림들을 망치지 않도록 책석을 했다.

생각보다 구석진 곳에도 페인트 칠을 해야 하는 부분이 있어서 꾸역꾸역 그 사이를 비집고 들어가 페인트를 칠하고 나니 아이들이 모습이 보이 않았다. 그래서 뭐 그러냐고 물으니까 글쎄 내 붓에 페인트가 잔뜩 묻었다는 것이다! 그것도 하필 어제 산 붓에. (ㅠㅠ) 그래서 상태를 파악하기 위해서 전반적으로 가 못 상태를 확인 했는데 생각보다 양이 묻지 않아서 안도해야 하는 건지는 모르겠지만 큰 일은 아니라고 생각해서 혹시나 걱정하고 있을 아이들을 위해 웃으며 괜찮다고 말해 주고 걱정을 덜어주었다.

그리고 또 다시 페인트칠에 열중하기 시작했다. 원래 이렇게 무언가를 색칠하고 꾸미는걸 좋아해서 즐겁게 하다보니 어느새 꽤 많은 양을 칠했고 곳에 캐릭터를 색칠한 작품은 너도나도 살아 같으며 칭찬하며 그리지는 않았지만 기분이 좋다. 봉사를 다 끝낼 무렵, 잠시 아이스크림을 먹는 시간을 가지다 작년에 교육봉사 할 때 함께 활동해주었던 아이들과 좀 더 친근하게 이야기하니 아이들도 서먹했던 어제보다 훨씬 밝게 대해줘서 그냥 봉사자와 맹목의 사이가 아닌 나이많은 언니나 조카같은 느낌이 들어 이번 봉사로 내가 믿은 것이 단순한 경험을 넘어 소통하는 방법, 대가는 바석 등을 내 스스로 깨달을 수 있는 시간이 되었다.

모두 열심히 한 뒤 마무리 할 때 쯤 아이들이 내옷이 더러워진 것을 상기시켜 주었지만, 어제 산 붓이 더러워 졌냈다는 걸 잊은 만큼 아이들과 활동에 열중했기에 이 붓의 값이 아깝지 않다고 생각했다. 집에 들어가서 엄마에게 잔소리를 들었지만 여전히 아깝지 않았다. 그만한 추억을 쌓았으니까!

Chapter 8

# 일일 교사가
# 되어보자!

교사의 꽃은 수업이지요?

우리도 직접 교사가 되어 학생들을 가르치는 경험을 해보고 싶었습니다. 그래서 최근 우리가 재미있게 읽었던 수유너머 시리즈의 책을 한 권씩 정한 다음, 수업 준비를 하여 동아리 회원들 앞에서 수업을 해보는 시간을 가졌습니다. 이 책에는 그때 활용했던 수업자료와 강의 대본을 실어보았습니다.

# 느낀다는 것

김아람

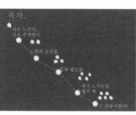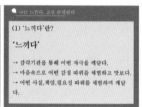

안녕하세요. 여러분을 느낌의 세계로 안내할 김아람입니다.

먼저 목차로는 '나는 느낀다, 고로 존재한다, 느낌의 순간들, 느낌의 달인들, 네가 느끼는 걸 펼쳐봐, 넌 감동이었어!' 가 있습니다. 자, '느끼다' 란 무엇일까요?

'느끼다' 란 감각기관을 통해 어떤 자극을 깨닫고 마음속으로 어떤 감정 따위를 체험하고 맛보고 어떤 사실, 책임, 필요성 따위를 체험하고 깨닫는 것 입니다! 마음 '심' 과 큰 위압 앞에 목청껏 소리를 내는 '함' 의 결합으로 사람의 마음이 큰 자극 앞에서 움직인다는 '감' 이 만들어집니다. 몸과 마음이 동시에 반응하는 것이 바로 느끼는 것이죠!

모두들 데카르트의 '나는 생각한다, 고로 존재한다' 를 아시나요? 인간이란 생각하기에 존재할 수 있다. 그래서 생각하는 것만이 나를 존재하게 한다는 뜻인데요. 이 책에서는 채운 선생님의 '나는 느낀다, 고로 존재한다' 라는 말이 있습니다. 생각한다는 것은 느낄 수 있다는 것이고 느

낄 수 있다는 것은 내가 존재한다는 뜻이죠! 즉, 내가 존재한다는 것은 내가 느낀다는 것으로 증명이 가능합니다.

이 그림은 케테콜비스 의 '밭가는 사람' 입니다.

이 그림을 보면 어떤 느낌이 드나요? (질문하기) 이 그림을 보면 마치 내가 그림의 주인공인 것처럼 어깨가 뻐근한 것 같지 않나요? 두 번째 그림은 에드가 드가의 푸른 옷을 입은 발레리나들입니다. 그림 속의 발레리나들의 발레복이 정말 깃털처럼 가볍고 보들보들하게 느껴지지 않나요?

이로써 우리들은 모두 존재하고 있다는 증거입니다.

채운 선생님이 말씀하시는 느끼는 모든 것에는 '몸, 느낌이 새겨지는 지도, 아는 것은 잠시 내려놓아도 좋다, 마음은 몸을 싣고 몸은 마음을 싣는다, 내가 느끼면 세상이 느낀다' 가 있습니다.

  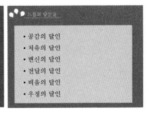

여기 보이는 그림은 반 고흐의 자화상입니다.

같은 반 고흐의 얼굴이지만 다른 사람처럼 보여집니다.

이 그림은 무엇을 표현한 것 같아 보이나요? (질문하기) 바로 파울 클

레가 꽃이 피는 모습을 표현한 것입니다.

이처럼 느끼기 위해서는 자신이 알고 있던 것을 내려놓아야 합니다. 다른 사진들을 더 보자면 이 그림은 미케란젤로의 최후의 심판에 나오는 그리스도의 모습입니다. 화질이 좋지 않아 잘 보이지는 않지만 인자하고 온화한 표정을 짓고 있습니다. 그러나 프랑스 생트푸아 교회입구에 있는 그리스도상은 권위적이고 무서워 보이게 표현되었습니다. 두 번째 작품은 밀로의 비너스와 임신한 엘리슨래퍼를 모델로 만든 조각상입니다.

사람들은 밀로의 비너스를 정상이라고 하고 엘리슨래퍼 조각상은 비정상이라고 생각합니다. 똑같이 둘 다 팔이 없는데도 말이죠.

느낌은 우리가 생각하고 행동하는 것과 무관하지 않습니다. 우리가 생각하고 행동하는 것을 바꾸면 세상도 바꿀 수 있습니다. 느낌의 달인에는 공감의 달인, 치유의 달인, 변신의 달인, 전달의 달인, 비움의 달인, 우정의 달인이 있습니다.

  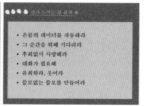

공감의 달인에는 지브리 애니메이션 중 만물과 교감하는 나우시카가 있고, 치유의 달인에는 우리의 아픈 곳을 치료해 주기 위해서 환자들의 아픔을 누구보다도 잘 느끼는 의사와 자신들의 작품으로 많은 사람들을 힐링 해주는 예술가가 있습니다. 그리고 변신의 달인에는 헐크가 있습니다. 변신은 이것 아니면 저것이 아니라 이것에서 저것으로 넘어가는 그 '경계'에 서 보는 것입니다. 그래서 헐크는 화가 치밀어 오르는 경계에서 변신을 하는 거죠. 변신의 출발은 다르게 느끼는 것입니다. 자신을 다르게 느끼고 세상을 다르게 느끼고자 의지하는 것이기 때문에 느낌의 달인인 이유입니다.

전달의 달인에는 천사가 있습니다. 천사에는 날개가 있는데 이 날개로 천상과 지상을 오가며 천상의 에너지를 전해주는 메신저 역할을 해주는 거죠. 인간이 느낄 수 있는 영역은 무한합니다. 그래서 서양인들은 자신이 느끼는 초자연적인 힘을 천사에 비유한 것이라고 할 수 있습니다. 여러분이 느끼기 위해서라면 다른 세상을 볼 용기가 필요한데요. 원래 있던 자리에서 일어나 자신을 바꾸려는 노력을 하면 전혀 다른 세상을 볼 수 있습니다. 그러기 위해서는 온 몸의 레이더를 적용해야하고 그 순간을 위해 기다릴 줄도 알아야 하고 후회 없이 사랑할 줄도 알아야 하고 대화도 칠요하고 유희해야하고 웃어야 합니다. 마지막으로 쓸모없는 쓸모를 만들 줄 알아야 합니다.

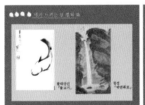  

이 작품은 중국 명나라 화가인 팔대산인의 '물고기' 라는 작품인데요. 그림 속 메기가 어떻게 느껴지시나요? 손으로 만지면 힘이 좋아서 쑥 빠져 나갈 것 같아 보이지 않나요? 또 엄청 매끄러워 보이기도 하죠. 이 작품은 정선의 '박연폭포' 입니다. 보기만 해도 아주 물줄기가 시~원해 보이죠? 이처럼 온몸의 레이더를 작동해서 민감하고 섬세하게 느끼는 하나하나를 잡아낼 수 있습니다.

이 사진은 프랑스의 사진가 앙리 카르티에 브레송의 '파리, 생자라드 역' 이라는 사진입니다. 그냥 우리가 보기엔 우연히 찍힌 사진 같지만 사실 브레송은 이 사진 하나를 찍기 위해 기다리고 또 기다려 이렇게 '한 순간'의 장면이 찍힐 수 있었던 것이죠. 다음 그림들은 폴 세잔의 빅투 아르산입니다. 같은 장소의 같은 산이지만 다른 곳처럼 느껴집니다. 매일 아침 이 장소로 가서 산의 변화를 지켜보면서 기다린 결과이죠. 요즘 세상에 따라 너무 빠르게만 따라가지 말고 가끔은 천천히 주변을 둘러보며 기다려도 언젠가는 자신만의 '순간'이 옵니다. 다음 그림은 김홍도의 '벼 타작'입니다. 이 그림을 보면 얄미운 사람이 한 명 있죠? 다른 사람들은 열심히 일하는 반면에 저기 위에 있는 갓을 쓰고 있는 사람은 혼자 편하게 누워서 담뱃대를 물고 있습니다. 다음 그림은 피에르 오귀스트 르누아르의 '물램드 라 갈레트'입니다. 그림 속 사람들을 보면 모두 여유로운 표정과 즐거운 표정을 짓고 있죠? 그림 자체가 따뜻하고 정겨워 보이죠. 김홍도와 르누아르는 각자의 방식으로 세상을 사랑했습니다. 모두 자신이 가진 재능으로 누군가의 마음을 울리고 웃길 수 있습니다. 그러니 후회 없이 사랑하세요.

다음 사진은 비디오 아티스트로 유명한 백남준의 'TV 부처'입니다. 보자마자 '이게 무슨 작품인가'라는 생각이 들지 않나요? 개그콘서트의 '대화가 필요해'라는 코너가 기억나시나요? 대화가 없어 서로 가족끼리 벽이 있는 것처럼 느껴지는데 이 부처도 요즘 시대에 휴대폰이나 TV에 눈과 마음을 빼앗겨 있는 걸 고민하면서 명상을 하고 있는 모습인데 TV를 보면서 하고 있습니다. 어쩌면 지금과 같은 미디어 시대일수록 명상이 칠요하다고 말하는 것일 수도 있습니다. 가끔씩은 휴대폰과 TV에게 휴식시간을 주며 우리의 귀를 열어 대화를 하며 사방을 둘러보세요! 다음 작품은 로버트 라우션버그의 '침대'라는 작품인데요. 라우션버그는 길가에 버려진 침대시트를 주워서 벽에 적어놓고 거기에 페인트를 뿌렸더니 이런 작품이 나왔습니다. 이처럼 사물을 다르게 보면 쓸모없다는 것도 쓸모 있다고 생각을 하게 될 수 있습니다. 이 세상의 쓸모가 아니라 내가 꿈꾸는 세상의 쓸모를, 남의 쓸모가 아니라 자신만의 쓸모를 만들어 보면 어떨까요? 세계의 우수한 존재들과 화학반응을 한다는 것은 다른 것을 느끼고 내 안에서 타인과 공감할 수 있는 능력을 발견한다는 것인데 즉 자기 자신을 확장해 가는 과정이라고 할 수 있죠. 우리 모두 앞에서 작품들을 보면서 느꼈던 것처럼 느낄 수 있는 능력은 누구에게나 공평하게 주어진 잠재력입니다. 자기 자신을 넘어 만물과 교감도 할 수 있고 유한한 경험을 넘어 다른 세계를 상상할 수 있고 우리 모두가 감동을 주고, 받을 수 있는 존재입니다. 달라이 마라는 말합니다. 타인과 공감하는 능력이야말로 쓸데없는 두려움과 불안을 없애고 행복감을 준다고요. 이제부터 우리 모두 자신에게 잠재되어 있는 자비심을 끄집어내서 타인들과 교감해 보는 것이 어떨까요?

마지막으로 퀴즈타임입니다! 첫 번째 문제, 느낌의 달인들 중 공감의 달인은 누구였을까요? 정답은 나우시카입니다. 두 번째 문제, 느끼기 위해서는 무엇과 무엇이 동시에 반응해야 할까요? 정답은 몸과 마음입니다. 감사합니다.

# 느낀다는 것

채운 | 너머학교

　미술품, 문학, 음악, 만화 등 다양한 예술 작품 40여 점을 통해 '느낀다'는 말의 의미를 재발견하며, 여러 가지 요소가 복잡하게 얽힌 느낌의 양상들을 하나씩 짚어가며 느낀다는 것이 우리 삶에서 얼마나 근본적인 일인지를 설명한다. 또한 '느낌의 달인'이라고 할 수 있는 예술가들이 지닌 구체적인 기술을 살펴보면서, 잘 느끼고 잘 표현하는 것이 어떤 것인지를 깨닫게 한다.

http://book.naver.com/bookdb/book_detail.nhn?bid=6651555/
네이버/인터넷 교보문고

# 읽는다는 것

김윤지

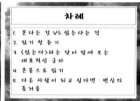

안녕하세요. 오늘 제가 알려드릴 내용은 바로 읽는다는 것에 관한 것입니다. 읽는다의 사전적 의미를 찾아보면 제일 첫 번째 뜻으로 '글이나 글자를 보고 그 음대로 소리 내어 말로써 나타내다.'라고 나옵니다. 하지만 이렇게 누구나 아는 단순한 내용을 정의하는 것이 아닌 '읽는다.'라는 단어에 대해 좀 더 깊이 알아보는 시간을 가져보겠습니다.

첫 번째로 본다는 것과 읽는다는 것의 차이점에는 무엇이 있는지, 두 번째로 읽기 전 듣기가 왜 중요한 것인지, 세 번째로 '읽는다.'라는 단어 앞에 오는 대표적인 글자에는 어떤 것들이 있는지, 네 번째로 온몸으로 읽는 것은 무엇인지, 마지막으로 우리가 책을 읽는 궁극적 목적은 무엇인지에 대해 하나씩 살펴보는 시간을 갖겠습니다.

첫 번째로 읽는다는 것, 그 비밀을 탐색해 볼까요? 읽는다는 것과 유사한 단어에는 무엇이 있을까요? 네. 대표적으로 본다는 것이 있겠죠. 그렇다면 본다는 것과 읽는다는 것은 무엇이 어떻게 얼마나 다른 것일까요?

먼저 본다는 것은 색깔, 부피, 크기 등을 가진 사물을 본다는 것, 즉 겉으로 드러난 어떤 모습 자체를 보는 것이라고 정의내릴 수 있지만 이와는 조금 비슷하면서도 다르게 읽는다는 것은 분명히 존재하지만 눈으로 볼 수 없는 것을 느끼는 것, 주의를 기울여서 들여다보는 것과 함께 의미나 의도까지 이해하는 것을 말합니다. 읽는다는 것이 느낀다는 것과 유사하기도 하다는 것이지요. 이처럼 읽는다는 것은 보는 것과는 조금 다르며 제법 복잡한 의미를 담고 있습니다. 그렇다면 읽는다는 것의 세계로 좀 더 깊이 들어가 볼까요?

읽기 전 우리가 꼭 거쳐야 하는 단계는 무엇일까요? 바로 듣는 것입니다. 듣는 것은 읽기의 아주 중요한 방식으로 잘 읽고 이해하기 위해서는 잘 듣는 것이 중요하죠. 그렇다면 잘 듣기 위해서는 어떻게 해야 할까요? 첫 번째 방법으로는 진심으로 상대의 말에 귀를 기울여 듣는 것입니다. 또 다른 한 가지 방법은 말하는 사람의 입장이 되어 듣는 것이죠. 특히 여기서 귀 기울여 듣는다는 것은 누군가에게 공감하고 다른 사람의 입장이 되어본다는 뜻을 내포하고 있습니다. 즉 다른 존재가 되는 경험을 한다는 것이겠죠? 이건 정말 중요한 내용이라 뒤에서도 언급을 할 테니 꼭 기억해 주세요!

그렇다면 '읽는다.' 라는 단어 앞에 오는 대표적인 글자에는 무엇이 있을까요? 네, 많은 친구들이 책이나 글이라고 대답을 해주었는데요. 책이

나 글뿐만 아니라 우리는 표정이나 분위기를 읽는다는 표현도 종종 하곤
합니다. 알게 모르게 우리는 눈에 보이지 않는 것들을 하루에도 몇 번씩
읽어내기 때문이죠. 예를 들어 수업시간에 수업을 하시던 선생님이 갑자
기 말을 멈춰 교실이 조용해질 때, 우리는 선생님의 표정을 살핍니다. 사
람의 생김새는 거의 변하지 않지만 표정은 수시로 변한다는 것을 우리는
본능적으로 알고 있기 때문입니다. 또한 무엇인가에 담긴 뜻을 헤아려
알게 될 때로 우리는 읽는다는 표현을 합니다. 영화를 읽는다. 경기 흐름
을 읽는다. 처럼 말이죠. 이처럼 우리는 보이지 않는 수많은 것을 읽을
수 있는 아주 놀라운 능력을 가지고 있습니다.

　책은 꼭 눈으로만 읽는 것일까요? 정답은 엑스입니다. 어떤 책이나 글
은 감정을 살려 소리 내서 읽으면 훨씬 재미있고 이해도 잘되는 특징을
가지고 있죠. 옛날이야기나 연극대사 같은 것도 여기에 포함되고요. 소
리 내서 읽는다는 건 목소리를 내서 글을 읽는 수준을 넘어 자신이 읽고
있는 글의 의미를 잘 생각하고 이해하며 읽는다는 것은 말합니다.

　그렇다면 소리 내어 읽게 되면 어떤 변화가 일어날까요? 소리 내어 책
을 읽게 되면 머릿속에 저장되는 것이 아니라 몸에 새겨지게 됩니다. 즉,
생생한 기억으로 남는다는 것이지요. 어떤 노래를 들으면 그 노래와 관
련된 사람이 떠오르고, 어떤 냄새를 맡으면 그 냄새와 관계된 풍경이 머
릿속에 그려지는 것처럼 말이죠.

　또 여럿이 함께 소리 내어 글을 읽는다는 것은 혼자 읽는 것과 달리 생

각이나 분위기를 공유한다는 것, 서로 같은 마음이 된다는 것, 이전의 나와는 다른 내가 되어 감을 의미한다고 볼 수 있습니다.

소리 내어 읽기와 반대되는 개념으로 마음속으로 읽는 묵독하기가 있는데요, 묵독은 학교라는 공간이 생기고 난 후부터 낯선 사람들이 함께 모이는 공공장소에서는 눈으로만 읽는 것이 좋겠다는 약속이 생김으로써 생겨났다고 합니다. 일종의 공중도덕인 셈이죠. 하지만 묵독을 할 때도 우리의 귀는 글자의 소리를 듣고 있습니다. 내 안의 소리를 듣는다고 볼 수 있죠. 이것을 통해 우리는 글쓴이나 책에 등장하는 인물들의 목소리를 생생하게 들을 수 있습니다. 자유자재로 상상이 가능해진다는 걸 의미하고 있는 것입니다. 여기서 짧은 한 글을 볼까요? 이 글을 쓴 사람의 연령과 성별이 어떨 것 같나요? 글이 전체적으로 딱딱한 분위기이고 누군가를 꾸짖는 듯한 느낌이 들지 않나요? 이 글은 쓴 사람은 중국 근대 문예의 아버지라는 칭호를 받고 있는 루쉰이라는 분입니다. 성인 남자가 쓴 글이라는 것이죠. 하지만 충분히 다르게 생각할 수도 있습니다. 묵독은 자기가 상상하기 나름이니까요!

지금까지 다른 사람이 되고 싶었던 적이 있나요? 저는 굉장히 많았는데요, 이렇게 변신의 즐거움을 느낄 수 있게 해 줄 수 있는 유일한 방법은 무엇일까요? 사람이 태어나서 죽을 때까지의 삶을 '일생'이라고 합니다. 한 번에 한 가지의 삶을 살 수밖에 없기 때문이죠. 하지만 지금의 나 자신이 아닌 전혀 다른 사람이 될 수도 있고, 전혀 다른 삶을 살 수도 있는 유일한 방법은 바로 책을 읽는 것입니다.

책을 읽으면 지금 내 삶을 어떻게 만들어 나갈 것인가에 대한 힌트를 얻을 수 있습니다. 그러기 위해서는 다양한 책을 읽는 것이 중요하죠. 그리고 책을 읽는 것은 현재 자신의 삶에 크게 영향을 주기도 합니다. 또한 시간이 흐른 후 옛날에 읽었던 책을 읽어보면 지금은 잘 보이지 않는 것들이 보이기도 합니다. 자신의 경험과 생각에 비춰보는 경향이 있기 때문이죠.

따라서 살아가면서 만나게 되는 모든 것이 읽을거리가 되는 셈입니다. 세상은 커다란 한 권의 책이라고 볼 수 있죠. 살아가면서 경험하게 되는 온갖 감정과 느낌들을 기록한 책을 읽음으로써 우리는 또 다른 방식으로 세상과 만날 수 있습니다. 세상과 만나는 인간은 그 사람을 둘러싸고 있는 환경에 따라 다를 수밖에 없지만 책을 읽는다는 것은 그 모든 것의 차이를 뛰어넘어 그 책을 읽는 사람이라면 누구라도 지식과 경험을 얻는다는 점에서 아주 평등하고 멋진 일이라고 볼 수 있습니다.

전에도 언급했었지만 한 번에 다시 정리를 해드리겠습니다. 책을 읽는 방법은 크게 세 가지로 나뉘는데요, 그중 첫 번째는 소리 내어 읽기, 음독이 있습니다. 단순히 입으로 글자를 읽는 데 그치는 것이 아니라 몸 전체를 움직이는 운동, 그 소리가 공간을 울리고 듣는 사람의 마음을 움직이게 하는 활동을 말합니다.

마음으로 읽기=묵독

• 눈에 보이지는 않지만 분명히 존재하는
  것들을 더 잘 읽어내기 위한 방법
• 진심으로 무엇인가를 알고 이해하려는
  마음
• 편견이나 사심 없이 애정과 관심을 갖는
  것
  →훨씬 많은 것들을 만날 수 있고 마음과
  영혼을 풍요롭게 만들어줌

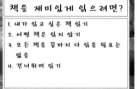

책을 재미있게 읽으려면?

1. 내가 읽고 싶은 책 읽기
2. 어떤 책은 읽지 않기
3. 모든 책을 끝까지 다 읽을 필요는
   없음
4. 건너뛰며 읽기

하지만 가장 중요한 것은
수많은 경험을 통해
나만의 읽기방법을 찾는 것!

두 번째로는 눈으로 읽기가 있는데요, 나 혼자 여러 사람과 대화를 나누는 방식을 일컫는 말입니다. 이것은 책과 친구가 되는 방법인데요, 그래서 혼자 있어도 외롭거나 쓸쓸하지 않을 수 있습니다. 또 상상하며 읽다 보면 내가 아닌 다른 사람을 이해할 수 있게 되면서 누구를 만나더라도 상대방을 이해할 수 있는 사려 깊은 사람이 될 수 있습니다. 마지막으로는 마음으로 읽기, 즉 묵독의 방법이 있습니다. 묵독은 눈에 보이지는 않지만 분명히 존재하는 것들을 더 잘 읽어내기 위한 방법으로 진심으로 무엇인가를 알고 이해하려는 마음입니다. 또 편견이나 사심 없이 애정과 관심을 갖는 것을 말합니다. 이런 방법들을 통해 우리는 훨씬 많은 것들을 만날 수 있고 우리의 마음과 영혼을 풍요롭게 만들 수 있습니다.

그렇다면 이렇게 많은 읽기방법을 적용할 수 있도록 하는, 책을 재미있게 읽는 방법에는 어떤 것들이 있을까요?

첫 번째로는 내가 읽고 싶은 책을 읽는 것입니다. 수많은 책들 중 내가 읽고 싶은 책이 있다는 것은 축복받은 일입니다. 그 책은 선택된 책이고요. 두 번째로는 이것과 반대로 내가 읽고 싶지 않은 책은 읽지 않는 것입니다. 아무리 봐도 정이 안가는 책은 과감히 다음 기회로 넘기는 것이 좋습니다. 세 번째로, 모든 책을 끝까지 다 읽을 필요는 없다는 것입니다. 읽다가 흥미가 없어지면 의무감으로 꾸역꾸역 읽지 말고 다른 흥미로운 책을 찾는 것도 좋은 방법이라는 것이죠. 마지막으로 건너뛰며 읽기가 있는데요, 이것은 추리소설 같은 데에 많이 적용되는 방법입니다.

범인이 너무 궁금해 내용이 하나도 눈에 들어오지 않을 때, 책을 넘겨 범인을 먼저 안 후 다시 책을 차근차근 읽어가는 방법이지요. 하지만 이런 것들 보다 재미있게 책을 읽는 데에 중요한 것은 수많은 경험을 통해 나만의 읽기 방법을 찾는 것입니다.

이제 누구보다 잘 읽을 수 있겠다는 자신감이 생겼나요? 이상으로 읽는다는 것으로의 초대를 마무리 하겠습니다. 감사합니다.

# 읽는다는 것

박효진

　안녕하세요. 저는 읽는다는 것을 여러분께 알려드리게 된 2학년 5반 박효진이라고 합니다. 먼저 우리는 눈과 귀와 입을 통해 '읽는다' 는 활동을 할 수 있습니다.

　여러분은 책을 본다고 하세요? 읽는다고 하세요? 아마 책을 본다고도 하고, 읽는다고도 할 텐데요. 그렇다면 본다는 것과 읽는다는 것의 의미는 같은가요? 우리는 벌거벗은 임금님이야기를 통해 본다는 것과 읽는다는 것의 차이점을 알 수 있습니다.

　벌거벗은 임금님 이야기를 다들 아시나요? 욕심 많은 임금님이 거짓말쟁이 재봉사와 그의 친구가 세상에서 가장 멋진 옷을 만들어 주겠다고 제안하는데 이 옷은 입을 자격이 없고 어리석은 사람에게는 보이지 않는 특별한 것이라고 이야기해요. 임금님은 기뻐하며 작업실을 내어주고, 신하들에게 두 사람이 작업하는 것을 살피라고 명령하는데 아무리 보아도 신하들의 눈에는 아무것도 보이지 않았지만, 어리석음이 탄로 날까 두려웠던 신하들은 모두 멋진 옷이 만들어지고 있다고 거짓말을 해요. 시간이 지나서 재봉사는 임금님께 옷이 완성되었다며 입어볼 것을 권하였고, 옷이 전혀 보이지 않았지만 임금님 역시 어리석음을 숨기기 위해 옷이 보이는 척을 하며 입을 자격이 없고 어리석은 사람에게는 보이지 않는다는 새 옷을 입고 거리행진을 하게 되었어요. 그리고 그 모습을 본 한 아이가 "임금님이 벌거벗었다!"라고 소리치자, 그제야 모두 속은 것을 알아차리게 되죠. 그렇다면 벌거벗은 임금님을 본 사람과 읽은 사람은 누구고, 어떤 점이 다를까요?(발표)

벌거벗은 임금님을 본 사람은 소리를 쳤던 아이고, 읽은 사람은 아무 말도 하지 않았던 어른들이겠죠. 벌거벗은 임금님을 본 아이는 그냥 보이는 것을 보고 그대로 말을 했고, 벌거벗은 임금님을 읽은 어른들은 그 모습을 보고 다른 것을 읽어내었던 거예요. 임금님이 미쳐서 벌거벗고 나오지는 않았을 테니 뭔가 이유가 있을 거라고 읽어낸거죠. 여기서 본다는 것과 읽는다는 것의 차이점을 알 수 있습니다. 본다는 것은 임금님의 겉모습을 보는 것이고 읽는다는 것은 임금님의 겉모습을 보고 그 의미를 헤아리는 것이라고 말할 수 있습니다.

화면 위의 사람의 얼굴, 바둑판, 광고, 미술작품, 기호에는 어떤 공통점이 있을까요? 바로 읽을 수 있다는 것인데요. 그럼 각각 무엇을 읽어낼 수 있을까요?(발표) 그림을 보고 그 그림 속에 숨겨진 의미들을 읽어낼 수 있는데. 이 그림은 우리가 다 알고 있는 화가 피카소가 그린 '게르니카' 라는 작품입니다. 다소 난해해 보이는 이 그림은 제 2차 세계대전

중 스페인의 내전을 주제로 그린 그림인데요. 피카소는 이 그림을 통해 전쟁의 참상을 고발하고 평화를 주장했다고 해요. 그림을 보면 아이를 읽고 오열하는 어머니, 횃불을 든 손, 부러진 칼 등이 보이는데요. 이런 각각의 이미지를 보고 화가가 전달하려는 메시지를 읽을 수 있죠. 사람의 표정을 보고는 그 사람의 상태나 감정을 읽을 수 있습니다.

이 사람의 표정을 보면 매우 기뻐하는 표정이죠. 다들 아시겠지만 이 사람은 펜싱 국가대표 박상영선수입니다. 지난 리우 하계올림픽 펜싱 에페 금메달 결정전에서 13:9로 뒤처지고 있던 박상영선수가 '할 수 있다'를 외치며 기적적으로 내리 5점을 따내 14:15로 금메달이 확정되었을 때의 표정입니다. 이처럼 우리는 표정을 보고 그 사람의 감정을 알 수 있습니다.

'수를 읽는다' 라는 말을 아시나요? 바둑이나 장기를 둘 때 쓰는 말인데요. 내가 어디에 말이나 돌을 놓는다면 상대방이 어떻게 공격하거나 방어할 거라고 예측하는 것인데요. 보통 사람들이 두 수, 세 수를 읽어내는 것도 대단하다고들 하는데 올해 초 알파고라는 인공지능과 대국을 했던 이세돌이나 이창호 같은 명인들은 이보다 몇 배는 많은 수를 읽어낸다고 합니다. 수는 눈으로 보이지는 않지만 앞으로 펼쳐질 바둑판이나 장기판의 형세를 머릿속으로 따져보며 읽어낼 수 있습니다. 화면속의 광고를 보고 우리는 이 제품을 구매하라는 메시지를 읽을 수 있습니다.

마지막으로 기호를 통해 읽을 수 있는데요. 이것은 재활용 기호입니다. 이 기호를 보고 재활용하라는 의미를 읽은 우리는 쓰레기를 버릴 때 분리하여 버리게 되죠. 그 밖에도 문자 메시지를 보낼 때 기분이나 감정을 표현하기 위해 쓰는 이모티콘을 통해 그 사람의 감정을 읽을 수 있게 되죠.

우리의 읽기는 언제부터 시작되었을까요? 아마도 아주 어렸을 때부터

일 텐데요. 아주 어릴 때는 글을 읽지 못했을 텐데 어떻게 읽기를 할 수 있었을까요? 그건 바로 우리의 읽기는 읽기의 기본인 듣기에서 시작하기 때문입니다.

어렸을 때 부모님께서 읽어주시는 옛날이야기나 동화책을 들으며 잠들은 적이 있나요? 아이들은 책 읽어주는 것을 좋아하는데 그 이유는 아마 글자가 사람의 목소리로 바뀌면서 분위기와 느낌이 생생하게 전해지기 때문 일거에요. 햇님달님 동화책에서 호랑이의 "떡 하나 주면 안 잡아먹지."를 아이가 직접 읽는 것보다 부모님이 호랑이의 목소리를 흉내내며 들려주는 것이 아이의 입장에서는 훨씬 재미있게 느껴지니까요.

저는 '듣다'라는 단어를 생각하면 모모라는 아이가 생각나는데요. 책을 보신 분들은 아시겠지만 모모라는 책의 주인공인 모모는 다른 사람의 말을 잘 듣는 능력이 있습니다. 듣는 건 누구나 다 하는데 이게 왜 능력인가라는 생각이 들 수도 있는데요. 책에서는 모모가 이야기를 들어주면, 어리석은 사람이 사려가 깊어지고, 크게 싸우던 사람들도 화해를 하게 된다고 해요. 그리고 모모는 사람만이 아니라 개, 고양이, 귀뚜라미, 빗줄기 소리, 나뭇가지가 바람에 움직이는 소리 등등 모든 소리에 귀를 기울였는데 그러면 그 모든 것들이 모모에게 각자의 독특한 방식으로 말을 걸었다고 합니다. 이건 모모에게 다른 특별한 신통력 같은 게 있어서가 아니라 따뜻한 관심을 갖고, 온 마음으로 귀를 기울였기 때문인데요. 사실 이게 가장 어렵다는 것을 여러분도 알고 있을 거예요. 어떤 사람의 말을 듣는 것보다 내가 말을 하는 게 더 재미있으니까요.

친구와 대화를 할 때도 친구가 말할 때 온전히 친구의 말을 듣는 게 아니라 말을 들으면서 내가 다음에 할 말을 생각하게 되죠. 이런 점들을 생각해보면 모모가 가진 능력이 얼마나 대단한지 알 수 있겠죠? 진심으로 귀를 기울인다는 것은 또 다른 경험을 하는 것이라고 할 수 있습니다. 내가 그 이야기를 들음으로써 그 사람의 입장이 되어서 그 이야기를 내 이야기라고 생각하며 듣게 되면 말하는 사람이 느꼈던 감정들을 느끼게 되며 또 다른 경험을 할 수 있는 셈이지요. 이렇게 우리가 어렸을 때부터 해왔던 듣기는 읽는다는 것의 중요한 방식이 됩니다.

우리나라에 계급이 있던 시절. 양반, 상민, 노비 같은 신분이 있던 시절에는 어떤 사람만 글을 읽었나요?(발표) 양반들만 글을 읽었었습니다. 모든 책이 한자로 되어 있어서 글을 배우지 못한 상민이나 노비들은 읽을 수 없었죠. 세종대왕님께서 훈민정음을 창제하신 뒤에도 지금처럼 모든 사람들이 글을 읽을 수는 없었습니다. 이 때 마을을 돌아다니며 사람들에게 홍길동전, 장화홍련전, 춘향전과 같은 이야기들을 들려주는 사람이 있었는데요. 이런 사람들을 뭐라고 불렀을까요? 전기수라고 불렀습니다. 주로 왕래가 많은 거리나 어떤 집 사랑방 등 사람들이 모이는 곳에 들어가서 이야기책을 읽어주었는데 이들은 등장인물의 목소리와 표정, 기분을 아주 실감나게 묘사하며 책을 읽었기 때문에 사람들은 같이 울고 웃고 하면서 즐겼다고 합니다.

전기수 중에는 책을 읽어주는 강독사, 책의 내용을 이야기 형식으로 들려주는 강담사, 그것을 창으로 노래하여 들려주는 강창사 등이 있었고, 부인과 처녀들을 위해 글을 읽어주는 여자 전기수들도 있었습니다. 전기수 덕분에 어려운 한자로 된 책들만 읽던 양반들과 글을 몰라 책을 읽을 수 없었던 상민들 속에서 한글소설인 심청전, 홍길동전 등등의 책들이 인기를 끌었다고 하니 그 영향력이 얼마나 대단했는지 알 수 있습니다.

태어나서 가장 먼저 했던 말이 뭐죠? 아마 대부분이 '엄마'일 텐데요. 그리고 점점 글을 배워가던 중 우리의 첫 번째 책은 뭐였을까요? 길거리의 간판들이 아니었을까요? 부모님 또는 다른 어른들과 거리를 다니면

 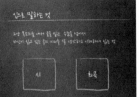 

서 형형색색의 간판들을 보며 그것을 입으로 말해본 경험이 있을 겁니다. 그리고 모르는 단어가 나오면 옆에 있는 어른들에게 물어보고요. 이처럼 어렸을 때부터 우리는 보고 말을 하며 글을 익혔는데요.

입으로 말하는 것도 귀로 듣는 것처럼 읽기의 중요한 방식인데요. 다들 책을 읽다가 혹은 공부를 하다가 이해가 안 되거나 집중이 잘 안될 때 소리를 내어 읽으면 이해가 되고 집중이 된 경험이 있을 겁니다. 이때는 그냥 줄줄이 읽는 것이 아닌 감정을 실어서 읽어야 되죠. 감정을 넣어서 읽으려면 그게 소설책이라면 등장인물의 상황과 기분을 파악하여 읽어야 될 것입니다. 이처럼 우리는 입을 통해 말하게 되며 자신이 말하고 있는 글의 의미를 잘 생각하고 이해하여 읽을 수 있게 되는 것입니다. 그럼 글로 된 읽을거리 들 중 입으로 소리 내어 읽으면 그 의미가 더 잘 다가오는 것들이 무엇일까요? 바로 시나 희곡입니다. 시는 말하고 있는 주인공인 시적 화자가 있고, 희곡에는 특정한 성격을 가진 인물들이 있기 때문에 어떤 목소리가 직접적으로 연상되기 때문입니다.

아주 옛날 글자가 만들어지기 전에도 사람들은 무엇인가를 읽었을까요? 글자가 만들어지기 전에는 지금보다 훨씬 더 많은 것들을 읽었을 것입니다. 하늘에 떠 있는 별의 위치를 보고 동서남북 방향을 읽고, 나뭇가지가 흔들리는 모양을 보며 바람의 속도를 읽기도 했고, 새들이 하늘을 나는 모습을 보고 날씨를 읽기도 했을 것입니다. 그러면서 글자가 있었더라면 자신들이 읽은 것들을 기록할 수 있었을 텐데 라는 아쉬움을 느겼을 텐데요 그래서 사람들은 그것들을 노래로 만들어 불렀습니다. 후손들에게 전해 줄 중요한 내용이 있거나 표현하고 싶은 것들이 있을 때 그걸 노래로 만들어서 기억한 것입니다. 그냥 무조건 암기하는 것 보다 중요한 내용을 가사로 만들고 거기에 곡을 붙이면 오래 기억할 수 있고, 전달하기도 쉬웠을 테니까요.

우리들이 구구단이나 영어 알파벳을 배울 때 음을 붙여 외운 것과 비슷한 것이겠죠. 우리가 시를 읽었을 때 노래 같다는 느낌을 받을 때가 있죠? 노래들의 가사를 보면 시와 비슷하다는 것을 알 수 있는데요. 그것은 시의 출발이 노래였다는 것을 암시한다고도 할 수 있습니다.

그런데 우리는 입으로 소리를 내어 읽는다는 말을 할 때 낭송이라고도 하고, 낭독이라고도 하는데 이 둘이 어떻게 다른지 아시나요?(발표) 낭송은 한자로 이렇게 쓰는데 여기서 이 송자는 외우다, 노래하다는 뜻이 있습니다. 그래서 노래처럼 일정한 리듬을 갖고 있는 글을 읽을 때 쓰는 말입니다. 우리가 흔히 쓰는 시낭송이 그 예죠. 낭독은 어떤 글이든 상관없이 소리 내어 읽는다는 의미입니다. 그래서 시나 소설이나 논문 등 모든 글은 소리 내어 낭독할 수 있습니다.

 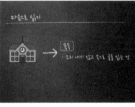

앞에서 말한 것처럼 소리 내어 읽으면 집중도 잘 되고, 이해도 잘 되는데요. 그 이유는 무엇일까요? 그것은 소리 내어 글을 읽는 것이 몸 전체로 하는 운동이기 때문일 것입니다. 소리 내어 글을 읽는 모습을 생각해 보면 책을 손에 쥐고, 글을 보고, 내용을 생각하고, 배에 힘을 주어 입으로 말하기 때문에 소리 내어 읽기 위해서 거의 온 몸을 사용한다고 할 수 있습니다. 이렇게 온몸을 사용해서 소리 내어 읽으면 몸이 글을 읽기 전과 달라지고, 내가 읽고 있는 방 안을 입으로 내는 소리가 진동시키면서 누군가 그 소리를 듣고 있다면 그 사람의 기분이나 몸 또한 바꾸게 됩니다.

예를 들어 성악가의 몸 전체를 울리며 만들어진 소리는 몸 밖으로 나오면서 공간을 진동시키는 아름다운 노래가 되는데요. 그런 노래를 듣는 사람은 어떨까요? 노래가 슬프다면 내 감정도 슬퍼지는 것 같고, 즐겁다면 나도 모르게 흥이 넘치게 되죠. 이런 감정들은 노래를 잘 불러서 이기도 하지만 우리가 그 노래에 공감하기 때문에 느끼는 것입니다. 마찬가지로 소리 내어 책을 읽는 것도 몸을 사용해 공간을 진동시켜 사람들의 마음을 움직인다는 점에서 노래와 비슷하고, 또 소리를 내어 읽으면 그 내용이 몸에 새겨진다고 할 수 있습니다. 여러분도 어떤 노래를 듣거나, 어떤 장소에 가거나, 냄새를 맡거나, 음식을 먹었을 때 그것들과 관련된 내가 경험했던 일들이 머릿속에 그려졌던 경험이 있을 텐데요. 이처럼 몸에 새겨진 기억들은 아주 오래 남습니다.

옛날 우리 조상님들이 몸으로 기억하기를 아주 잘 활용했는데요. 영화나 드라마를 통해 옛날 서당에서 학동들이 "하늘 천, 따 지" 하고 천자문을 읽는 장면을 본 적이 있나요? 근데 이 때 가만히 앉아서 읽지 않고, 몸을 앞뒤 또는 좌우로 흔들며 반복해서 소리 내어 읽습니다. 옛날 우리 선조들에게는 글자가 소리로 바뀌는 것을 들으며 몸이 그 내용을 기억할 때까지 반복해 읽는 것이 그들의 독서방법 이었습니다. 이렇게 하면 그 내용이 몸 곳곳에 저장되기 때문인데요, 여러분도 공부할 때 이 방법을 활용하여 해보면 좋을 것 같습니다.

지금의 우리는 책을 읽을 때 소리 내지 않고 혼자 조용히 앉아 읽는데요. 앞에서 옛날 선조들은 몸을 이용해 소리 내어 책을 읽었다고 했는데 그렇다면 우리는 언제부터 소리 내지 않고 책을 읽었을까요? 그것은 바로 학교가 생기고 난 후 부터입니다. 학교에는 많은 학생들이 있는데 이들이 전부 소리 내어 책을 읽으면 시끄러워서 집중도 안 되고 이해도 안 되기 때문에 학교나 도서관 같은 사람들이 많이 모인 공공장소에서는 눈으로만 책을 읽는 것이 암묵적인 약속이 되었습니다.

이렇게 눈으로만 책을 읽는 것을 묵독이라고 하는데요. 그런데 입을 다물고 눈으로만 책을 읽으면 정말 아무 소리 없이 책을 읽는 것일까요? 이 글은 오즈의 마법사 시리즈의 3권인 오즈의 오즈마 공주의 한 장면인데요. 오즈의 오즈마 공주에서는 헨리 삼촌과 여행을 떠난 도로시가 배가 난파되는 바람에 혼자서 오즈의 나라 옆에 있는 이브의 나라를 여행하는 얘기가 나오는데 이 장면은 이브의 나라에 도착한 도로시가 노란 암탉과 기계인간 틱톡을 만나는 장면입니다. 이 글을 한 번 눈으로 읽어 보세요. 다 읽으셨나요?

우리는 사람의 겉모습을 보고 그 사람의 성격이나 목소리를 상상해 보곤 합니다. 그것처럼 책을 읽을 때도 이런 저런 상상을 하게 되는데요. 그리고 우리가 상상한 이미지에 걸맞은 목소리를 인물들의 대화에 부여하며 책을 읽게 됩니다. 방금 이 글을 읽었을 때도 내가 상상한 목소리를 등장인물에 부여하며 읽었을 텐데요. 이렇듯 혼자서 책을 읽을 때도 우리는 혼자가 아닌 셈이 됩니다. 책을 읽는 다는 것은 그 책을 쓴 사람이

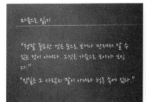

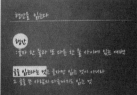

우리에게 말을 거는 소리를 듣는 것이기 때문입니다.

우리는 눈으로 읽게 됩니다. 그런데 우리는 정말 눈으로만 읽는 것일까요? 많은 사람들이 눈으로 책을 읽고 무엇인가를 보지만 사실 눈으로만 읽는 것은 아닙니다. 볼 수도 들을 수도 없는 장애를 갖고 태어났지만 부단한 노력으로 훌륭한 작가이자 헌신적인 사회사업가로 활동했던 인물이 누군지 아시나요?(발표)

헬렌켈러는 이렇게 말했습니다. 헬렌켈러는 우리가 눈으로 보는 것을 손으로 만져 점자로 된 책을 읽고, 사물들의 형체를 만져서 머릿속으로 그리며 알아보곤 했습니다. 하지만 눈으로 볼 수도 없고, 만질 수도 없는 것들은 마음의 눈으로 볼 수밖에 없었는데요. 이는 눈이 보이는 사람들도 마찬가지입니다. 그리고 어쩌면 마음의 눈으로 보았을 때 훨씬 더 잘 보일지도 모릅니다. 사람은 때로 자신의 마음과는 다른 말을 할 때가 있습니다. 이 때 그 사람이 하는 말을 있는 그대로 받아들이면 곤란할 때가 있는데요. 이런 경우에 마음의 눈으로 상대방의 행동을 잘 들여다보면 자연스레 진실을 알 수 있습니다. 그래서 사람들은 (PT 화면의 내용을 가리키며) 라고 말하기도 합니다.

우리가 배웠던 소설가 김유정의 소설 동백꽃에서 점순이가 주인공에게 감자를 먹으라고 주며 "느 집인 없지?" 하는 장면 다들 아시죠? 주인공은 이 말을 듣고 퉁명스레 거절하여 점순이가 화가 나게 되는데요. 이 때 점순이는 자신의 마음을 솔직하게 말하지 않았고, 주인공은 그 말만 들었기 때문에 갈등이 생긴 것입니다. 상대방을 이해하려는 마음을 갖지 않고 말로만 모든 것을 판단하면 이런 문제가 생기는데요.

글을 읽을 때도 마찬가지입니다. 직접적으로 들리는 말뿐만 아니라 그 사람의 행동까지 봐야 의도를 알 수 있는 것처럼 글로 쓰인 것만을 보고 전부라고 믿어서는 안 된다는 말인데요. 문장으로 쓰여 있지는 않지만 글쓴이가 하려는 말을 알아차리는 것을 '행간을 읽는다' 라고 합니다.

행간이란 이 행간은 글쓴이의 마음 같은 것입니다. 눈에 보이지는 않지만 눈에 보이는 것보다 더 중요한 것이 행간 속에 숨어져 있기 때문인데요. 행간을 읽으려면 마음으로 읽어야 하는데 이것을 심독이라고 합니다.

여러분 한용운 시인의 "님은 갔습니다. 아아 사랑하는 나의 님은 갔습니다."로 시작하는 님의 침묵이라는 시를 다들 아시죠? 글자를 그대로 읽으면 사랑하는 사람과 이별한 내용이라고 생각하겠지만 한용운 시인이 스님이라는 것을 아는 사람은 이 시를 의아하게 생각할 것입니다. 그리고 한용운 시인이 3월 1일 대한 독립 만세를 외쳤던 민족 대표 33인 중 한 분이라는 것을 알게 되면 이 시를 다른 방식으로 해석 할 수 있을 것입니다. 님을 우리나라라고 생각하면 이 구절은 나라를 잃고 슬퍼하는 내용이 되는 것입니다. 그 어디에서 나라를 잃었다는 말이 나오지 않았지만 행간에서 읽어낼 수 있는 것입니다. 그럼 눈에 보이는 것이 전부가 아니라는 것, 그래서 눈에 보이지 않는 것까지도 잘 보고 잘 읽기 위해서는 마음의 눈이 필요하다는 것이 이해가 되시나요?

우리는 왜 책을 읽을까요? 부모님 혹은 선생님이 시켜서 마지못해 읽기도 하고, 공부를 잘하기 위해서 읽기도 하고, 더 똑똑한 사람이 되기 위해서 읽기도 하고, 재미가 있어서 읽기도 합니다. 또 궁금한 것을 해소하기 위해 읽기도 하고, 기분 전환을 위해 읽기도 하고 이처럼 우리가 책을 읽는 이유는 셀 수 없이 많은데요. 책읽기를 온갖 병을 고치는 만병통치약으로 여긴 사람이 있습니다. 바로 조선 후기의 학자인 이덕무인데요. 이분이 말한 책읽기의 유익함을 읽어봅시다.

배고플 때, 추울 때, 근심걱정이 있을 때, 기침앓이를 할 때 책을 읽으면 이 모든 것이 다 낫는다고 합니다. 이것을 보고 오직 책에만 열중했던 이덕무를 떠올릴 수 있는데요. 실제로 책만 보는 바보라는 뜻의 간서치라고 불리기도 했답니다. 의아하기도 하지만 이덕무의 상황을 알면 이해할 수 있는데요. 이덕무는 서자 출신으로 아무리 학식이 뛰어나도 벼슬을 할 수 없었다고 합니다. 너무 가난해서 식구들의 끼니를 걱정해야 하지만 서자출신이라도 양반이니 아무 일이나 할 수 없던 이덕무는 답답했을 겁니다. 그럴 때 힘이 되고 위로가 된 것이 책과 그 책을 읽고 함께 이야기를 나눌 수 있는 벗들이었다는 것을 알게 되면 책을 만병통치약으로 여긴 이덕무가 이해가 되는데요. 이덕무는 아주 많이 슬프거나 화가 날 때도 책을 읽었는데요. 책을 읽는 순간에는 근심, 걱정을 모두 잊고 그 책을 시간가는 줄 모르고 읽게 되잖아요. 우리도 이덕무처럼 화가 나거나 슬플 때 책 한권을 읽어보는 것은 어떨까요?

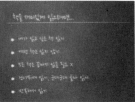

　여러분은 다른 사람이 되고 싶었던 적이 있으신가요? 남자라면 여자가 되고 싶다거나 여자라면 남자가 되고 싶다거나 선장이나 우주비행사 마법사 왕자 공주 혹은 사자 호랑이 등등으로 바뀌고 싶다는 생각을 다들 한 번씩은 해본 적이 있을 텐데요.

　사람이 태어나서 죽을 때까지의 삶을 왜 일생이라 부르는지 아시나요? 그건 한 사람이 한 번에 한 가지의 삶을 살 수밖에 없기 때문인데요. 학교 가는 길에 아무리 졸려도 버스를 타고 학교에 가면서 동시에 방 침대에 누워서 잠을 잘 수 없습니다. 그래서 우리는 매 순간마다 선택을 하고 결정을 해야 하는데요. 밥을 언제 먹을지, 숙제는 언제 할지, 책을 볼지, 그림을 그릴지 하는 단순한 선택부터 대학에 갈지 말지, 어떤 직장을 갈지, 결혼을 할지 말지 하는 인생을 좌지우지하는 중요한 선택까지 우리는 매 순간 선택을 하고 그 선택으로 인해 삶이 달라집니다. 그래서 꿈을 꾸지 않는 이상 한 사람이 두 가지 삶을 사는 것은 불가능한데요.

딱 한 가지 방법이 있습니다. 지금의 내가 아닌 전혀 다른 사람이 되고, 다른 삶을 살 수 있는 유일한 방법. 그것은 바로 책을 읽는 것입니다. 우리는 책을 통해 다른 삶을 살아보고. 지금의 내 삶을 어떻게 만들어 갈 것인가에 대한 힌트를 얻기도 합니다. 다른 존재가 되어 봄으로써 색다른 경험을 한 이야기가 있는데요. 바로 이상한 나라의 앨리스라는 책입니다. 다들 읽어 본 적이 있으시죠?

영국에 사는 앨리스가 하얀 토끼를 따라 토끼 굴로 들어갔다가 이상한 나라를 여행하는 이야기인데요. 앨리스는 작은 유리병에 든 약이나 케이크를 먹고 키가 아주 작아지거나 커지고, 벌레와 말도하고, 모자장수와 삼월토끼와 차도 마시고, 거만한 여왕과 트럼프 병사들도 만나는 등 다양한 경험을 하는데요. 책을 읽는 것은 앨리스가 이상한 나라를 여행하는 것과 같습니다. 평소의 앨리스라면 경험하지 못했을 것들을 이상한 나라에 가서 겪은 것처럼 우리는 책을 통해 경험하지 못한 것들을 체험할 수 있는 거죠. 모두가 아는 책인 해리포터를 읽으면 마법사가 되기도 하고, 야생 동물들의 생활이 생생하게 그려진 시튼 동물기라는 책을 읽고, 동식물의 마음을 알 수도 있으며, 도시에 산다면 개울가나 논밭이 있는 시골을 체험할 수 있고, 나미야 잡화점의 기적의 아쓰야, 쇼타, 고헤이가 되어 고민 상담을 해줄 수도 있습니다.

세상에는 많은 사람들이 있듯 많은 책들이 있습니다. 사람마다 생김

새, 성격 등이 다른 것처럼 책들도 각각 다른 이야기를 담고 있는데요. 어떤 책을 읽느냐에 따라 다른 사람이 되어보고, 다른 생각들과 마주 할 수 있습니다. 이런 일들은 우리의 삶에 큰 영향을 주기도 합니다.

인형의 집이라는 유명한 희곡이 있는데요. 의사인 남편의 사랑을 받으며 근심 걱정 없는 남들이 보기에는 부러울 게 없는 그런 풍요로운 삶을 살던 주인공 노라가 어느 날 문득 자신이 인형처럼 느껴진다고 생각하게 되요. 자신의 의지로 삶을 사는 게 아니라 남편의 의도대로 만들어지고 있다는 생각을 한 거죠. 그래서 노라는 용기를 내어 나는 인형이 아니라는 말을 하고 가출을 합니다. 인형의 집은 20세기 초반 한국, 중국, 그리고 일본에서 아주 선풍적인 인기를 끌었다고 하는데요. 그 이유는 무엇일까요? 앞에서 말한 세 나라 모두 아주 오랫동안 가부장적인 가족 제도에서 생활했기 때문인데요. 한 집안의 가장이 그 집안의 모든 일을 결정하고, 여자들은 남자들의 결정에 무조건 따라야만 했었죠. 이런 말까지 있었다고 합니다. "여자는 어려서는 아버지를 따르고, 결혼을 해서는 남편을 따르고, 늙어서는 아들을 따른다." 그러던 여자들이 인형의 집을 읽고 자신의 처지가 노라와 아주 비슷하다 아니 똑같다는 것을 깨닫게 되어 책을 통해 용기 있게 집을 떠나는 노라가 되어 봄으로써 노라의 가출에 공감하며 새로운 삶을 찾고자 했을 것입니다. 그 후 여자들은 학교에 다니고, 직업을 갖고, 사회생활을 적극적으로 하게 되었습니다. 책을 읽은 여성들이 변화해 사회의 변화까지 일으킨 셈이죠.

앞에서 글쓴이의 마음을 잘 읽어야 한다는 말 기억하시나요? 우리는 글쓴이의 마음을 읽다보면 결국 내 마음을 읽게 됩니다. 인형의 집을 읽으며 사람들이 인형처럼 살아온 자신의 경험과 생각을 떠올리고 앞으로 내가 어떤 삶을 살아가고 싶다고 느낀 것처럼요. 그리고 마음으로 읽는다는 것은 내가 주인공이라면 또 글쓴이라면 어떨까 하며 읽고, 내 경험

혹은 생각과 비교하며 책의 내용에 공감 혹은 비판하기도 하고 또 여러 가지 다른 견해를 가진 책들을 읽어보며 자신의 생각을 점점 풍요롭게 하고 생각이 깊어져서 행동이 바뀌게 되어 결국 삶을 바꾸는 것과 같습니다.

자 이제 길었던 읽는다는 것을 마무리 지으며 책을 재미있게 읽으려면 어떻게 해야 하는지 알려드리고 마치겠습니다. 먼저 내가 읽고 싶은 책 읽기, 서점이나 도서관에 가서 책꽂이에 꽂힌 책들을 한번 쭉 보고 제목이 멋지거나 책 표지가 예쁘거나 내용이 궁금하거나 등등 마음에 드는 책을 한 권 고릅니다. 그리고 그 책을 읽는데 만약 재미가 없다거나 읽기가 싫어지면 그냥 과감하게 다시 책꽂이에 꽂으면 됩니다. 이것이 두 번째 방법인 어떤 책은 읽지 않기입니다. 세상에는 무궁무진한 책들이 있으니까요. 같은 반 친구들 중에도 엄청 친한 친구가 있으면 반대로 그냥 인사만하는 친구가 있는 것처럼 책을 고르는 일을 친구를 만나는 일이라고 생각하면 됩니다.

그리고 책을 읽게 되면 중간에 너무 어렵거나 쉬워서 그만두게 되는 책들이 있는데요. 이것이 세 번째 방법으로 모든 책을 끝까지 다 읽을 필요는 없습니다.

네 번째 방법은 건너뛰며 읽기입니다. 추리 소설 같은 책들을 보면 범인이 궁금해서 뒤로 넘어가 범인을 먼저 보고 사건을 읽는 경우가 있을 때 더 재미있는 경우가 있기 때문입니다. 비슷한 방법으로는 군데군데 골라 읽기가 있는데요. 백과사전 같은 책을 읽을 때 내가 보고 싶은 항목만 골라 읽는 것을 말합니다.

그리고 마지막으로 반복해서 읽기인데요. 한 권의 책이 마음에 들어서 그 책만 자꾸자꾸 읽고 싶을 때가 있나요? 혹시 문제가 되는 건 아닐까 생각이 들 텐데요. 사람이 나이가 들어가며 여러 가지 경험을 하는 것처럼 시간이 지나며 여러 가지 책을 접하면서 좋아하는 책이 바뀌기 마련이기 때문에 지금 당장 그 책을 반복해서 읽는다고 해서 문제가 되지는 않을 것입니다.

우리는 살아가면서 수많은 책을 읽게 될 것이고, 그를 통해 자신 나름의 책 읽기 방식을 터득할 수 있을 것입니다.

지금까지 들어주셔서 감사했습니다.

# 읽는다는 것

권용선 | 너머학교

중국 고대 지리서이자 신화서인 〈산해경〉의 제강을 화자로 등장시켜 동시, 동화, 소설, 희곡 등 다양한 텍스트를 넘나들며 '읽는다는 것' 의 의미를 유쾌하게 파헤친다. 보통 책을 읽는다고 하면 혼자 조용히 앉아 눈으로 읽는 모습을 떠올리지만, 저자는 이것이 읽기의 일부분에 지나지 않는다고 말한다. 그리고 읽기는 온몸을 사용하는 역동적인 일임을 보여주고 있다.

http://book.naver.com/bookdb/book_detail.nhn?bid=6401548/
네이버/인터넷 교보문고

# 논다는 것

이혜민

우리는 과연 제대로 놀고 있는 것일까요? 호모 루덴스는 인간을 놀이하는 인간이라고 정의를 내렸습니다. "놀이하는 인간"이란 무엇을 의미하고 어떻게 해야 하는지 지금부터 함께 알아봅시다.

(ppt를 보여주고) 이 순서대로 진행할 예정이고 처음으로는 논다는 것이란 무엇일지 함께 알아봅시다. 여러분! '논다'의 반대말은 무엇일까요?? (대답 듣고) 네 맞아요, '논다'의 반대말은 '공부한다'가 될 수도 있고, '일한다', 또는 '아무것도 하지 않는다'도 될 수 있겠죠.

그렇다면 진짜로 논다는 것은 도대체 무엇일까요? '논다'는 것은 우리가 생산적인 결과를 얻을 수는 없지만 시간을 들여 무언가를 하고 그 자체로 즐거움을 만들어내는 행동이라고 볼 수 있습니다.

다음으로 사람이 놀게 된 이유에 관해 알아볼까요? 가장 큰 이유는 휴식이에요. 여기 보이는 이 사진은 영화 '모던 타임즈'의 한 장면인데 주인공은 조그만 콧수염쟁이 찰리 채플린 아저씨에요. 찰리 채플린은 밥벌이를 하기 위해 공장에 들어갔는데 고약한 사장은 밥먹는 시간도 아깝다

며 중간에 입에 밥을 넣어주는 기계를 이용하며 찰리 채플린에게 일만 시켜요. 이렇게 해서 과연 더 많고 좋은 제품을 생산하였을까요? 아니요, 오히려 나사 조이는 일을 너무 많이 해서 기계를 고장내버려요. 이렇듯 사람은 계속 일만 할 수 없어요. 몸이나 정신이 피로할 때, 그 피곤을 일으킨 것과 다른 행위를 하며 즐거움을 얻어야 할 필요가 바로 여기에 있는 것이죠.

이 외에도 밥을 먹었다면 잉여에너지를 사용해야 하고, 사람들은 다른 사람이나 사물을 모방하면서 세상을 배우고 즐거움을 얻고, '소꿉놀이'처럼 어른이 되어서 겪을 일을 미리 겪고 자연스럽게 친구를 사귀고 관계를 유지해 가는 걸 배우고, 마음속에 부정적인 것을 하고 싶은 욕망이 생겼을 때 놀이를 통해 해소할 수 있기 때문입니다.

그렇다면 이 세상의 놀이 챔피언은 누구일까요? 1등은 바로 사람입니다. 우리 다 같이 아주 오랜 옛날로 가봅시다.

호랑이 담배 피우던 시절은 아니고 티비도 컴퓨터도 없고 아빠가 멧돼지를 뒤쫓고, 엄마가 도토리를 줍던 때, 파티가 열렸어. 아빠가 정말 큰 멧돼지를 잡아 왔거든. 옆집 아줌마들은 나무를 두드리며 춤을 추고 아저씨들은 아빠가 멧돼지를 잡는 영광적인 순간을 흉내 내며 소리 지를 때 부족의 꼬마 아이가 춤을 추다 바닥에서 무언가를 툭 쳤어. 그게 바로 뭐 일 것 같아? 그건 바로 너클 본이라는 뼈인데 모서리가 반들반들하게 다듬어져 있었어. 그 꼬마가 발견한 게 바로 이 뼈인데 꼬마는 이걸 갖고

놀기 시작했어. 갖고 놀면서 그 평편한 면에 그림도 그리고 문자도 새기고 하면서 점점 시간이 흘러 주사위가 된 거지!

이 이야기를 들으니 놀이 챔피언이 인간이라는 말이 이해가 가나요? 노는 것은 그리 어려운 것이 아니에요. 우리가 흔히 하는 젓가락 게임처럼 맨손으로도 놀 수 있고 도구가 있어도 없어도 놀이는 할 수 있어요. 도구가 없다면 상상력으로도 놀 수 있죠.

지금까지 이렇게 노는 것에 대해 이야기했는데 노는 시간이 아까운 사람들도 있을 거예요. 공부를 해야 하고 일 할 시간도 부족하니까. 그렇지만 우리는 놀면서 많은 것을 얻고 배울 수 있어요. 놀이는 기억력, 판단력, 집중력, 절제력을 키우는데도 큰 도움이 된다고 해요.

예를 들어 우리가 책을 수십 번보고 외운 것보다 놀이를 통해 체험하여 얻은 생생한 기억들, 게임 속에서 극복해 나가는 훈련을 하며 얻은 리더십, 협동심, 제한시간 안에 해결하는 힘을 길러줄 판단력과 유연성을 키울 수 있어요. 그리고 열심히 노력 했는데 졌을 경우 '이기지 않음' 으로써 배우는 감정들이 우리의 삶에 큰 도움을 주는 것입니다. 노는 것을 시간이 아깝다고 생각하지 말고 놀면서 배울 수 있는 것들의 가치를 알고 제대로 노는 사람이 되길 바라봅니다.

감사합니다.

# 논다는 것

이명석 | 너머학교

이 책은 유쾌한 문장으로 고대부터 현대, 동서양 다양한 놀이 현장의 에피소드를 담아냈다. '열공'의 감옥에 갇힌 십대들과 '성공'이라는 함정에 빠진 어른들에게 이 책은 불안과 십대문제를 어떻게 풀어내야 할지 생각해 보는 계기를 마련한다.

http://book.naver.com/bookdb/book_detail.nhn?bid=6822848/
네이버/인터넷 교보문고

# 생각한다는 것

정혜인

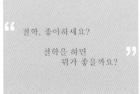

안녕하세요. 저는 생각한다는 것이라는 책으로 수업을 하게 된 정혜인입니다. 그럼 수업을 시작하기에 앞서 학습목표에 대해 알아보겠습니다.

'생각한다는 것을 안다.' 이것이 바로 가장 중요한 학습목표인데요. 아래 내용들은 다 같이 읽어볼까요? (읽는다) 네, 잘 읽어주셔서 감사합니다. 그럼 본격적으로 수업에 들어가 보도록 하겠습니다.

여러분, 철학 좋아하세요? 철학을 하면 뭐가 좋을까요? 미리 답을 드리자면 철학을 하면 잘 살 수 있습니다. 철학이란 바로 공부이자 자유이자 친구이자 행복한 삶입니다. 저는 오늘 여러분께 철학에 담긴 이 네 가지 의미에 대해 말씀드리고자 합니다.

먼저 '철학은 행복한 삶 ' 이라는 주제로 이야기를 해보겠습니다. 그렇다면 행복한 삶이란 무엇일까요? 많은 사람들이 돈, 명예, 권력을 가진 삶을 떠올릴 텐데요, 이러한 삶은 진정으로 행복한 삶이라고 할 수 없습니다.

그럼 진정으로 행복한 삶은 어떤 것일지 하인리히 뷜이라는 작가의 어느 어부 이야기를 통해 알아봅시다. 따뜻한 햇볕이 내리쬐던 어느 날 한 늙은 어부가 잠을 자고 있었습니다. 관광객이 바닷가를 거닐다 할아버지가 자는 모습을 보았어요. 해가 중천에 있는데도 계속 잠만 자는 할아버지가 이상해서 이렇게 물었답니다. "할아버지, 고기잡이 안 나가세요? 해가 저렇게 높이 떴는데." 그러자 할아버지는 눈을 슬며시 뜨면서 말했지요. "벌써 새벽에 한 번 다녀왔네." 관광객과 할아버지의 대화는 계속 이어졌습니다. "그럼 또 한 번 다녀오셔도 되겠네요." (대본읽기) 이 이야기를 듣고 느끼신 바가 있나요? 우리는 돈을 벌어 잘 살겠다고들 말하지만, 가만히 생각해 보면 돈 버느라 잘 살지 못할 때가 많아요. 행복하기 위해서 돈이 필요하다고 말하지만, 어떤 때는 돈을 벌기 위해서 행복을 포기할 때도 많지요. 뭔가 거꾸로 바뀐 것 같지 않나요?

이처럼 철학은 우리가 일반적으로 생각하고 있는 가치에 대해 다시 한 번 생각하게 만듦으로써 우리의 삶을 좀 더 풍요롭게 해줍니다. 다시 말해 진정으로 잘 사는 것, 즉 행복한 삶의 의미를 생각해 볼 수 있게 해주는 것입니다. 이제 철학이 필요한 이유를 조금은 아시겠지요?

다음 화면을 보도록 합시다. 인류학자나 생물학자들은 인간을 '호모 사피엔스'라고 부릅니다. 호모 사피엔스라는 말은 생각하는 인간, 지혜로운 인간이라는 뜻으로 인간을 슬기로운 존재로 보는 데서 온 말입니다. 즉, 호모 사피엔스라는 말은 철학하는 인간으로 불릴 수도 있겠는데

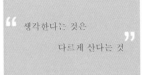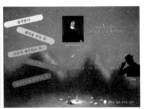

요, 그렇다면 모든 인간들은 생각하며 지혜롭게 살고 있을까요?

다음 사례를 한 번 보도록 합시다. 한나 아렌트라는 철학자가 있었어요. 그는 '악의 평범성' 이라는 말을 했는데요, 이 말은 쉽게 말해 아주 평범한 사람도 악마가 될 수 있다는 말입니다, 그렇다면 그가 무슨 근거로 이러한 말을 했을 까요? 다음 사진은 히틀러 시대에 일어난 수백만 명의 유대인 학살에 관여한 독일 관료 '아이히만' 입니다. 우선 영상 하나를 보고 아이히만이 왜 유죄일까? 에 대해 자유롭게 토의하는 시간을 가져보도록 하겠습니다. 영상을 보시죠.

(영상 재생- 3분 52초에서 정지)

자, 여러분 그렇다면 아이히만이 유죄인 명백한 이유는 과연 무엇일까요? 물론 상식적으로 봤을 때, 죄 없는 수많은 유대인들을 죽였다는 사실만으로도 그는 죄를 저질렀다고 볼 수 있습니다. 그렇지만 이 영상에서 볼 수 있었듯이 그의 상태는 지극히 정상이었으며 단지 명령받은 일을 성실히 이행했을 뿐입니다. 또한 그는 아주 부지런했으며 주어진 일에 최선을 다하는 유능한 사람이었습니다. 그렇다면 도대체 왜 아이히만이 유죄일까요? 지금부터 각 조는 5분 정도의 토의 시간을 통해 의견을 수렴해서 조장이 간단히 발표해 보는 시간을 가지겠습니다.

(각 조별로 토의 내용에 조금씩 관여)

이제 각 조별로 의견을 들어 보도록 하겠습니다.

(의견 발표 후)

네. 좋은 의견들이 많이 나왔는데요, 그럼 남은 영상을 마저 시청하며 답이 무엇인지 알아보도록 하겠습니다.

(남은 영상 재생)

네, 이처럼 그가 유죄인 이유는 바로 그는 아무 생각이 없었기 때문입니다. 그는 자신이 무엇을 하고 있는지를 깨닫지 못했고 그저 자신에게 주어진 일을 기계처럼 행했기 때문에 이러한 엄청난 죄를 짓게 된 것입니다.

다음으로 넘어가서, 잘 사는데 필요한 기술인 생각하는 기술에 대해 알아보겠습니다.

아이히만 아래에 나와 있는 아부그라이브 형무소에서도 비슷한 일이 있었습니다. 미국이 테러와의 전쟁을 수행하면서 아프가니스탄이나 이라크에서 붙잡은 포로나 테러리스트 용의자들을 가두어 둔 이 곳에서는 포로들을 개가 물어뜯게 하고 발가벗긴 채로 인간피라미드를 쌓게 하는 등 매우 비인간적이고 잔인한 고문을 행했다고 합니다. 이 곳 군인들도 일상 속에서는 아주 평범하고 오히려 성실하고 우수하기까지한 사람들이었지만 아이히만과 마찬가지로 상급자의 손짓만을 따라 행동하고 생각하지 않았기 때문에 이렇게도 극악무도한 짓을 행할 수 있었습니다.

위 두 사례를 통해 생각하지 않고 살아가는 것의 위험성을 잘 깨달으셨지요? 이처럼 악마는 악한 생각을 하는 자가 아니라 아무 생각이 없는 사람이란 것을 알 수 있습니다. 이렇게 되지 않고 잘 살아가려면 우리 모두 생각을 해야겠지요?

자, 그렇다면 생각을 한다는 것은 도대체 무엇일까요? 생각한다는 것은 바로 다르게 산다는 것입니다. 이 책의 작가는 생각한다는 것은 생각을 낳는 것, 즉 다르게 생각하는 것이고 그것은 또한 다르게 살아가는 것이라고 말했습니다. 즉, 우리가 새로운 삶을 시도하고 낯선 것과 마주하며 스스로 한계라고 믿었던 데서 한 발 더 나가 볼 때 우리는 생각을 할 수 있으며, 이 때 비로소 예전의 나를 넘어설 수 있다는 것입니다.

그래서 작가는 데카르트가 더 이상 의심할 수 없는 진리에 도달하기 위해 끊임없이 사유하여 이를 통해 제시한 철학의 제 1원칙인 '나는 생각한다. 그러므로 나는 존재한다.'라는 말에 의문을 제기하며 '생각한다. 그러므로 나는 존재하지 않는다.'라는 말을 했습니다. 이 말은 앞서 이야기했듯이 작가가 생각을 통해 예전의 나를 넘어서고 극복해야 한다고 주장한데서 비롯된 말인데요, 즉, 생각을 할 때 원래의 나는 존재하지 않는 것이고 내가 원래의 나로 여전히 존재한다면 그것은 생각하는 게 아니라는 의미입니다.

모두들 생각한다는 것에 담긴 의미에 대해 잘 이해하셨나요? 그럼 다음 내용으로 넘어가 보도록 하겠습니다.

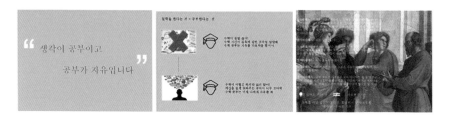

그렇다면 다르게 생각하고 다르게 살아가는 것은 언제 가능할까요? 우리가 뭔가를 깨달았을 때부터일 겁니다. 이렇게 무언가를 깨닫는 것, 우리는 그것을 공부라고 말할 수 있습니다. 우리는 다르게 생각함으로써 다르게 살게 될 때 공부했다고 말할 수 있으며 이것이 바로 철학한다는 것 그 자체가 됩니다.

보통 우리는 교과서를 읽고 영어 단어를 많이 외우고 문제집을 푸는 것을 공부라고 하지요? 하지만 이것은 진정한 공부가 아니에요. 왜냐하면 그렇게 한다고 해서 뭔가를 생각하는 것도 아니고 나 자신이 달라지는 것도 아니기 때문입니다. 다음 사례를 보고 공부하는 것의 의미를 알아보도록 합시다.

유나라는 학생은 일반 고등학교를 다니다가 답답한 생활에 지쳐 대안학교에 들어갔다고 합니다. 그녀는 처음에 수학을 너무너무 싫어했어요. 대안학교에 들어온 뒤 유나는 집짓기를 배우며 집 짓는 것에 대한 꿈을 가지게 되었어요. 하지만 집을 지으려면 방의 넓이도 계산해야 하고, 각 기둥이 받는 힘도 알아야 했대요. 그래서 결국 유나는 선생님께 수학을 다시 배우는 중이라고 합니다. 그런데 어쩐지 이번에는 수학이 싫지가 않더랍니다. 어렵긴 하지만 자기 일에 도움이 많이 되고 계산을 쉽게 도와주는 공식에게 고마움까지 느끼게 되었다고 합니다. 예전에는 수학 공부는 유나의 자유를 가로막았는데 이제는 유나를 자유롭게 해준다고 하는데요, 이것은 바로 공부를 함으로써, 즉 다르게 생각함으로써 습관이나 편견, 통념에서 벗어날 수 있게 되었기 때문이 아닐까요? 예전에 유나가 수학이 그저 어렵고 싫기 만한 과목으로 잘못 생각해 왔지만 다르게 생각하고 공부함으로써 진정한 자유를 얻게 된 것처럼 말이에요. 이처럼 철학한다는 것이 바로 공부한다는 것이며 공부를 함으로써 우리는 진정으로 자유로워질 수 있습니다.

자, 이제 드디어 마지막 내용입니다. 철학은 바로 친구가 되는 겁니다. 어떤 철학자들은 이런 말을 했다고 합니다. "진리를 안 사람은 그것으로

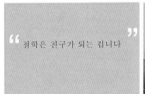

충분하니 친구가 없어도 된다."

이 말에 고대 철학자 에피쿠로스는 버럭 화를 내며, "그런 현자가 있다면 그는 먹이를 혼자서 먹으려 하는 늑대나 사자와 다름없다."라고 대꾸했다고 하는데요, 우리는 에피쿠로스의 이러한 말을 통해 자신이 얻은 지혜를 혼자서 갖는 것이 아무런 의미가 없고 함께 나눌 때 기쁨이 더 커진다는 것을 알 수 있습니다. 이런 친구를 곁에 두기 위해서는 여러분이 먼저 그런 친구가 되어야겠죠?

그런데 어떤 친구가 과연 좋은 친구일까요? 니체는 이 책에서 좋은 친구를 "야전 침대"에 비유했습니다. 야전 침대란 군인들이 전쟁 중에 사용하는 침대입니다. 과연 그는 왜 친구를 야전 침대에 비유했을까요? 친구는 누군가에게 침대처럼 쉴 수 있는 사람입니다. 즉, 친구가 힘들 때 찾아와서 고민도 털어 놓고 쉬어 갈 수 있는 사람이죠. 하지만 너무 푹신한 침대는 친구를 마냥 쉬도록 내버려 둡니다. 그렇기 때문에 조금 쉰 뒤에 다시 힘을 내고 일어설 수 있도록 조금은 딱딱한 침대가 될 필요가 있어요. 즉, 좋은 친구란 무조건 친구를 껴안아 주는 게 아닌, 때로는 친구가 정신을 차릴 수 있도록 따끔한 말을 해 줘야 할 때도 있어야 한다는 뜻입니다.

혹시 자신이 평소에 생각해 오던 친구의 모습을 우리 주변의 사물에 빗대어서 표현해 주실 분 있으신가요? 간단한 대답도 좋습니다.

(발표)

네, 정말 그런 친구들을 곁에 두면 좋을 것 같네요. 이렇게 여러 이야기를 들려 드리고 보니, '철학을 한다' 는 말은 여러 말과 통하는 것 같네요. 행복하게 산다는 것, 생각한다는 것, 공부한다는 것, 자유롭다는 것, 친구를 만든다는 것, 이 모든 말들이 '철학을 한다' 는 말과 통하는 것 같습니다. 여러분 모두 철학하세요!

긴 시간동안 수업 들어주셔서 감사합니다.

# 생각한다는 것

**고병권 | 너머학교**

　　이 책은 우리가 가장 자주 하는 말 중 하나, 흔히 가장 많이 하는 활동이라 여기는 '생각한다' 라는 말을 다시 발음하고 그 의미를 되새겨 본다. 우리는 모두 잘 살기를 원한다. 어떻게 살아야 잘 사는 것일까? 이런 물음에서 출발해 통념과 관습에 문제제기를 한다. 청소년뿐 아니라 자신의 언어를 갖고자 하는 독자들은 이 책을 통해 새로운 생각을 펼쳐낼 자신만의 언어를 찾아낼 수 있을 것이다.

http://book.naver.com/bookdb/book_detail.nhn?bid=6257705/
네이버/인터넷 교보문고

# 수고했어, 오늘도 #12

2016년 8월 9일 ~ 2016년 8월 10일 ☀ 한점없는 날    2학년 조유진

8월 9일인 봉사둘째 날 무뚝뚝하던 「정육」가 조금은 마음을 연것같다.
첫날에 「정육」에게 "단원 중 무엇이 가장 어려워?" 라고 물었던 것이 생각났다. 「정육」는 표정의 변화없이
"저는 모르게 다 어려워요" 이렇게 말했었다. 나는 내가 명청하를 한 것 같아서 「정육」에게 미안하다고 생각했다. ㅠㅠ
「정육」가 문제를 풀때 조금 머뭇거리면 그 문제를 풀때 어려움이 있다는 것을 들께 보게 알게 되었다.
「학년에 처음 교육봉사를 할때 가르치던 학생이 문제를 풀지 못하면 덜컥 화를 번쩍이 있었는데
2학년이 된 지금 3번째 교육봉사를 할때에는 학생이 문제를 풀지 못하면 기다려야 한 다는것을 깨달았고
또한 문제를 풀기 위해 정답을 알려라면 보다는 그 문제를 풀기 위한 개념을 설명 해줘야 한다는 것을 알았다.
「정육」는 쉬는 시간에 쉬라고 해도 쉬지 않고 쉬자고 말을 걸면 어깨 못해 화들짝 놀거나 혼자 마셔버렸었다.
그러고 나서 쉬는시간이 끝나지 않았도 먼저 앉아서 나를 기다렸었다.
나는 내가 가르치는 교사의 입장이기 때문에 배움을 받는 사람은 학생이라고만 생각했는데 가르치는 입장에서도
배울 점이 있다는것을 알게되었다. 쉬는 시간 에는 나도 힘들어서 쉬고 싶은데 「정육」는 항상 먼저 앉아서 나를
기다려 주었었다. 교육봉사를 하면서 생각했던 점인데 「교사는 배움을 줄 뿐만 아니라 배움을 받은 다른것을
알게 되었다. 「정육」에게 고마움을 느끼며 숙제를 했었다.

8월 10일 셋째 날이 되었을 때 「정육」랑 조금 친해졌을 거란 생각에 기대감이 부풀어서 교육봉사를 하러갔다.
근데 「정육」는 첫날과 비슷하게 여전이 무뚝뚝했다.
그럼이 좀 서운했지만 조금 나에게 마음을 열고 있다고 생각했다. ✓
「학년에 「정육」는 〈배수와 약수〉를 배우고 〈분수의 덧셈과 뺄셈〉을 앞 단원을 배울때 처럼 힘들어 할것이라고
생각했지만 전에 배웠던 것을 기억하고 그것을 응용해서 문제를 풀려고 노력했었다. 자신이 쓰고 지울수 있는
내가 처음 보냐 말하자니 「정육」는 교육의 속도에 대한 자신감이 생기는 것같았다.
「정육」는 선생과 문제를때 내게 특히 풀이방법을 알려주지 않고 풀어보려고 시도조차 하지 않았는데
셋째날에는 먼저 풀어보려고 하는 모습이 대견했다. 앞으로 내가 「교사」가 되면 한명이 아닌 많은
학생들을 가르쳐야 하고 많은 학생들을 공평하게 인도해야하는데 정말 힘들고 조카모 보는 힘든이되겠다라면
이 감정을 떠올리면 더 신중할수 있을것같다고 생각했다. 교육봉사를 해 봄으로서 미리 「교사」 생활을 경험하여
학생들에게 조심해야 한 말들이나 행동을 알게되고 「교사」가 되어서 느낄 수 있는 행복과 뿌듯함을
경험할수 있어서 좋았다. 앞으로 교육봉사를 할 기회가 또 오게 된다면 더 열심히 하고 싶다.

2016년 8월 10일　　　날씨 맑음　　1학년 전윤주

교육봉사를 시작 한지 세번째 날이다. 아직 삼일 밖에 안됐는데 벌써 세달은 된것 같았다. 벌써 익숙해져서 가자마자 교재를 준비하고 빨간펜, 연필을 꺼내서 앉는일이 너무 익숙하게 느껴졌다. 친구들이랑도 학교에서 만났으면 계속 떠들었을 텐데 내가 아이들을 가르치는 입장이 되니까 가자마자 교재랑 펜을 준비하게 되었고 친구들이랑 떠들다가도 애들이 오니까 바로 시작하게 되었다. 정현이는 항상 따로 지우개를 가져오지 않고 지우개가 뒤에 붙어있는 연필을 가져와서 지우개로 지웠다. 근데 그 지우개가 너무 안 지워져서 내가 지우개를 가져왔는데 그래도 여전히 연필뒤에 있는 지우개로 지울래 내가 직접 지워줬다. 정현이는 낯도 많이 가리고 소극적인 성격 같았다. 빨간색 볼펜으로 가르쳐 주니까 진짜 선생님이 된것 같았다. 정현이가 거의 관독이 되지않은 상태에서 가르쳐주는거랑 정현이가 최대공약수를 스스로 구했을때 내가 이미 정현이의 선생님이된 것 같고 아이에게 무언가를 알게 해 주었다는 것에 많은 보람을 느꼈다. 하나를 알려주고 나니 다른것도 알려주고 싶어져서 최대공약수에 대한 문제를 몇개 더 풀어보고 '이정도면 됐다.' 싶어서 그 다음단계로 "최대공약수의 약수가 그 두수의 공약수야." 라고 말 해주고 관련문제를 가르쳐주니 그 문제도 잘 풀어서 종합문제로 넘어갔는데 처음에 배웠던 최대공약수를 구하는 문제를 까먹고 바로 최대공약수의 약수를 구했다. 그랬나니까 갑자기 눈이 날것같았다 '내가 너무 조급했나!' 라는 생각에 우울해졌다 하지만 다시 앞장으로 돌아가 문제를 푸는 방법을 다시 알려주고 진도를 좀더 천천히 나갔다. 정현이가 이해를 했다고 했을때 그 문제를 다시한번 내가 풀수있다면 더 멋있다. 점점 많은문제를 풀어가자 처음에는 자신없어 하던 정현이가 나중에는 힘들긴 하고 이문제는 이렇게 푸는거냐며 물어보기도 했다. 정현이는 정말 말이없어서 먼저할 말이없는거 같지않고 나는 그런 정현이랑 친해지고 싶어 정현이가 다운되는 것같아 이야기를 꺼내봤는데 오히려 그아이에도 선뜻이 형인 점윤가 더 대답을 잘해주었다. 그러더니 점차 (뭔가 기른지는 아이들을 바라보자) 라는 게임을 해서 정현이에게 "한번 바꿔서 해볼래?" 라고 말했는데 정현이가 계속내꺼 하고싶다고 해서 감동이었다. 처음에는 '정현이가 나랑 하는게 싫어하나?' 하고 걱정을 많이 해봤는데 정현이는 단지 표현을 잘 못했을 뿐이었다. 다음에 기타가 된다면 정현이랑 더 친해지고 싶다.

# 재능을 키우고 나누는 용두초 '예술나눔 벽화동아리'

교육복지우선지원사업 문화 예술 동아리 활동 운영    f 🔉 🐦 🏠 🖨 ⊘ ⚠ ＋ －

이형수 기자 ho-do@hanmail.net    웹출고시간 2016.08.18 16:18:44    최종수정 2016.08.18 16:18:44

[충북일보=제천] 제천 용두초등학교가 학생들의 심미적인 감수성을 키우고 나누기 위한 '예술나눔 벽화동아리' 를 운영해 좋은 성과를 거뒀다.

예술나눔 벽화동아리는 학생들이 지니고 있는 예술적인 재능을 키우고 더 나아가 재능을 기부하는 활동으로 5~6학년 중 벽화 그리기를 희망하는 학생들을 대상으로 운영했다.

유난히 더웠던 올해 여름이었지만 학생들은 자신의 노력으로 학교 환경이 아름답게 바뀌고 있다는 자부심과 보람으로 힘든 내색 없이 굵은 땀방울을 흘리며 벽화그리기에 여념이 없었다.

세명고 교육자율동아리(동아리명 Edu Edu) 소속 학생들은 용두초의 '학습집중캠프' 와 더불어 '예술나눔 벽화동아리' 의 활동 멘토로 참가해 자칫 초등학생에게는 어려울 수 있는 벽화그리기 활동에 많은 도움을 주었다.

6학년 김규민 학생은 "날씨가 상당히 덥고 힘들었지만 세명고등학교 멘토 언니들이 작품에 대한 방향을 잡아주고 옆에서 그리기 지도를 잘 해주어서 멋진 작품이 나왔다"고 소감을 밝혔다.

교육기부 봉사활동에 참가한 세명고 2학년 박상아 학생은 "동생들이 잘 따라 주어서 고마웠고 우리 교육자율동아리 친구들도 이번 교육기부 활동을 통해서 우리의 진로 목표를 향해 한 걸음 더 나아가게 된 것 같아 기쁘다"고 말했다.

용두초는 교육복지우선지원사업을 통해 벽화그리기 뿐만 아니라 여러 분야의 활동을 운영해 학생들이 지니고 있는 다양한 재능을 발굴하고 키워나갈 수 있도록 배움의 장을 열겠다는 계획이다.

제천 / 이형수기자

http://www.inews365.com/mobile/article.html?no=460080|충북일보

〈편집회의〉

편집위원 : 유송현, 신예슬, 박상아, 민서연(좌측 위부터 시계방향 순)

총괄 : 민서연

학교 앴어, 어느느느